FINGERE CON IL MILIARDARIO

ROMANCE DEGLI ICE DRAGONS
BOOK 1

WILLOW FOX

SLOW BURN PUBLISHING

INFORMAZIONI SU QUESTO LIBRO

Quando sei un atleta famoso e assumi una guardia del corpo per proteggere tua figlia ma...

L'agenzia ti manda un'adorabile brunetta alta 1 metro e 57 che sembra a malapena in grado di proteggere se stessa, figuriamoci qualcun altro.

Si scopre che "Ryan" è Emerson Ryan, ex FBI. Ti stende a terra con un calcio volante per dimostrare il suo valore.

È più che capace di proteggere Bristol, la tua bambina...

Ma non dovresti essere eccitato dalla sua audacia.

Tutti pensano che sia la tata di tua figlia, compresa Bristol. Emerson ne ha l'aspetto e asseconda la situazione su tua insistenza finché non è costretta a fare da babysitter a tua figlia.

Con una carriera professionale nell'hockey in gioco, hai bisogno di Emerson al tuo fianco. Ma sorgeranno domande nel momento in cui assumerai una "seconda" tata per Bristol, e non vuoi preoccupare tua figlia riguardo alla minaccia alla sua sicurezza.

La soluzione migliore?

Assumere Emerson come finta fidanzata. Potrà proteggere Bristol, e tu otterrai un po' di pubblicità extra quando i media scopriranno la vostra nuova piccante storia d'amore.

Ma quanto a lungo potrai fingere che tutto sia falso quando le scintille sono reali?

Questo piccante romanzo d'amore sull'hockey presenta un papà single burbero, una storia d'amore ardente con molto dramma. Nessun tradimento. Autoconclusivo. Lieto fine garantito.

ONE
EMERSON

LA PIOGGIA COLPISCE IL CEMENTO, scrosciando dall'alto mentre si riversa sull'ombrello rotto. Sono riuscita a tenere aperto il fermo, ma se muovo la mano anche solo leggermente, l'ombrello mi si chiude addosso.

Più o meno così sta andando la mia settimana.

Di merda.

Ho un nuovo lavoro in programma, nuovo nel senso che è per la squadra di Eagle Tactical. Un incarico a contratto che mi hanno affidato. Hanno bisogno di una guardia del corpo a tempo pieno, e nessuno del loro team può gestire il carico di lavoro sulla costa est. Loro hanno base a Breckenridge, nel Montana, e io sono qui, in piedi sotto il diluvio a New York City.

Non è esattamente il lavoro dei miei sogni, ma quello non è più un'opzione.

E poi, ho bisogno dei soldi.

E a quanto pare, il tizio che dovrò proteggere ne ha in abbondanza.

Ho preso la metropolitana e ho camminato per l'ultimo miglio e mezzo sotto la pioggia fino al suo cancello d'ingresso. La casa è nascosta dietro decorazioni in ferro battuto, che offrono un falso senso di sicurezza.

Non sto solo osservando l'intera proprietà, ma anche i dettagli. C'è una telecamera di sorveglianza all'ingresso principale e telecamere aggiuntive puntate sulla recinzione di ferro lungo il lato. Se qualcuno decidesse di scalarla, le punte a freccia sulla sommità dovrebbero scoraggiarlo.

Ipotizzando che non ci siano anche punti ciechi. Dovrò esaminare i filmati, le telecamere e l'intera casa per assicurarmi che tutto funzioni come dovrebbe. Il team mi ha preparato sul cliente, il signor Kyler Greyson, e sua figlia, Bristol.

I ragazzi della Eagle Tactical hanno installato il sistema di sicurezza anni fa, quando Kyler si è trasferito nella proprietà.

È molto conosciuto, praticamente famoso per chi è appassionato di sport.

È un giocatore di hockey.

Io?

Non sono mai stata a una partita di hockey e non ci ho mai messo più di qualche secondo a cambiare canale quando ne trasmettevano una. Questo è il mio concetto di sport.

Premo il campanello mentre un fulmine illumina il cielo. Il tuono rimbomba sopra di me, e il cancello si sblocca prima che io abbia il tempo di parlare.

Non mi chiede di mostrare un documento d'identità o di dimostrare chi sono attraverso il sistema di sorveglianza. E sebbene mi stia aspettando, dato che sono qui per proteggere la sua famiglia, non sono contenta di come viene gestita la sicurezza all'interno della casa.

Rapidamente, entro dal cancello e mi affretto ad attraversare il vialetto di ciottoli fino alla facciata della casa. Difficilmente si potrebbe classificare come una casa, considerando le sue dimensioni grandiose. Fa sembrare una villa una catapecchia.

Chiudo l'ombrello mentre sono sotto il portico d'ingresso e lo lascio fuori, non volendo fare un pasticcio entrando.

La porta d'ingresso si spalanca, e un uomo in jeans scuri e maglietta bianca mi fissa. Ha una folta chioma di capelli scuri che mi trattengo dall'accarezzare con le dita.

Con un solo sguardo, lo riconosco.

Come potrei non farlo dopo aver fatto le mie ricerche prima di incontrarlo? Dovevo sapere che tipo di persona fosse per capire chi potrebbe voler fare del male a lui o sua figlia.

È strano, ma credo che stare sotto i riflettori faccia questo effetto. La gente pensa di conoscerti perché è stata a una tua partita o ti ha visto in televisione.

Probabilmente, ha decine di donne in fila che vorrebbero diventare la prossima signora Greyson, implorando per il suo affetto e la sua attenzione.

«Ciao,» dico. Non è la presentazione più appropriata e professionale, ma la pioggia fredda sembra avermi rubato le parole di bocca. Mi pulisco i piedi, i tacchi per niente risparmiati dalla pioggia o dalle pozzanghere fangose che ho attraversato venendo qui.

«Sei bagnata.» Il suo sguardo scuro mi trafigge.

Rabbrividisco.

Non ha torto.

Ma non è il fatto che sono fradicia per la pioggia che invia un brivido attraverso il mio corpo.

Mi fissa come se fossi nuda, guardando attraverso di me, inchiodandomi con quegli occhi scuri e quelle lunghe ciglia folte. È il sogno bagnato di ogni ragazza.

«Non l'avevo notato» dico con un sorrisetto.

«Posso aiutarti?» chiede, squadrandomi dalla testa ai piedi. Incrocia le braccia sul petto, permettendomi di entrare ma bloccandomi all'ingresso.

«Sono la nuova guardia del corpo» dico. Inspiro bruscamente. «Nessuno L'ha informata del mio arrivo? Sono Emerson Ryan.» Tendo la mano per presentarmi. «Sono stata assunta dalla Eagle Tactical per proteggere la figlia del signor Greyson, Bristol.»

Sbuffa e fa un passo indietro, come se l'avessi scottato. «Col cavolo. Non penso proprio che tu sia in grado di proteggere *mia* figlia. Mi era stato detto che sarebbe venuto il signor Ryan a proteggere Bristol.»

«Signorina Ryan» lo correggo. «E sono più che capace di proteggere sua figlia.»

Il suo sguardo percorre il mio corpo, soffermandosi un po' troppo a lungo sul mio seno.

Allungo il piede e lo faccio cadere sul sedere, guardandolo dall'alto mentre è steso sul pavimento di legno. «Vede, più che capace. Non deve preoccuparsi. Mi sono addestrata a Quantico.»

Gli offro la mano per aiutarlo ad alzarsi, ma non l'accetta. Si spolvera i jeans, anche se sembra stare bene, a parte l'ego un po' ammaccato.

Mi tolgo il cappotto bagnato e trovo uno spazio libero per appenderlo vicino alla porta, facendo come se fossi a casa mia.

«Perché non lavori più per l'FBI?» Si volta e si allontana dall'ingresso. «Vieni?» chiede con noncuranza, aspettando che io mi metta in riga con lui.

Mi affretto a raggiungerlo. È quasi trenta centimetri più alto di me, e i suoi passi sono enormi. Non c'è da meravigliarsi che sia un atleta. Quell'uomo è nato per esserlo.

«Mi sono dimessa dall'FBI» dico. Non voglio approfondire ulteriormente l'argomento.

«Dimessa o licenziata?» Si gira per affrontarmi mentre siamo nel corridoio, un po' troppo vicini.

Sento quella scintilla tra noi e faccio di tutto per allontanare quella sensazione. Seppellirla. Non ha il diritto di possedere il mio cuore.

«Sto aspettando» sbotta.

Rifiuto di sottomettermi a lui, anche se è trenta centimetri più alto di me. Lo fisso, impassibile. «Ho lasciato dopo che il mio capo mi ha molestata sessualmente.» C'è dell'altro, ma non è un percorso nella memoria in cui voglio perdermi ora.

«Non hai sporto rimostranze lungo la catena di comando?» La sua fronte si corruga e il labbro inferiore si piega in una smorfia. C'è una dolcezza nei suoi lineamenti, un calore che emana quando mostra preoccupazione. Anche se non sono sicura se sia per me o perché è deluso.

«L'ho fatto, ed era la sua parola contro la mia» dico, spostandomi a disagio. «Dal momento che passerò del tempo con sua figlia, non credo che questo sarà un problema.»

«Non hai nulla di cui preoccuparti» dice Kyler.

«Certamente.» Forzo un sorriso. La tensione tra noi fa sembrare la stanza diversi gradi più calda. O forse è il fatto che il suo sguardo non ha lasciato il mio, e non sono abituata a ricevere tanta attenzione.

Non durerà. Lui è assolutamente off-limits.

E ho giurato che non mi sarei lasciata coinvolgere con un uomo sposato.

Guardo la mano sinistra di Kyler. Non c'è fede nuziale.

Non che dovrebbe importare. È comunque il cliente. Il mio capo. E niente può accadere tra noi, né dovrebbe. Per quanto mi riguarda, sarei felice di non uscire mai più con nessuno. Uomini, sesso. Sono tutte cose sopravvalutate.

E se questo non fosse un motivo sufficiente, deve essere un playboy. L'uomo è una stella di una squadra NHL. Può avere qualsiasi ragazza voglia. Cosa mi fa pensare che guarderebbe due volte proprio me?

«Bene» dico, e mi schiarisco la gola quando sta un po' troppo vicino e mi fissa troppo a lungo.

«Non sono ancora convinto che tu sia la persona migliore per questo lavoro» dice, appoggiandosi al muro.

Sta aspettando che lo convinca?

«Mi dia due settimane» dico.

«Te ne darò una.»

TWO
KYLER

È difficile non fissare la nuova guardia del corpo che il team della Eagle Tactical mi ha mandato. Mi hanno assicurato che Ryan Emerson è la migliore che hanno e che è bravissima con i bambini.

Quello che non mi aspettavo era che Ryan fosse il suo cognome e di ritrovarmi faccia a faccia con una minuta giovane brunetta che non sembra capace nemmeno di badare a se stessa, figuriamoci a mia figlia.

Tuttavia, mi ha steso al tappeto. Le do credito per questo, ma ho ancora i miei dubbi. Certo, ha lavorato per l'FBI, ma potrebbe essere stata un'impiegata che passava le giornate al sicuro dietro una scrivania, senza mai aver bisogno di usare le sue abilità.

Per la fine della settimana, sarà già andata via. Non c'è modo che possa sopravvivere a Bristol, mia figlia, e alle minacce contro la mia famiglia.

E non sono minacce da poco.

Se non faccio esattamente come mi è stato ordinato, hanno promesso di prendere mia figlia e ucciderla.

L'unico problema è che non so chi siano *loro*.

Potrei lasciare la lega, abbandonare l'hockey e diventare un padre casalingo. Ma questo non risolverebbe esattamente il problema.

Chiunque siano questi uomini che minacciano la mia famiglia, non si fermeranno se mi allontano dalla NHL. E non ho intenzione di lasciare il mio lavoro. Vivo e respiro per l'hockey. Sarebbe come rubarmi l'ultima boccata d'ossigeno necessaria per sopravvivere.

E come se non bastasse, la mafia italiana è a pochi passi dalla mia porta. Ma questo l'ho tenuto nascosto al team di sicurezza che ho contattato. Tutto ciò che sanno è che c'è una minaccia credibile contro la mia famiglia e mia figlia.

È tutto ciò che devono sapere per ora.

Tenerli all'oscuro è proteggere Bristol. Sto seguendo le loro richieste, facendo ciò che pretendono da me. E nessuno, nemmeno mio fratello minore, conosce la vera minaccia.

«Posso incontrare Bristol?» chiede Emerson, già familiare con l'incarico: mia figlia.

«Sta dormendo nel suo letto.» Sono già passate le nove, e se non dorme abbastanza, diventa incredibilmente lunatica, proprio come era solita essere sua madre. «La incontrerai domani. Nel frattempo, ti porterò di sopra e ti mostrerò la tua stanza. Se non sei stanca, sei la benvenuta a tornare di sotto e possiamo continuare la nostra conversazione.»

La bruna fa un respiro profondo. «Penso che andrò a letto,» dice.

È probabilmente la scelta migliore, anche se nascondo bene la mia delusione.

Accanto all'ingresso principale c'è la sua piccola valigia. Non riesco a immaginare che contenga vestiti per una settimana. «È tutto ciò che hai portato?» chiedo, sollevando il manico. È più pesante di quanto sembri. Non è un problema per me, ma immagino che la Emerson faticherebbe a portarla su per le scale.

«Posso portare il mio bagaglio,» dice la Emerson.

«Puoi farlo, ma l'ho preso io,» rispondo. La conduco su per le scale e le offro la stanza degli ospiti accanto a quella di mia figlia. Io sono proprio dall'altro lato del corridoio, anche se tengo quel piccolo dettaglio per me.

La casa può essere enorme, ma non ho bisogno che lei dorma nell'ala opposta quando è stata assunta per occuparsi e proteggere Bristol.

Apro la porta e accendo la luce, lasciando che si guardi intorno mentre metto la valigia sul pavimento accanto al letto. «C'è un bagno privato attraverso quella porta e una cabina armadio annessa.»

A differenza della maggior parte delle donne che si entusiasmano per le dimensioni della tenuta e per la sistemazione, non commenta molto. Anche se in realtà molte di quelle donne condividono il mio letto, non gli viene data una stanza tutta per loro.

«Non è di tuo gradimento?» chiedo. Non è che mi aspetti un complimento, ma non sembra impressionata.

«Sembra tutto a posto. Le dispiacerebbe se dessi un'occhiata ai filmati di sicurezza e alle telecamere? Vorrei fare un giro per familiarizzare con la proprietà prima di andare a letto.»

La sua domanda mi coglie alla sprovvista.

È tutta fissata sul lavoro. E anche se dovrebbe essere così, è anche tardi, non in orario d'ufficio. Tuttavia, una guardia del corpo che vive in casa non lavora necessariamente dalle nove alle cinque. Tecnicamente, non inizia fino a domani, ma quando ho parlato con Declan ho insistito che non era necessario che prendesse un hotel per la notte.

È appena arrivata dal Montana in aereo o è del posto?

Mi gratto la nuca, osservandola. È difficile non guardarla e non concentrarsi sul modo in cui i suoi fianchi ondeggiano mentre cammina. È passato troppo tempo dall'ultima volta che sono stato con una donna. Avere una figlia di sei anni rende le cose difficili. Oh, e c'è anche lo status di celebrità.

Questo non significa che non abbia avuto la mia parte di donne quando mia figlia ha un pigiama party a casa di mio cugino o di mio fratello per la notte.

Ma non è mai stata più di un'avventura.

Le donne tendono a volere il mio conto in banca. Si buttano su di me, ma non è mai una cosa reale. E non aiuta il fatto che sono diventato miliardario prima di poter comprare legalmente alcolici. Non è una storia felice, ma è la mia, che mi piaccia o meno.

Mi pesa quando penso all'investimento, da dove provenivano i soldi e a ciò che è successo da allora.

La maggior parte dei miliardari lascerebbe lo sport e andrebbe in pensione. Si metterebbero comodi e starebbero a oziare su una spiaggia da qualche parte nel Pacifico meridionale o ovunque gli aggradi.

Non sono come la maggior parte dei miliardari.

Mi piace lo sport, il brivido del ghiaccio sotto i miei pattini e i tifosi che urlano all'unisono. C'è una scarica di adrenalina che provo nell'arena che non provo da nessun'altra parte.

E ci ho provato.

Lanciarsi con il paracadute da un aereo è stato divertente ed emozionante, ma non mi ha dato la stessa soddisfacente scarica di adrenalina. E avere una figlia ha la precedenza. Non posso buttarmi da un aereo. Lo stesso si potrebbe dire di me come padre e delle mie trasferte, ma Bristol in quei giorni resta da mio cugino e le piace molto.

«Signore?»

Dato che non ho risposto abbastanza velocemente alla signora Ryan, lei si avvicina a me. «Non abbiamo tempo da perdere, signor Greyson. Se la minaccia è concreta, dobbiamo mettere in sicurezza la casa, e voglio assicurarmi che tutto funzioni correttamente.»

«È più che concreta,» mormoro, passandole accanto.

Sento il calore del suo sguardo sulla mia schiena mentre mi segue giù per le scale fino all'ufficio di sicurezza. Apro la porta, facendole cenno di entrare per prima.

La parete in fondo è coperta da pavimento a soffitto di schermi di sorveglianza. Sono di alta qualità e possono fondersi in un unico schermo gigante o venti schermi individuali, ciascuno dei quali si concentra su una telecamera intorno alla proprietà. Non ci sono troppe telecamere all'interno della casa.

Una conduce dalle scale del seminterrato, e ci sono telecamere a ogni ingresso della casa e del garage.

Torreggio sulla sua figura minuta mentre sta in piedi con le braccia incrociate sul petto, esaminando l'attrezzatura. «Mi mostri i controlli,» dice.

C'è una lunga scrivania di legno con un pannello di controllo e un computer collegato a tutte le telecamere. La conduco al pannello e le fornisco la password per accedere al sistema.

In pochi secondi, sta già digitando sulla tastiera, zoomando con le telecamere, osservando gli schermi. Non sono sicuro di cosa stia cercando o facendo, ma non è la sua prima volta.

Mi sposto da un piede all'altro, cambiando leggermente il peso, non volendo sentirmi un completo idiota per quello che ho detto prima e peggio ancora per aver pensato che fosse incapace solo per la sua statura.

È piccola.

È minuta e piuttosto adorabile, mi rendo conto, più la guardo.

Ma questo è solo lavoro. Non l'ho portata a casa mia per avere pensieri lascivi sulla guardia del corpo. Faccio una smorfia.

Solo pensare a lei come guardia del corpo sembra comico. Mi passo la mano sulla nuca ed esalo un pesante sospiro.

«Qualcosa non va?» chiede Emerson. Mi guarda da sopra la spalla.

Scuoto la testa. Sa già che non sono impressionato dalla sua statura. Ma se può proteggere Bristol, è tutto ciò che conta.

«Sembra che tu abbia una buona idea di come usare il sistema di sorveglianza,» dico, e mi schiarisco la gola, cercando di distrarmi dal fatto che si sta sporgendo in avanti, con la testa leggermente inclinata di lato, le guance rosse, probabilmente per il freddo esterno e la pioggia.

È ancora nei suoi vestiti umidi, sebbene senza scarpe e con la giacca tolta sia è meno fradicia. L'orlo dei suoi pantaloni è bagnato, e i suoi capelli sono umidi e disordinati, ma questo la rende ancora più irresistibile.

Cazzo.

Il mio membro si contrae nei pantaloni.

Mi schiarisco la gola ed esco dall'ufficio di sicurezza, lasciandola sola. Se Declan si fida di lei, allora dovrò farlo anch'io. Inoltre, è qui per aiutare, non per complicarmi la vita.

Il calore si dissipa più mi allontano da Emerson. Mi dirigo in cucina, apro il frigorifero e prendo una bottiglia d'acqua. Svito il tappo e mi giro, guardando l'ingresso della cucina. Emerson sembra avermi seguito.

Non l'ho sentita uscire dall'ufficio di sicurezza.

Non ho nemmeno sentito i suoi passi sul il pavimento di legno. Do la colpa alla distrazione. Non che io debba ascoltare dove va Emerson, ma pensavo che avrebbe giocato con l'attrezzatura di sorveglianza un po' più a lungo.

E in realtà non voglio che veda la tenda che sto innalzando nei pantaloni. Fortunatamente, il bancone è di mezzo per combattere il mio imbarazzo.

Hockey.

Dischi.

Qualsiasi cosa per farmi pensare a qualcosa di diverso da ciò che c'è sotto i vestiti umidi di Emerson. E i suoi capezzoli hanno fatto una grande apparizione attraverso la camicia.

Ma apro la bocca, e non riesco a fermarmi. Il mio filtro stasera sembra non funzionare. «Sei ancora bagnata,» dico.

Il suo sopracciglio si aggrotta, e c'è di nuovo quella sexy piccola inclinazione della testa.

«È solo pioggia. Non mi scioglierò.»

«Dovresti asciugarti. Non mi servi a nulla se prendi una polmonite,» dico.

Si morde il labbro inferiore, e non riesco a capire se si stia trattenendo o se sta succedendo qualcos'altro nella sua testa.

Declan mi ha mandato Emerson per farmi uno scherzo? Ci conosciamo da tanto tempo e abbiamo una storia insieme. È ben consapevole della mia situazione con mia figlia. Non frequento nessuno perché Bristol è il mio intero universo. Non voglio portare qualcuno nella mia vita che possa incasinare le cose con mia figlia.

E il solo stare nelle vicinanze di Emerson accende un fuoco dentro di me che non avevo realizzato fosse estinto.

Hockey.

Paradenti.

Rigori.

I riferimenti sportivi non aiutano minimamente. Il pensiero di Emerson a una partita, che indossa solo una maglia, mi passa per la mente mentre si piega nella gabbia di penalità, prendendomi in giro.

Per l'amor di Dio, ho bisogno di un bagno di ghiaccio. Nemmeno una doccia fredda mi aiuterà a scendere da questo picco che ho restando intorno a lei.

E ci siamo appena conosciuti.

«Papà!» Bristol scende le scale di corsa, i suoi passi per nulla silenziosi.

Guardo l'orologio. Dovrebbe essere a letto addormentata.

Difficile che sia sveglia a causa mia o di Emerson. Siamo stati abbastanza silenziosi, il rumore non può essere arrivato fino alla camera da letto di mia figlia, al piano di sopra.

Corre in cucina, sfrecciando davanti a Emerson, e alza le braccia in aria perché la prenda.

«Cosa ci fai sveglia?» chiedo, sollevandola tra le mie braccia.

«Ho fatto un brutto sogno,» dice Bristol, avvolgendo le braccia attorno al mio collo mentre la coccolo.

Le strofino la schiena, e la sua testa cade nell'incavo del mio collo.

Tira su col naso. Le sue guance sono rosse, gli occhi affaticati e con lacrime asciugate che dovevano rigarle il viso fino a poco prima. «Sei la mia nuova tata?» chiede Bristol, girando la testa quanto basta per incontrare lo sguardo di Emerson.

Emerson apre la bocca, e la fermo prima che possa spiegare qualcosa a mia figlia di sei anni.

«Sì, è qui come tua tata,» dico, sperando che Emerson stia al gioco. L'ultima cosa che voglio è spaventare Bristol. Gli incubi sono stati più frequenti nelle ultime settimane. Se spiego a mia figlia che c'è una minaccia credibile contro la nostra famiglia, potrebbe non dormire mai più.

Non voglio mettere questo peso su Bristol. Non se lo merita.

«Oh,» dice Bristol e tira su col naso. Strofina il suo naso bagnato contro la mia maglietta. Grazie, piccola. Sono abbastanza sicuro che la mia maglietta sia spalmata di moccio, ora.

«Ciao, Bristol. Sono Emerson.»

Trattengo praticamente il respiro, aspettando di vedere se sta al gioco, mentendo a mia figlia. È per il bene di Bristol. Spaventarla non l'aiuterebbe. Ha già abbastanza paure. Non voglio che abbia paura del buio e non voglia mai stare da sola.

Almeno, credere che Emerson sia la sua tata potrebbe aiutarla ad acclimatarsi ad avere qualcuno costantemente intorno che la protegga.

Bristol non dice nulla, fissa solo Emerson per alcuni secondi prima di tirare nuovamente su col naso. «Papà, posso dormire nel tuo letto?»

THREE
EMERSON

SUA FIGLIA È ASSOLUTAMENTE ADORABILE. Ho scoperto che ha sei anni, frequenta la prima elementare ed è iscritta a una scuola privata. Non che mi aspettassi di meno da un uomo ricco sfondato.

Non sono sicura del suo esatto patrimonio, ma Forbes lo colloca da qualche parte tra milionario e miliardario.

Ho fatto una ricerca su Google.

Non ne vado fiera.

Chiamiamola ricerca.

Ci sono molte fotografie di lui. Non troppe di sua figlia. È stato bravo a proteggerla dai riflettori.

Non che io non abbia fatto la mia parte nell'indagare sul suo passato per determinare quanto sia credibile la minaccia alla sua famiglia e perché sono stata incaricata di sorvegliare Bristol.

Non dovrei proteggere anche Kyler Greyson?

E certo, posso proteggere Kyler quando è a casa, ma non posso proteggerlo mentre è sul ghiaccio. Almeno lo stadio ha guardie e sicurezza, un intero staff addestrato per proteggere i giocatori.

Sorseggio la mia tazza di caffè, la panna al caramello macchiato lo rende per niente amaro. Un dessert in tazza per colazione. Inoltre, aiuta a tenermi ben sveglia e attiva, una necessità quando porto Bristol a scuola.

La bambina frequenta la prima elementare di una scuola privata eclettica. È di prim'ordine, super chic, e probabilmente l'aiuterà a tracciare il percorso per entrare ad Harvard o in qualche altra università della Ivy League un giorno.

Sono sicura che è per questo che manda sua figlia lì, per la migliore istruzione e il futuro più luminoso possibile. I genitori ricchi tendono a viziare i figli, dando loro tutto ciò che possono per incoraggiarli a credere che possano essere tutto ciò che vogliono.

Non spetta a me spiegarle che il mondo è crudele e ingiusto.

«Emmie,» dice Bristol mentre mi siedo accanto a lei nel sedile posteriore della berlina. Kyler ha un autista privato, Mitchell, che ci porta ovunque. Non sono sicura se sia perché non si fida della mia guida, che non ha mai visto, o se è così ricco da avere soldi da buttare per un autista.

Mi ha dato il soprannome *Emmie*, e non l'ho corretta. Le piace Emmie più di Emerson. Alcuni adulti potrebbero trovarlo fastidioso o irrispettoso, ma io lo considero una vittoria.

Ho bisogno che Bristol si fidi di me in modo che io possa svolgere adeguatamente il mio lavoro e proteggerla. Anche se non sono entusiasta del fatto che Kyler abbia scelto di mentire a sua figlia sul motivo per cui sono stata assunta.

Quando l'autista si ferma davanti alla scuola di Bristol, scendo con lei, aspettando che prenda lo zaino dal sedile posteriore. «Vieni dentro con me?» Mi guarda con occhi grandi e innocenti.

Una normale tata la lascerebbe e la riprenderebbe.

«Devo parlare con il preside,» dico, dandole una pacca sulla spalla mentre si mette lo zaino. È praticamente più grande di lei, ma non sembra troppo pesante o ingombrante.

Mi saluta con la mano e corre via per stare con i suoi amici mentre si affrettano dentro la scuola. I bambini sono tutti vestiti con uniformi scolastiche blu e grigie. Lei si confonde, il che è sia un bene che un male.

Dall'esterno, tutto sembra normale. Banale. Kyler ha informato il preside che sarei venuta? Quanto sa della minaccia alla famiglia Greyson?

L'autista mi aspetta fuori dall'ingresso principale e chiude la portiera del veicolo mentre mi dirigo all'interno della scuola. Immediatamente, vengo accolta da una delle insegnanti o da un qualche membro del personale.

«Posso aiutarla?» chiede la donna. Indossa un cordino intorno al collo con un cartellino d'identificazione. Dovrei essere sollevata che siano molto attenti alla sicurezza, ma non ci sono metal detector o altri tipi di sistema di sorveglianza che io possa vedere. Niente telecamere. Nessuna attrezzatura ad alta tecnologia.

«Sì, sono Emerson Ryan. Vorrei parlare con il preside.»

«Ha un appuntamento?» chiede la donna, scrutandomi dalla testa ai piedi. La sua fronte si corruga e guarda il suo orologio.

Probabilmente, deve essere in classe a breve, con i suoi studenti. Una campanella suona e i bambini iniziano ad affrettarsi nelle rispettive aule.

«No,» dico. «Il signor Kyler Greyson mi ha assicurato che non avrei avuto bisogno di un appuntamento.»

I suoi occhi si spalancano, e la donna annuisce. «Oh, capisco. È riguardo a Bristol e Liam.»

«Sì,» dico, anche se non sono sicura di cosa sia accaduto tra i due studenti. Kyler mi ha tenuto all'oscuro, ma è solo la mia prima settimana di lavoro. Il background che abbiamo scavato quando cercavamo di concentrarci sulle potenziali minacce era su Kyler. Nessuno ha indagato direttamente su Bristol. Dopotutto, ha solo sei anni.

«Venga con me,» dice la donna mentre mi conduce lungo il corridoio, attraverso il trambusto mentre gli studenti entrano in classe e suona la seconda campanella. È veloce e leggera sui piedi, e le sue falcate mi costringono a correre per starle dietro.

La porta dell'ufficio principale è spalancata, e mi conduce dentro alla reception. «Qui potranno aiutarla,» dice prima di affrettarsi verso la sua aula.

Posso solo immaginare il caos di lasciare una stanza piena di bambini delle elementari da soli, più specificamente, bambini di prima. Presumo che quella donna fosse una delle insegnanti di Bristol. Perché altro avrebbe saputo chi era Bristol e di una qualche scaramuccia con questo Liam?

Forse sto saltando alle conclusioni. Per quanto ne so, i due potrebbero essere stati sorpresi a baciarsi nel cortile.

Anche se ne dubito.

Mi presento alla donna dietro la scrivania, e mi fa accomodare e aspettare che il preside sia disponibile.

Passano alcuni minuti, e mi muovo a disagio, non mi piace l'idea che Bristol sia da sola. Anche se, nel caso si tratti realmente di un litigio con un bambino, è molto meno preoccupante per me di una vera minaccia, del tipo che coinvolge violenza e uomini armati.

Alla fine, vengo condotta nell'ufficio del preside, e mi presento.

«Salve, sono Emerson Ryan,» inizio, e il signore mi interrompe prima che possa continuare.

«So chi è,» dice, facendomi cenno di accomodarmi. «È qui per conto di Kyler Greyson. Non si è degnato di presentarsi o di rispondere alle nostre chiamate riguardo a sua figlia.»

Emetto un respiro pesante. «È incredibilmente impegnato, come può immaginare. Data la sua immagine pubblica, il suo status e la sua ricchezza, sono stata incaricata di proteggere sua figlia.»

«Proteggerla?» Ride amaramente e si strofina la fronte. Si toglie gli occhiali e si appoggia alla scrivania. È un uomo anziano con una pancia prominente che sporge dalla scrivania.

«È questo che le ha detto? Che sua figlia ha bisogno di essere protetta da Liam Moretti?»

«Moretti,» ripeto, il nome che scatta sulla mia lingua, «come la famiglia criminale dei Moretti?» Qualsiasi persona sana di mente probabilmente non avrebbe fatto quella domanda ad alta voce, ma sono nota per spingermi oltre quando non è sempre appropriato.

Avendo lavorato per l'FBI anche solo per un breve periodo, ho una buona conoscenza delle famiglie criminali di New York City e dintorni. Avevamo una squadra incaricata di smantellare la Bratva russa. Non avevano avuto successo quando lasciai l'ufficio, ma non era la mia unità. E non ho seguito gli sviluppi per scoprire se abbiano mai arrestato Mikhail Barinov o i suoi uomini.

Il preside si schiarisce la gola, spinge indietro la sedia e si alza. Si dirige rapidamente verso la porta e la chiude prima di girarsi per affrontarmi.

«Le pareti hanno orecchie, signorina Ryan,» dice. «Sarebbe saggio ricordarselo.»

Mi mordo la lingua, scegliendo di non rivelare che in precedenza ho lavorato per l'FBI. I peli delle braccia mi si rizzano in presenza del preside. C'è qualcosa in lui che non quadra.

Forse è il fatto che sia perfettamente consapevole di avere studenti iscritti nella sua scuola i cui genitori sono coinvolti nel crimine organizzato. Cerco di non analizzare troppo la situazione, come farei tipicamente da agente federale. Il fatto è che questo tizio accetta denaro, che sia una donazione o rette scolastiche, ma sono soldi sporchi.

Ma non è compito mio preoccuparmi o scoprire questo.

Sono qui solamente per proteggere Bristol.

«Sono stata assunta dal signor Greyson per proteggere sua figlia, Bristol,» dico. «Il signor Greyson ha motivo di credere che sua figlia possa essere in pericolo.»

Lui esala una risata nervosa.

Il sudore gli luccica sulla fronte.

«È davvero necessario?» Allunga la mano in tasca per prendere il fazzoletto e si tampona la fronte.

Cosa sta nascondendo?

«Me lo dica lei,» rispondo, rifiutandomi di distogliere lo sguardo. «Mi spieghi. Cosa è successo tra Bristol e Liam all'interno della scuola?»

Annuisce e ritorna alla scrivania. Trovata la poltrona in pelle, si siede, con lo sguardo che si sposta costantemente per la stanza. È ansioso, ma non riesco a capire se sia per senso di colpa o per paura. Cosa hanno i Moretti su di lui?

«I due ragazzi sono nella stessa classe. Liam siede dietro Bristol e ha pensato fosse divertente sollevare la sua sedia con i piedi. Era solo un innocuo flirt.» Il preside agita la mano con fare sprezzante. «Lei ha esagerato.»

«Cosa ha fatto Bristol?»

«Lo ha preso a pugni.»

Mi mordo il labbro inferiore per evitare di dire qualcosa che non dovrei. Ho una marea di domande, ma anche il sospetto che ci sia altro nella storia, qualcosa che il preside sta omettendo.

«Parlerò con Bristol,» dico, «e con il signor Greyson quando la riporterò a casa stasera. Quando è avvenuto questo incidente?»

«Venerdì.»

Avevo già concordato il lavoro con Kyler Greyson ben prima di venerdì scorso, il che significa che l'incidente con la famiglia Moretti risale a prima o che c'è qualcos'altro che minaccia Bristol e Kyler.

––––––––

Dopo aver finito di discutere della situazione riguardante i ragazzi, chiarisco che ho bisogno di vedere le misure di sicurezza che sono state messe in atto. Era ovvio che mi era stato facile entrare nella scuola.

Che la famiglia Moretti sia la minaccia o meno, ho bisogno di sapere che Bristol è al sicuro nella sua aula.

Convinta che Bristol non sia in pericolo immediato, torno alla macchina, e l'autista mi apre la portiera posteriore. «Il signor Greyson ha chiesto che lei lo incontri al palazzo del hockey su ghiaccio.»

Lo stadio assume la propria sicurezza privata, quindi sono un po' sorpresa dalla sua richiesta di incontrarlo lì.

«Ha detto di cosa si tratta?» chiedo, sperando di raccogliere almeno qualche informazione prima di arrivare.

Mitchell non è particolarmente loquace. Si limita a scuotere la testa e a chiudere la portiera prima di fare il giro fino alla parte anteriore del veicolo.

Do un'occhiata al mio telefono. Non ci sono messaggi da Kyler o da nessuno del team Eagle Tactical. Declan mi ha assegnato il lavoro, ma non ha chiamato né scritto. Non che mi aspetti che mi controlli per vedere come stanno andando le cose. Sono perfettamente in grado di gestire l'incarico.

Infilo il telefono nella borsa. Lo stomaco mi si contrae, e non sono sicura se sia perché sto lasciando Bristol a scuola, dove so che è al sicuro, per quanto possibile, o perché qualcosa semplicemente non mi torna.

Cosa sta nascondendo Kyler? Dev'esserci qualcosa. Non c'è altra ragione per cui la sua vita sarebbe altrimenti in pericolo o, meglio, quella di sua figlia.

Devo sapere qual è la vera minaccia e se sia fondata. Come posso fare il mio lavoro al buio?

Il palazzetto dell'hockey su ghiaccio si trova dalla parte opposta della città. Veniamo fatti entrare da un ingresso laterale, e al nostro arrivo Kyler esce a grandi passi dall'edificio.

Spalanca la portiera posteriore per me proprio mentre l'auto si ferma.

«Sei in ritardo,» dice Kyler, come se fosse colpa mia per aver guidato troppo lentamente.

C'era traffico, e dovevo assicurarmi che Bristol fosse al sicuro prima di lasciarla a scuola. «Ha dimenticato di menzionare che avevamo un appuntamento,» dico, scendendo dal veicolo.

Lui sbatte la portiera dietro di me. Il suo sguardo scuro mi scruta il corpo per un po' troppo tempo. Ha la mascella tesa. È nervoso. Immagino che non abbia mai un attimo di tregua tra il lavoro e l'essere un padre single.

«Ti sei preoccupata di controllare il telefono?» chiede e tende la mano, palmo in su.

Lo fisso con sguardo vuoto.

«Il tuo telefono,» afferma, scuotendo la testa, aspettando che io mi metta al suo stesso livello.

Siamo su due pianeti diversi a questo punto.

Prendo il cellulare che mi ha fornito e glielo mostro.

Nel frattempo, l'autista allontana il veicolo dal marciapiede, lasciandomi sola con Kyler. Beh, non completamente sola. Siamo in piedi fuori dal palazzetto, che si erge sopra di noi.

Kyler mi strappa il telefono dalle dita e me lo mette davanti al viso per sbloccarlo. «Molto elegante,» mormoro sottovoce.

Lui non commenta e scorre finché non trova l'app del calendario che, evidentemente, riteneva necessario mostrarmi, proprio ora, fuori, sul marciapiede. Apparentemente, non poteva aspettare.

È *quel* tipo. Quello che deve avere le cose fatte immediatamente e non si siederà per due minuti a rilassarsi. È probabilmente il tipo A, quello per cui se non viene fatto a modo suo, rifarà tutto da capo.

Sarà divertente.

Mi mordo il labbro inferiore mentre mi mostra l'appuntamento per incontrarlo al palazzetto. Guardo il mio orologio. «Sono in ritardo di tre minuti,» dico. «E hai omesso di menzionare la zuffa tra Bristol e Liam a scuola. L'ho saputo dal preside.» Non menziono il breve incontro con l'insegnante, che sembrava saperlo anche lui. Ho il sospetto che voglia che io vada dritta al punto.

«Ragazzi,» dice con una semplice alzata di spalle. «Bristol si stava difendendo. Non vedo il problema.»

«La violenza non è un problema?»

«Gli ha detto di smetterla. Lui non l'ha fatto. Così lei ha fatto la cosa migliore.»

«E non pensa che sarebbe stato meglio dirlo a un insegnante?» chiedo.

«Non ho cresciuto una spiona.» Il suo sguardo è fisso sul mio, irremovibile.

Il calore tra noi sfrigola, e io espiro bruscamente e faccio un passo indietro. È troppo caldo. Troppo e troppo veloce.

Kyler è intenso.

La sua intensità trasuda da lui e si infiltra nelle mie vene.

Non sono sicura se lo amo o lo odio.

Mi schiarisco la gola. «Sapevi che il padre di Liam gestisce la mafia?» chiedo.

«Antonio Moretti? Sì, ne ho sentito parlare.»

Non sembra scosso dalla notizia come mi aspettavo, cosa che trovo leggermente preoccupante. Non è un segreto che la famiglia Moretti sia coinvolta nel crimine organizzato. Tuttavia, non mi aspetterei che la persona media abbia le stesse conoscenze che ho io, un'ex agente federale.

Lascio correre il suo commento. Interrogarlo sulla sua conoscenza potrebbe sembrare un po' sgradevole, e ho bisogno di guadagnarmi la sua fiducia.

«Non ti ho invitato qui per parlare di *lui*,» dice Kyler, e il suo sguardo mi trafigge. È attraente, ma è quel tipo di attraente dove sa quanto è bello, e questo lo rende arrogante.

Una donna ci passa accanto sfrecciando, con una gonna a tubino corta e nera e una camicetta rosso scuro con un bottone di troppo aperto. «Buongiorno, Kyler.» Gli rivolge un sorriso, e non riesco a capire se sia genuino o se ci sia un interesse per lui oltre il superficiale. Lui è un pezzo grosso sul ghiaccio. E incredibilmente affascinante.

Non la biasimo per voler attirare la sua attenzione, ma il mio stomaco si stringe per l'inquietudine, e non riesco proprio a capire perché.

«Buongiorno, Brittney,» dice lui.

Sposto i piedi nervosamente mentre il suo sguardo segue la donna che avanza ancheggiando verso l'ingresso principale. Lui le sta fissando il sedere, e lei ondeggia i fianchi, offrendogli un bello spettacolo.

«Sul serio?» mormoro un po' troppo forte.

«Gelosa?»

Mi schiarisco la gola. «Di te e Barbie? No. Lei è solo interessata a portarti a letto,» dico. Non so se sia vero, ma mi esce troppo in fretta dalle labbra prima che possa chiudere la bocca.

«Sei decisamente gelosa.» Sorride compiaciuto, il suo sguardo mi divora.

Fa caldo sotto il suo sguardo. Vorrei togliermi la giacca e spogliarmi, lasciare che il vento fresco accarezzi la mia pelle, ma non posso farlo nel parcheggio dello stadio. Sono abbastanza sicura che, se iniziassi a spogliarmi, qualcuno mi farebbe arrestare.

Non sarebbe il piano migliore per stare vicino a Kyler e proteggere lui e la sua bambina.

Sì, mi ha assunto per proteggere Bristol, ma lei non è la mia unica responsabilità. Lui ha bisogno di qualcuno che gli guardi le spalle, e con donne come Brittney che competono per la sua attenzione, sarà difficile tenerlo sotto controllo se gli piace flirtare con altre ragazze e persino frequentarle.

«Mi invita a entrare?» chiedo, indicando lo stadio dietro di lui.

«Vieni con me.» Si dirige a grandi passi verso la porta, afferra la maniglia e la spalanca. C'è la sicurezza all'ingresso, ma lo conoscono e lo lasciano entrare. Mi viene consegnato un pass per visitatori mentre mi conduce attraverso un labirinto di corridoi.

«Lo stadio ha una sicurezza privata. Perché ha bisogno di me qui? Non sarebbe meglio che restassi con sua figlia?» chiedo, mentre praticamente trotterello per tenere il suo passo.

«Bristol è a scuola, e tu sei ancora in servizio.» Un sorrisetto gli attraversa il viso, ma non è caldo e genuino. È quasi come se avesse qualcosa in mente, e so che mi pentirò di aver accettato questo lavoro dalla Eagle Tactical.

Grazie, ragazzi, per avermi gettata tra i lupi... o meglio, un solo lupo, Kyler Greyson.

Non fraintendetemi. La vista piacevole aiuta a compensare le sue abitudini fastidiose che ho già notato. Sono stata a casa sua solo per qualche giorno durante un lungo fine settimana, ma gli piace sparare la musica a tutto volume quando prepara la colazione e tende a lasciare i piatti nel lavandino fino al pomeriggio, quando finalmente li lava.

«Tieni il passo, M&M,» commenta sarcastico.

«M&M? Non mi starà davvero dando questo soprannome.» Ho mezza voglia di sbatterlo a terra, ma quella vocina nella mia testa mi ricorda che è il mio capo.

«Sei minuscola. Mi sembra appropriato.»

«Lei è uno stronzo, ma non mi senti chiamarti testa di cavolo.»

Ridacchia sotto i baffi. «Carino. È bello vedere che hai senso dell'umorismo, M&M.»

Sbuffo al sentire il suo soprannome e gli do una gomitata.

«Mi hai davvero appena aggredito?»

Mi fermo di colpo. La mia bocca rimane spalancata. «No,» dico, e non so nemmeno cosa pensare del suo commento. È lui quello che inventa soprannomi. Io ho solo reagito. Non era così grave.

Smette di camminare e si gira quando si rende conto che non l'ho seguito. Probabilmente è abituato a tutte le ragazze che gli corrono dietro, forse fin dalle elementari.

«Rilassati,» grugnisce e mi fa cenno di raggiungerlo. «Non mordo. Beh, a meno che tu non sia interessata a quel genere di cose.» E mi fa l'occhiolino.

Cazzo.

«Sta flirtando con me, signor Greyson?» chiedo e trattengo un respiro nervoso. La mia voce trema, ma spero che lui non lo noti.

Kyler sorride mentre lo raggiungo, e continua a camminare, girando l'angolo, e io sono proprio al suo fianco. Giuro che abbiamo camminato in cerchio, ma forse è solo che non sto prestando abbastanza attenzione all'ambiente mentre flirto e ammiro Kyler Greyson.

Mi mordo il labbro inferiore, il dolore leggermente pungente, abbastanza da riportarmi alla realtà. Devo concentrarmi.

«Non oserei mai,» dice. «Vieni, ti farò fare il tour.»

Raggiungiamo l'ingresso degli spogliatoi, e sto per chiedere se sia appropriato che io lo segua. Lui mi tira per farmi tenere il passo, afferrandomi il braccio.

Il calore e l'improvviso contatto sembrano naturali mentre i suoi occhi mi fissano dritto nell'anima. Quell'uomo potrebbe dirmi di buttarmi da un ponte, e in quel momento farei qualsiasi cosa per lui.

Un uomo arriva correndo dall'angolo e strappa Kyler dalla mia presa, puntandogli una pistola alla testa.

Istintivamente, le mie dita cercano la cintura, dove tengo la mia arma, ma non ho una pistola con me.

FOUR
EMERSON

LA PISTOLA nella mano dell'aggressore luccica sotto le dure luci fluorescenti del soffitto. L'adrenalina mi scorre nelle vene. Il cuore mi martella nel petto, e agisco d'istinto.

Sono addestrata per questo tipo di scenario e, sebbene non abbia dovuto affrontarlo al di fuori delle esercitazioni a Quantico, fisicamente sono qui, ora, davanti alla grave situazione in atto.

Sono l'unica in grado di calmare l'uomo e impedirgli di premere il grilletto.

«Non vuoi farlo davvero,» dico, con lo sguardo fisso sul malvivente mentre tiene un braccio saldamente intorno a Kyler e l'altro con la canna della pistola puntata sulla sua fronte.

Avere la mia arma in questo momento sarebbe utile, ma l'ho intenzionalmente lasciata a casa di Kyler, chiusa nella cassaforte, perché non potevo portare una pistola in una proprietà scolastica, certamente non prima di incontrare il preside e ottenere l'approvazione appropriata. E considerato che Kyler ha trascurato di ottenere tale autorizzazione e l'Eagle Tactical non avrebbe potuto farlo senza l'esplicito permesso di Kyler, al momento sono nei guai.

Non ho nemmeno un taser con me.

Solo il mio ingegno e il mio fascino. Più il mio addestramento e l'istinto.

«Non vedo altra scelta,» ringhia l'uomo guardandomi e lanciando un'occhiata dietro di sé mentre tiene Kyler in ostaggio, trascinandolo all'indietro.

Non conosco bene l'arena. C'è un'altra porta, ma dove conduce? Alle docce? Alla pista di ghiaccio?

L'uomo armato è distratto. Quanto basta perché io faccia la mia mossa, e mi lancio contro di lui, tirando la pistola verso l'alto mentre lo afferro e lo sbatto a terra, immobilizzandolo e costringendo l'aggressore a pancia in giù, tirandogli le braccia dietro la schiena. Riesco a calciare via la pistola.

«Ahia!» si lamenta.

«Prendimi delle fascette,» dico, lanciando un'occhiata a Kyler oltre la spalla.

Ha un enorme sorriso sul volto mentre incrocia le braccia sul petto, osservandomi.

«Aiutami, che dici?» gli urlo.

«Per l'amor di Dio, lasciami andare,» si lamenta l'aggressore cercando di liberarsi dalla mia presa. «Qualcuno glielo dica!»

«Dirmi cosa?»

Diversi uomini in maglia da gioco emergono lentamente da dietro l'angolo, i loro cellulari che riprendono tutto lo scambio, e mi rendo conto che era tutto un elaborato allestimento.

«Puoi lasciar andare Jasper,» dice Kyler. Fa qualche passo, chinandosi e raccogliendo la pistola da terra. «È mio fratello. E questa non è una vera Glock.»

Che idiota che sono.

«Sei uno stronzo.» Dovrei probabilmente controllare le mie parole, considerando che è il mio capo, ma non m'importa. «Avrei potuto sparare a tuo fratello.»

Mi esamina attentamente. «Non hai la pistola con te.» Non è una domanda, è come un'affermazione, e sono un po' sconcertata dall'accusa, anche se forse non è intesa come tale.

«Non potevo portare la mia pistola in una proprietà scolastica.»

«Precisamente,» dice con un sorrisetto.

«Hai pianificato tutto,» dico, e ho quasi voglia di scaraventarlo a terra e umiliarlo davanti ai suoi amici. «Pensi che non sia in grado di proteggere tua figlia.» Faccio un passo indietro, l'aria intorno a me calda e soffocante. Forse è anche un po' del testosterone che mi pervade le narici. La stanza è piena di uomini grandi il doppio di me.

Nel frattempo, Kyler Greyson è composto. Calmo. Controllato.

Io sono un disastro, grazie a lui.

«Avevo bisogno di vedere di cosa sei capace e come avresti reagito. Mi hai sorpreso,» dice Kyler. E quel sorrisetto è tornato, quello che mi fa venir voglia di cancellarglielo dalla faccia. Come se avesse dimostrato il suo punto, e io non mi fossi appena resa ridicola davanti a lui e ai suoi compagni di squadra.

«Sei comunque uno stronzo,» dico e me ne vado furiosa dallo spogliatoio.

Cerco di dirigermi nella stessa direzione da cui siamo venuti. È un labirinto di corridoi, e Kyler è proprio dietro di me.

Borbotta qualcosa di incomprensibile sottovoce. Non sono sicura se stia imprecando contro di me o cosa, ma accelero il passo per allontanarmi da lui.

Pochi secondi dopo, sta camminando al mio fianco.

Maledette le sue gambe lunghe, che gli permettono di raggiungermi senza sforzo. «Se vuole giocare, può trovare qualcun altro. Non sono stata assunta per intrattenere lei e suo fratello.»

«Ehi, aspetta un attimo.» Kyler mi afferra il braccio, e io mi libero dalla sua presa, ma smetto di camminare, voltandomi verso di lui. Non so perché gli dia questa opportunità. Niente di quello che dirà mi farà perdonare il suo inescusabile comportamento infantile.

Lo fisso, in attesa delle sue grandi scuse.

Quanto mi sbaglio.

«Non puoi licenziarti,» dice Kyler. «Ho firmato un contratto.»

«Può presentare i suoi reclami a Jaxson Monroe, il proprietario di Eagle Tactical,» dico. «Mi licenzio.» Giro sui tacchi e mi affretto lungo il corridoio verso l'uscita. Farmi dare un passaggio dal suo autista sembra una cattiva idea, dato che mi sono appena licenziata. Quindi, prendo il cellulare e richiedo un servizio di ride-sharing.

Devo camminare intorno all'esterno dello stadio per raggiungere la macchina. Non è l'ideale, ma almeno è ancora giorno.

Controllo il telefono. Il mio taxi arriverà tra dieci minuti. In lontananza, intravedo Kyler nella sua maglia, che si dirige verso di me.

Non c'è modo di evitarlo. Non è qui fuori per una bella passeggiata.

«Fantastico,» mormoro tra i denti. «Vieni a supplicare?»

«Difficilmente.» La sua mascella è tesa e i suoi occhi sono penetranti e acuti. Il suo sguardo mi manda farfalle nello stomaco mentre mi studia. «Pensavo che avresti resistito una settimana, M&M. È un peccato che tu non riesca nemmeno a capire che stavo cercando di aiutarti.»

«Sei pazzo se pensi che le tue piccole buffonate là dentro fossero d'aiuto.»

«Sono state utili per me. Avevo bisogno di vedere se eri in grado di immobilizzare un uomo il doppio della tua taglia. Mi hai dimostrato che sbagliavo. Sei più che qualificata per proteggere mia figlia.»

«Avresti dovuto pensarci prima di umiliarmi. Sai cosa? Non è nemmeno questo. Non m'importa che tu mi abbia messo in imbarazzo davanti ai tuoi compagni di squadra. È il fatto che mi hai spudoratamente mentito. Come posso proteggere qualcuno che non è onesto con me?»

«Tu devi proteggere *mia figlia*,» dice lui.

«Perché tua figlia ha bisogno di protezione?» chiedo, guardandolo. È alto e minaccioso. Odio il fatto che sia attraente, e mi mordo con forza il labbro inferiore, scacciando qualsiasi pensiero del genere dalla mia mente.

«La madre di Bristol, Ashleigh, ha legami con la mafia italiana.»

FIVE
KYLER

NON AVEVO intenzione di condividere il segreto di Ashleigh con nessuno. Avevo giurato ad Ashleigh che avrei tenuto nostra figlia al sicuro, le avrei dato una buona casa e l'avrei protetta da suo zio, Antonio Moretti.

Ma iscrivere Bristol a un'accademia privata si era rivelato più difficile di quanto avessi inizialmente previsto. Antonio manda i suoi figli nella stessa scuola. Sono sicuro che sia una coincidenza. L'istituto è noto per essere elitario e molto ricercato.

Ma il fatto che suo figlio e mia figlia siano nella stessa classe è inquietante. Ho cercato di liquidarlo come una semplice coincidenza. Antonio non sa nulla di Ashleigh, la madre biologica di Bristol. Da quello che mi ha raccontato, Antonio era scomparso prima che lei nascesse. Era stato rapito, ma uno di quei test del DNA fai-da-te aveva confermato i suoi sospetti molto prima che rimanesse incinta di Bristol.

Non dovrebbe sapere di Ashleigh. Ma non sarebbe difficile per lui trovarla. E così, quando rimase incinta di Bristol, volle proteggere nostra figlia con ogni mezzo necessario.

Non mi aspettavo che Ashleigh si allontanasse come madre o mi lasciasse come genitore single. Ma tutto questo appartiene al passato.

Ashleigh mi ha concesso la custodia completa prima di scomparire.

«Cosa intendi dire che la madre di Bristol ha legami con la mafia italiana?» chiede Emerson. È agitata dalla notizia. I suoi occhi sono spalancati e luminosi mentre incrocia le braccia, tamburellando le dita sull'avambraccio.

«Non importa. Lei è fuori dai giochi. Ma se gli italiani scoprissero che Bristol è del loro sangue, non so cosa potrebbero fare.»

«Quanto sono stretti questi legami di parentela?» Batte il piede, e posso percepire gli ingranaggi che girano nella sua testa, cercando di ricomporre il puzzle con i frammenti che le ho fornito.

Dato che è un'ex agente dell'FBI, mi aspetto che abbia una certa familiarità con la famiglia Moretti. Sono l'unica organizzazione mafiosa italiana nella zona di New York. Certo, c'è anche la mafia russa gestita dai Barniov, ma dovrei considerarmi fortunato che mia figlia non abbia legami con loro.

«Ha importanza?» Sto facendo del mio meglio per mantenere il segreto di Ashleigh e allo stesso tempo proteggere Bristol.

«E Antonio Moretti ha iscritto i suoi figli, Liam e Sophia, alla Briarwood,» dice Emerson, ripetendo quello che le ho già detto.

«Sì.» Annuisco, in attesa di ulteriori istruzioni da parte sua.

Impreca sottovoce proprio mentre il veicolo che ha noleggiato si ferma al marciapiede. Apre la portiera posteriore, dice all'autista che cancella la corsa, poi si gira per affrontarmi. «Se fai di nuovo quella stronzata di prima, ti sparo io stessa. Con la mia vera pistola.»

«Capito, M&M.»

«E basta con questi stupidi soprannomi.» Mi punta il dito contro il petto.

Emerson è carina quando è arrabbiata. Ha le guance arrossate e i suoi occhi mi fissano, facendo indurire il mio membro. Cosa non le farei se potessi avere una notte insieme a lei. Una notte selvaggia e senza freni. Non dicono che le cose belle vengono in piccoli pacchetti?

Lei è decisamente un piccolo pacchetto che mi piacerebbe scartare lentamente e metodicamente. Mi prenderei il tempo per spogliarla, assaporando ogni centimetro della sua pelle nuda.

«Vedremo,» dico, segretamente sollevato che rimanga. Non sono sicuro del perché, considerando che un'ora prima stavo mettendo in dubbio la sua capacità di tenere al sicuro mia figlia.

La volevo qui per me?

Un pensiero che devo schiacciare prima che diventi

apertamente pericoloso. La mia piccola focosa è off-limits.

Mia?

Mi schiarisco la gola e la faccio rientrare nello stadio, facendo del mio meglio per dissipare ogni pensiero persistente su Emerson. Sono comunque riuscito a dare un'occhiata al suo piccolo sedere perfetto.

Cosa non darei per vederla nuda, contorcersi sotto di me, implorare il mio cazzo, rinunciando a ogni controllo mentre la prendo e la possiedo.

Calmati, ragazzo.

Questi sono pensieri pericolosi destinati a mettermi nei guai e a lasciarmi senza una guardia del corpo per Bristol.

«Puoi prenderti il resto del pomeriggio libero fino a quando Bristol non esce da scuola,» dico. Pretendere che Emerson lavori ventiquattro ore al giorno, sette giorni su sette, non è giusto nei suoi confronti. Inoltre, non mi serve a nulla se è esausta o distratta.

Non appena Emerson si allontana dall'arena, Jasper viene correndo lungo il corridoio, dritto verso di me. «Dov'è la guardia del corpo carina?» Alza le sopracciglia in modo allusivo.

È l'unico che sa della madre di Bristol. È stato su suo suggerimento che ho assunto qualcuno per sorvegliare mia figlia quando non posso essere presente. Mi sta col fiato sul collo da anni, e con le recenti minacce, finalmente ho fatto il grande passo.

E la squadra, tutti loro pensano che io abbia assunto Emerson dopo un incidente con una fan troppo zelante.

«L'ho mandata a casa a riposare o quello che è,» dico, agitando la mano in aria. «Non ho bisogno di lei qui, e se è esausta prima che Bristol torni da scuola, sono fottuto.»

«Ti piacerebbe essere fottuto da lei,» dice Jasper con un ghigno malizioso.

Ha ragione, ma questo non è il punto. «È la guardia del corpo di mia figlia. Non ci vado a letto.»

«Beh, non ancora, comunque. Siamo ancora d'accordo per questo weekend?»

Sono grato che Jasper riesca a spostare la conversazione lontano da Emerson, ma avevo completamente dimenticato il ritrovo che avevo pianificato con i miei amici.

«Cazzo.»

«Te ne sei dimenticato.» Jasper incrocia le braccia sul petto, squadrandomi. «Non è da te. Pensavo che a quest'ora avresti già assunto catering e personale completo per intrattenere...»

«Chiudi il becco,» ringhio a mio fratello minore. «Non darmi un motivo per prenderti a calci nel culo.»

«Come se ti fosse mai servito un motivo prima?» ribatte Jasper. «E per favore, dimmi che inviterai la guardia del corpo.»

Non ho tempo per pianificare un ritrovo, anche se di solito non è niente di stravagante. Alcuni dei miei amici si riuniscono, bevono e cenano, e portano i loro coniugi o appuntamenti se ne hanno voglia. Tendiamo a sederci intorno al braciere in giardino quando il tempo lo permette e semplicemente rilassarci.

Sarebbe bello vedere i ragazzi e distendersi per un paio d'ore.

«Sono sicuro che Emerson abbia cose migliori da fare che partecipare a un barbecue,» dico.

«Se non la inviti, si sentirà esclusa.»

«Se lo faccio, sarà tremendamente imbarazzante. Voglio dire, e se iniziasse a spettegolare con la moglie di Levi su di me?»

«Oh, puoi contarci,» dice Jasper e mi dà una pacca sulla schiena. «Se non lo fa lei, lo farò sicuramente io. Sarà divertente... uhm, come dicono i ragazzi oggi, sputtanare tutti i tuoi segreti.»

«Sei proprio uno stronzo. Lo sai?»

«So che mi tieni intorno perché mi vuoi bene,» ribatte Jasper. «E io adoro farti impazzire.»

SIX
EMERSON

«EMMIE!» strilla Bristol mentre esce di corsa dall'edificio scolastico e attraversa il prato dove io sono in attesa. Mi trovo ancora all'interno del perimetro della scuola, e l'insegnante sta borbottando tra sé e sé, poiché i bambini sembrano non ascoltare e non aspettare finché i loro genitori non li spuntano dalla lista per il ritiro.

Mi avvicino all'insegnante di Bristol, la giovane donna con cui avevo parlato prima, quando ero arrivata all'inizio della giornata scolastica.

«Devo vedere il suo documento d'identità,» dice la donna, sorridendo educatamente.

Almeno sa che sono io a prendere Bristol. Ho il sospetto che Kyler abbia chiamato la segreteria della scuola per confermare il mio arrivo.

Metto le mie iniziali sul foglio come richiesto, e l'insegnante mi restituisce la patente.

Trattengo il respiro quando Antonio Moretti si dirige verso di noi con passo deciso. Ha una bambina che gli stringe la mano e una donna splendida al braccio. Lei sembra cercare di attirare verso di sé il ragazzino.

A quanto pare, il boss mafioso è sposato o almeno coinvolto con quella donna. Non ho fatto ricerche approfondite sulla famiglia. Solo oggi ho scoperto la parentela di Bristol con i Moretti.

Il suo sguardo è duro, la mascella tesa mentre fissa Bristol, perforando con gli occhi la bambina di sei anni. Se gli sguardi potessero uccidere, l'avrebbe già assassinata.

Mi trattengo dal creare una scenata. L'ultima cosa che voglio è mettere Bristol in un pericolo maggiore di quello in cui già si trova. Forse dovrei discutere del trasferimento di Bristol dalla Briarwood Academy e suggerire che frequenti un posto meno problematico. Una scuola privata dove la mafia non abbia iscritto i propri figli.

«Signor Moretti e Signorina Ryan,» dice l'insegnante, facendoci cenno di aspettare un momento. «Vorrei che organizzassimo un incontro con entrambe le famiglie così da poter discutere dei problemi che stiamo avendo in classe.»

«Non vedo perché dovremmo partecipare,» dice Antonio. «Mio figlio non è il problema.»

«E sta insinuando che Bristol lo sia?» Sono indignata che pensi che suo figlio non abbia alcuna responsabilità per i problemi in questione.

«Per favore, se posso,» dice l'insegnante forzando un sorriso. «Questo è meglio lasciarlo ai genitori. Potrebbe riferire il messaggio al Signor Greyson e farci sapere quando potrà partecipare per conto di sua figlia.»

«Certo.» La mia mascella si contrae. Non c'è possibilità che permetta al Signor Moretti e al Signor Greyson di trovarsi da soli insieme, anche se Bristol non fosse presente. «Riferirò il messaggio.»

Bristol ed io ci affrettiamo ad attraversare il prato, la

mia mano stringe la sua mentre la trascino praticamente verso l'autista.

«Non è colpa mia,» si lamenta Bristol mentre la conduco velocemente al veicolo in attesa. Mitchell apre la portiera posteriore, e Bristol sale per prima. Mi siedo accanto a lei e guardando indietro vedo Antonio Moretti salire nel veicolo dietro di noi. Anche lui ha un autista che accompagna lui e la sua famiglia.

Avrò bisogno che Declan o Jaxson facciano un po' di lavoro di ricognizione sulla famiglia Moretti. Se sono loro la principale minaccia per Bristol, sedersi per discutere del comportamento dei bambini a scuola non farà sparire il problema.

Dovremmo allontanarla il più possibile da Antonio e dai suoi uomini.

«Sembri arrabbiata,» dice Bristol mentre mi fissa.

«Mettiti la cintura.»

Mitchell aspetta che si allacci alla poltroncina rialzata prima di immettersi nel traffico.

«Papà sarà arrabbiato con me?» chiede Bristol.

Aggancia la cintura di sicurezza e si sposta nel seggiolino per guardarmi.

Non conosco Kyler abbastanza bene per determinare se sarà arrabbiato, deluso o solo eccessivamente preoccupato. Forse potrebbe essere un po' tutte e tre le cose.

————

Kyler non è a casa quando arriviamo dopo la scuola. Ho una chiave della porta d'ingresso, quindi faccio entrare Bristol e do una rapida occhiata in giro per assicurarmi che siamo solo noi due.

Non sono la tata di sua figlia. Sono la sua guardia del corpo.

Perché non è a casa?

«Ho fame,» si lamenta Bristol. Lascia cadere lo zaino vicino alla porta d'ingresso, insieme al cappotto e alle scarpe.

«A che ora torna di solito tuo padre?» chiedo.

Bristol alza le spalle. «Di solito mi viene a prendere a scuola.»

«Stronzo,» mormoro sottovoce.

Gli occhi di Bristol si spalancano. «Devi mettere un dollaro nel barattolo delle parolacce.» Mi prende la mano e mi trascina in cucina. Sul piano di marmo c'è un barattolo di vetro grande come un gallone riempito di banconote da un dollaro.

«Che ne dici se non diciamo a tuo padre quello che ho detto?» Cerco di negoziare con la bambina. Non è il dollaro il problema. Non ho bisogno che faccia la spia a Kyler sulla situazione. Sta già mettendo in dubbio la mia capacità come guardia del corpo di sua figlia. Non ho bisogno di dargli altre munizioni.

«Allora due dollari.» Bristol alza due dita.

La bambina sa come negoziare. Annuisco e prendo due banconote da un dollaro dal mio portafoglio, infilandole nel barattolo trasparente.

«Chi prende tutti questi soldi comunque?» chiedo.

«Papà dice che sono per il mio fondo universitario, ma io sto risparmiando per un unicorno!» strilla eccitata.

Non sarò io a farle scoppiare quella bolla. Almeno,

non sta risparmiando per un cavallo o qualche altra creatura costosa che potrebbe realmente comprare.

Il mio telefono emette un suono e lo prendo dalla tasca, guardando lo schermo.

Kyler: Sono in ritardo. Sarò a casa per preparare la cena.

Ci mancherebbe altro. Il mio lavoro non è cucinare e pulire per la famiglia Greyson. Dovrei proteggere Bristol, e se sono distratta dal doverla intrattenere, non posso fare il mio lavoro.

«È papà?» chiede Bristol, cercando di sbirciare il mio telefono.

Glielo mostro, e lei socchiude gli occhi, cercando di leggere il messaggio. Le ci vuole un minuto prima che sembri comprendere cosa dice.

«Puoi prepararmi uno spuntino?»

«Non hai pranzato a scuola?» Mi appoggio al bancone, incrociando le braccia sul petto e lanciandole lo sguardo più penetrante che si possa immaginare.

«Sì, ma era ore fa. Sto morendo di fame,» si lamenta come se non mangiasse da settimane. «Morirò se non mangio qualcosa.»

«Non succederà per un paio d'ore.» Mi dirigo verso il frigorifero e lo apro con uno strattone, dando un'occhiata all'interno. «Vedi qualcosa che ti piace?» le chiedo.

Lei fa spallucce e poi indica il cassetto della frutta.

Apro il contenitore di plastica e prendo una vaschetta di lamponi, li sciacquo prima di porgerle il contenitore gocciolante.

«È bagnato!» strilla e mi schizza dell'acqua con le sue piccole dita.

Grazie, piccola.

«Prendi un tovagliolo di carta.» Indico il bancone, cercando di renderla autosufficiente.

«È troppo alto. Non ci arrivo, e papà mette la frutta in una ciotola di plastica per me.» Bristol indica l'armadietto e agita il dito, aspettando che si apra.

«Sei una maga o qualcosa del genere?» la prendo in giro, guardandola. «Perché l'ultima volta che ho controllato, agitare un dito non apre le ante degli armadietti. A meno che tu non vada a Hogwarts, ma sono abbastanza sicura che a Briarwood non ci sia un corso di magia.»

«Hai bisogno di una bacchetta, ma potrebbe funzionare!» Bristol ridacchia. «Abracadabra, apri arma...dietto.»

Scuotendo la testa, cedo, usando un solo dito per aprire l'armadietto. Prendo una ciotola di plastica rosa e tendo la mano per raggiungere il contenitore dei lamponi. Verso il contenuto nella ciotola e aspetto che lei usi le parole magiche che sto cercando. Un *per favore* o un *grazie* sarebbero sufficienti.

«Grazie,» dice con un sorriso ansioso e occhi spalancati, e le restituisco la frutta nella ciotola.

È una bambina carina. Viziata oltre ogni limite, ma non è colpa sua. Suo padre è un miliardario.

Per le successive due ore, la faccio sedere al tavolo della cucina per rivedere i suoi compiti, che sono molti di più di quanto ricordi di aver fatto io in prima elementare.

Il suono di una portiera d'auto che sbatte fa pompare la mia adrenalina. «Resta qui,» dico, mentre esco con disinvoltura dalla cucina e mi dirigo verso l'ingresso della casa, guardando con circospezione fuori dalla finestra.

Kyler è fuori, con il cellulare premuto contro l'orecchio mentre parla animatamente con chiunque sia dall'altra parte. Non sembra particolarmente contento dell'interlocutore.

«Emmie!» Bristol mi chiama, ed io esalo un respiro pesante e torno in cucina. «È giusto?» chiede, volendo che controlli il suo lavoro.

Per fortuna, è solo in prima elementare e non in terza o quarta liceo. Posso facilmente dare un'occhiata al suo lavoro, tranne che per la matematica, dove il modo in cui ha svolto gli esercizi è un po' un incubo. Non riesco nemmeno a immaginare come abbia fatto ad arrivare alla risposta che ha dato, ma è corretta.

«Sì, sembra giusto,» dico, rabbrividendo.

«Allora perché fai quella faccia?» chiede Bristol, guardandomi.

Salvata dal suono della porta d'ingresso. Kyler entra in casa, e Bristol si alza di scatto dal tavolo della cucina e corre nel corridoio, scivolando sul pavimento di legno con i calzini per salutare suo padre.

«Papà!» Bristol strilla eccitata, e lui tende le braccia verso di lei mentre gli corre incontro. La solleva, facendola girare e dandole un abbraccio.

La bambina ha sei anni. Non è una bimba piccola, ma a nessuno dei due sembra importare. Si sta divertendo, e lui può ancora praticamente lanciarla in aria senza farsi male alla schiena.

«Sei in ritardo,» dico con un tono un po' più aspro di quanto intendessi.

Il suo sguardo si sposta da Bristol a me. «Non posso esattamente lasciare l'allenamento perché tu vuoi che io torni a casa.»

«Dacci un minuto, tesoro,» dico a Bristol, trascinando Kyler fuori dal corridoio e lontano dalle piccole orecchie di Bristol.

«Tesoro? Non sapevo che stessimo iniziando con i nomignoli,» scherza Kyler. Sta cercando di disinnescare la situazione. Almeno, penso che sia questa la sua intenzione, perché la rabbia che ribolliva sembra dissiparsi quando i suoi occhi brillano guardandomi, quasi come se stesse sorridendo.

«Questo,» dico, gesticolando tra noi, «è un accordo di lavoro. Non sono la tata di tua figlia. Sono la guardia del corpo. Non dovresti aspettarti che faccia da babysitter a tua figlia.»

«Capito. Assumerò una tata,» dice un po' troppo velocemente.

«E cosa hai intenzione di dire a Bristol? Dato che pensa che io sia la sua tata.» Incrocio le braccia sul petto, aspettando che escogiti una scusa brillante per risolvere il pasticcio in cui ci ha messi entrambi.

«Ovviamente, non la verità,» dice, il suo sguardo mi fa correre un brivido lungo la schiena. Il mio interno è caldo più a lungo il suo sguardo indugia, e sento il calore del suo respiro contro le mie guance. Fa un passo più vicino, inchiodandomi contro il muro.

Non mi tocca.

Quest'uomo non ha bisogno di farlo, e sono comunque praticamente una pozza gelatinosa. Il muro mi sostiene mentre esalo un respiro nervoso.

Non c'è alcuna possibilità che mi baci.

Ma il suo sguardo indugia sulle mie labbra un po' troppo a lungo prima di riportare gli occhi al mio sguardo. «Potremmo dirle la verità, che ci stiamo frequentando in segreto e che sei la mia ragazza.»

Rido alle sue parole.

Non può essere serio.

«L'hai detto tu stessa. Non posso avere due tate. Come sembrerebbe? E ho bisogno di qualcuno capace di proteggere mia figlia. Quello è il tuo lavoro. Puoi aiutarmi ad assumere la tata perfetta.»

«Vuoi che io faccia finta di essere la tua ragazza?» Non riesco ancora a togliermi dalla testa le sue parole. «È assurdo!» squittisco un po' troppo forte, e lui porta la mano alle mie labbra, il suo dito sfiora la mia bocca, zittendomi.

«A Bristol piace origliare. Vuole fare la spia, e non posso permetterle di divulgare i nostri segreti a meno che non vogliamo che il mondo sappia di noi. Assumerti come mia finta ragazza sarebbe una buona pubblicità per me.»

I suoi occhi si illuminano, e sono abbastanza sicura che stia parlando senza riflettere.

Scuoto la testa. «Non ho accettato questo come lavoro.» Metto la mano tra di noi, spingendolo delicatamente indietro. «Sono la guardia del corpo di tua figlia. Tutto qui, Kyler.» Mi guardo intorno. «Ci sono telecamere nascoste? È una specie di reality show dove mi dici che mi hai fregata?»

Mi divincolo rapidamente dalla sua presa, e lui passa una mano tra i suoi capelli arruffati.

Non oso ammettere che sembra quasi un ragazzino ma affascinante con quel suo aspetto spettinato. Si è appena fatto una doccia e profuma ancora di sapone dopo la partita.

La sua lingua scorre fino all'angolo delle labbra, fissandomi. «Ti pagherei per i tuoi servizi.»

«Non potresti pagarmi abbastanza per fingere di essere la tua fidanzata,» rispondo un po' troppo rapidamente.

«Davvero?» chiede lui.

Ho appena lanciato una sfida?

Questo non era il piano. Né lo è fingermi la fidanzata del mio capo. Lui è tecnicamente il mio capo. Abbiamo un contratto che entrambi dobbiamo rispettare, ma sembra che lui voglia cambiarne i termini.

Tipico di un miliardario. Sempre pronti a ottenere ciò che vogliono.

E cosa voglio io?

Avere le sue forti braccia attorno a me non sembra poi così male. Potrei gestire qualche foto in pubblico. Quanto potrebbe essere difficile fingere di uscire con una stella dell'hockey?

Lo stomaco è in subbuglio al pensiero di tutte quelle possibilità, ma il mio cervello mi urla che è un'idea terribile. Questa mattina mi aveva fatto credere che lo stessero tenendo sotto tiro.

«Cosa penseranno i tuoi compagni di squadra?» chiedo. «Mi hanno vista nello spogliatoio. Non crederanno mai che io sia la tua fidanzata.» È pazzo se pensa che uno di noi due possa essere convincente.

E peggio ancora, dovremmo mentire a Bristol. Non è abbastanza grave che lo stiamo già facendo, ma non voglio spezzarle il cuore quando scoprirà la verità.

«E il preside della scuola?» chiedo. «Sa già che sono la guardia del corpo di tua figlia. Non puoi mantenere il segreto per sempre.»

Il sorriso sul volto di Kyler si allarga ancora di più. «Infatti. Devi sapere che l'ho chiamato e gli ho spiegato tutto dopo il tuo incontro con lui questa mattina.»

«Spiegato cosa?» Non mi piace dove sta andando a parare.

«Gli ho detto che hai inventato la storia della guardia del corpo per non mettere pressione sulla nostra relazione appena nata, specialmente con i media in cerca dei dettagli più scabrosi delle nostre vite. Lui già pensa che stiamo insieme.»

«E tuo fratello? Può mantenere il segreto?»

«Lui già pensa che scopiamo. Non ci metterà molto a credere a qualsiasi storia gli racconti.»

Gli do uno schiaffo sul braccio, e lui mi afferra il polso, rifiutandosi di lasciarmi andare. «Mi hai appena colpito?»

«Cosa credi, Einstein?» ribatto.

Mi trascina entrambe le braccia sopra la testa, spingendomi contro il muro, questa volta intrappolandomi. Non ho via di scampo e, sebbene potrei sfuggirgli usando le gambe, la verità è che non voglio farlo.

È un gioco pericoloso, e voglio vedere dove porta.

Mi bacerà? Mi toccherà? Mi assaggerà?

Il mio respiro si fa più profondo man mano che mi tiene contro il muro, il petto che si alza e si abbassa. Non sono l'unica a sentire il calore che sfrigola tra noi.

Giurerei che il suo cazzo mi stia sfiorando, e vorrei abbassare lo sguardo, ma se lo faccio, temo che si allontanerà. E questo lo voglio ancora meno.

«Ti ha mangiato la lingua il gatto?» chiedo, guardandolo dal basso.

I suoi occhi si sono scuriti e lui si china. Giuro che le sue labbra stiano sfiorando le mie, ma non mi bacia. Il suo respiro aleggia sulle mie labbra, il calore si fonde, mescolandosi come un afrodisiaco, e sono sotto il suo incantesimo.

«Ci stai?» chiede, e la sua voce è più densa, più pesante. Il profumo che emana è un muschio intenso che permea tutti i miei sensi. Ha un odore fantastico e voglio avvicinarmi per leccargli il collo, stuzzicarlo, spingerlo oltre il limite. Voglio che mi preghi di lasciarmi scopare.

Ma scommetto che sarei io quella a dover implorare.

«Quali sono i termini?» Forzo le parole oltre le mie labbra. La mascella mi sembra pesante, le parole come un palloncino di piombo, mentre le gambe mi tremano sotto il suo incantesimo.

«Dovremmo baciarci, fare dimostrazioni pubbliche di affetto, far credere alla gente che siamo una vera coppia in pubblico.»

Pensavo che quel giochetto servisse a convincere sua figlia che stiamo insieme, perché avere due tate sembra assurdo. «Perché al pubblico dovrebbe importare cosa fai?» sussurro, fissando i suoi penetranti occhi azzurri.

Le mie viscere fremono, ma questa volta non è il mio stomaco a danzare. Lo voglio più di quanto abbia mai voluto qualsiasi cosa o persona.

Do la colpa alla sua vicinanza. Al fatto che mi tiene incastrata contro il muro e non sembra intenzionato a lasciarmi andare tanto presto.

Il suo respiro mi solletica il collo mentre si avvicina al mio orecchio. «Non è solo mia figlia che deve credere che sia reale. Avremo una tata che dovrà credere che stiamo insieme. E la squadra,» dice, sfiorandomi l'orecchio.

«La squadra a cui hai rivelato che sono una guardia del corpo?»

Ha dimenticato miracolosamente cosa è successo con Jasper?

«Crederanno a qualsiasi storia io gli racconti,» dice Kyler, un po' troppo sicuro di sé.

I miei occhi si chiudono involontariamente e sento un brivido silenzioso attraversarmi il corpo. Quest'uomo sa come eccitarmi, anche quando cerco di resistere. E per la cronaca, sto resistendo. Solo, forse non abbastanza. Stringo le labbra, riflettendo sulle sue parole. «Ma loro non sono il pubblico,» dico. «Qual è il tuo obiettivo finale?»

Deve esserci dell'altro, qualcosa che si aspetta da tutto questo. «Terrebbe i riflettori lontani da mia figlia,» dice Kyler.

E questo è un motivo più che sufficiente per accettare.

Starei facendo il mio lavoro. Proteggendo Bristol.

«Non sei convinta,» dice e si allontana leggermente.

Gemo in segno di protesta per la mancanza di calore, e l'elettricità che vibrava nel mio corpo è ormai svanita. Allenta la stretta su di me. «Ti pagherò sei cifre oltre al contratto iniziale.»

«Sette. Voglio sette cifre,» dico. «Se devo sopportare il tuo culo vicino a me e fingere di apprezzarlo, non lo farò per un centesimo di meno.»

Lui sorride e mi porge la mano. «Affare fatto.»

SEVEN
KYLER

HO MESSO per iscritto che pagherò a Emerson un minimo di 1,2 milioni di dollari per sopportare le mie sciocchezze. Beh, non erano esattamente queste le parole. E sì, è riuscita a spillarmi altri duecentomila quando ha capito che l'accordo continuerà fino a quando la minaccia della famiglia Moretti non sarà eliminata.

Quella è l'unica minaccia di cui le ho parlato. Ma non è la peggiore che vuole il mio sangue.

Ho accettato di pagarle centomila dollari al mese durante questa faccenda, con il resto versato in un'unica soluzione se completata prima.

Questo le darà un incentivo per stare al mio gioco. E se dovessimo superare l'anno, cosa che non credo sia una possibilità realistica fingendo di essere una coppia, allora rinegozieremo un nuovo contratto.

Non permetterò che ciò accada.

Non avrà altri soldi da me. Sarà anche brava con Bristol, ma pagarle sette cifre come baby-sitter glorificata è assurdo. Sì, è una guardia del corpo, ma è già adeguatamente compensata dal suo datore di lavoro.

E le sto permettendo di prendere da due fonti. Viene pagata sia dalla Eagle Tactical che da me. E sì, la squadra Eagle Tactical sarà informata dell'accordo perché non voglio che la licenzino o che mi scarichino come cliente.

«Spero sia importante,» dico, rispondendo al telefono. Mi sono fatto la doccia e vestito prima dell'alba. È un giorno di allenamento e devo presentarmi in orario, il che significa almeno che oggi uscirò presto.

«Perché? Ti ho interrotto mentre te la facevi con la guardia del corpo sexy?» chiede Jasper con una risata. «Non c'è modo che l'abbia assunta per le sue competenze. Dimmi, quante volte a settimana te la scopi?»

Ringhio alla sua insinuazione. «Vuoi perdere qualche dente?»

«Non ho chiamato per parlare di hockey,» dice Jasper, e giurerei che probabilmente ha il sorriso più grande sulla faccia. Sa come farmi innervosire. «Devo portare qualcosa alla festa?»

«È stasera?» ripeto, avendo già dimenticato il barbecue in giardino e il raduno che avevo pianificato. In realtà, era stato mio fratello minore a suggerire di riunirci tutti a casa mia per bere qualcosa e rilassarci, perché casa sua era troppo piccola e imbarazzante per ospitare una festa.

Gioco nella lega da quattro anni. Potrebbe essere il primo anno di Jasper, ma conosce i ragazzi fin dal mio primo anno. Mi sono assicurato di includerlo ogni volta che organizzo incontri con la squadra.

All'inizio era un po' intimidito, ma ora sono come una famiglia per lui, ed è entusiasta di far parte della squadra. Siamo fortunati che non sia stato ingaggiato in un'altra città.

«Sì, la festa che stai ospitando è stasera,» dice. «Ti serve che porti qualcosa?»

«Non sei abbastanza grande per la birra,» lo prendo in giro, e giuro di sentirlo ringhiare in risposta. Ha due settimane meno di ventun anni.

«Posso portarla io se sei così disperato di farti la guardia del corpo.»

«È la tata,» dico, correggendolo, ricordandogli che è così che dovrebbe riferirsi a lei finché non renderò pubblico che non è la tata ma la mia ragazza. L'ultima cosa di cui ho bisogno è che lui faccia un passo falso davanti a sua nipote.

«Giusto.» Jasper ride. «Non riesco a ricordare tutte le tue stronzate. Sei sicuro di non scopartela? Perché, se non lo stai facendo, mi piacerebbe provarci con quella piccola...»

«Sei uno stronzo.» È fortunato a non essere nelle mie vicinanze, o gli tirerei un pugno.

«Uno stronzo che ami.» Jasper ridacchia. «Ci vediamo all'allenamento. Stasera porterò patatine e salsa.»

Perché diavolo non poteva aspettare che arrivassimo all'allenamento per menzionare la festa? Probabilmente perché sapeva che, con quel bastone nel culo che ho avuto tutta la settimana, avrei dimenticato l'invito ai ragazzi.

A dirla tutta, quel bastone non è nient'altro che Emerson Ryan.

Sembra riuscita a trasformarmi in uno stronzo peggiore di quanto fossi abituato a essere ultimamente, il che è un altro motivo per convincerla a essere la mia finta fidanzata. Senza dubbio potrebbe interpretare la parte e sopportare le mie stronzate meglio di chiunque altro. Non è impressionata dal mio status, come invece la maggior parte delle ragazze che incontro.

Infilo il telefono in tasca ed esco dalla mia camera. Bristol sta ancora dormendo profondamente, ma Emerson apre la porta della sua stanza mentre entro nel corridoio.

«Ti sei alzata presto,» dico, osservandola.

Di solito non la vedo prima dell'allenamento.

«Volevo fare una corsa sul tuo tapis roulant. Spero che non sia un problema.»

Ho creato una palestra domestica di discrete dimensioni, anche se non la uso poi molto. La maggior parte del mio lavoro lo faccio con la squadra, ma è bello la sera, se voglio schiarirmi le idee, fare un po' di pesi o correre al chiuso.

Questo non vuol dire che non ami correre all'aperto. Lo preferisco, ma Bristol non riesce a tenere il mio ritmo e non posso chiedere a mio cugino o a mio fratello di venire ad aiutarmi con mia figlia ogni volta che voglio uscire di casa. Per questo una palestra in casa aveva più senso. Era pratico, anche se non ne approfitto quanto dovrei.

«Certo.»

«Hai avuto modo di selezionare qualche curriculum per le tate?» chiede Emerson.

«Ho una lista sulla mia scrivania, ma non ho ancora ristretto il campo. Devo ancora fare i controlli sui precedenti.»

«Lo farò io,» dice un po' troppo rapidamente.

«Bene. Ah, inoltre, stasera alcuni ragazzi della squadra verranno qui...»

«Vuoi che sparisca. Capisco.» Annuisce. «A che ora dovrei pianificare di tornare?»

Sono sorpreso che pensi che la voglia lontana quando i miei compagni di squadra vengono a bere. «In realtà, vorrei che tu fossi qui quando arrivano.»

«Per guardare Bristol?» indovina. «Ti ricordi che non sono veramente la tata di tua figlia e...»

«Lo so,» dico con un sospiro pesante e scendo le scale. Lei mi segue subito, anche se deve affrettarsi per starmi dietro. Ha gambe piccole rispetto alle mie. È carino quanto è minuta. «Forse stasera diciamo ai ragazzi la verità: che sei la mia ragazza.»

Lei tace, e la guardo da sopra la spalla mentre raggiungo il pianerottolo del corridoio.

«È un problema?» chiedo.

Sta avendo ripensamenti sul nostro accordo? Non ho ancora versato il primo pagamento sul suo conto bancario. Finché non saremo pubblicamente riconosciuti, non riceverà un bonifico sul suo conto. Devo sapere che non si sta tirando indietro.

Lei sorride, ma è forzato. Chiunque può vederlo

chiaramente, il che significa che dovrà lavorare sulla nostra finta relazione. «Certo che no.»

La sua mano stringe la ringhiera mentre si ferma sul penultimo gradino, con le nocche bianche.

Ha dei dubbi, ma non sono sicuro se sia perché stiamo mentendo a mia figlia o se c'è qualcos'altro che non mi sta dicendo.

Sono certo che non sarà facile per lei, essere al centro dell'attenzione per un po', ma è per questo che la sto pagando adeguatamente, per compensarla dei mal di testa che derivano dall'essere in una relazione con me. Non che dovrei pagare qualcuno per stare realmente in una relazione, ma questa è finta.

Fa un passo in giù, e siamo alla stessa altezza. La mia mano sfiora il suo fianco, tirandola stretta contro di me, le mie labbra che schiacciano le sue, dimostrandole che possiamo farlo. È anche un tentativo per provare a me stesso che non sto facendo un errore ancora più grande.

Emerson è rigida, e tutto con lei sembra forzato. Senza dubbio, anche Bristol riuscirà a capire che è una farsa.

Le labbra di Emerson sono serrate. Non mi concede l'ingresso oltre la sua bocca. È un bacio casto.

Se questo deve funzionare, ho bisogno di più da parte sua. È ovvio che c'è un'attrazione. Non negherò il fatto che è bellissima e sexy, e sono certo che provi qualcosa per me. La maggior parte delle donne si gettano ai miei piedi.

Ma Emerson è diversa.

Cosa la fa scattare?

Le piacciono gli uomini, giusto?

Forse non le piace il tipo dolce. Alcune ragazze amano i cattivi ragazzi. Quelli ruvidi, poco raffinati che sanno essere una vera sventura. È questo il suo tipo? O qualcosa nel mezzo?

Non dovrebbe importare. Questo non è altro che un accordo. Ma voglio sapere cosa fa impazzire Emerson. È troppo ingessata e rigida.

Come diavolo ha fatto ad essere un'agente dell'FBI? Non la vedo certo recitare sotto copertura se non può nemmeno fingere di baciarmi come se lo volesse davvero.

A meno che non sia io il problema.

Semplicemente, non è attratta da me. Non accendo il suo motore come altri ragazzi.

Il mio cuore martella nel petto. Immaginarla con un altro uomo mi fa ribollire il sangue. Chi sarebbe quest'altro uomo? Perché si lascerebbe baciare da lui? Infilo le dita tra i suoi capelli, stringendo le sue lunghe ciocche, e le inclino la testa all'indietro, guidando la sua bocca più su verso di me, prendendo il controllo.

Lei ansima, leggermente sorpresa dalla mia forza, e le sue labbra si separano.

Lo prendo come un'opportunità per esplorare la sua bocca, le sue labbra e la sua lingua.

Questa volta, non è fredda e rigida come al primo sfiorarsi delle nostre labbra. Si scioglie al mio tocco, le sue dita che stringono la mia camicia, rafforzando la presa contro di me mentre cede ai suoi desideri.

Beh, questo, oppure è un'attrice fantastica, ma dubito sia la seconda ipotesi, visti i primi secondi delle nostre labbra unite.

I polpastrelli delle sue dita si spostano verso l'orlo della mia camicia, stuzzicando i miei fianchi e lo stomaco, le sue unghie che graffiano la mia pelle, facendo riscaldare il mio petto.

La tiro più vicino, il mio membro che palpita per un semplice bacio.

Mi stacco e giuro di sentirla gemere. Le sue palpebre si aprono lentamente, e le sue guance sono rosse. È leggermente senza fiato. «Perché l'hai fatto? Non c'è nessuno intorno,» dice. Il suo atteggiamento è dolce e gentile, diverso da quello a cui sono abituato quando mi fa domande. Di solito è un interrogatorio.

«Dovevo assicurarmi che potessi interpretare il ruolo della mia ragazza. E non volevo che il nostro primo bacio fosse davanti a tutti.»

«Questo significa che ce ne sarà un secondo,» sussurra.

Non rispondo. La lascio lì mentre mi dirigo verso la porta, dove il mio autista mi sta già aspettando. «Buongiorno, Mitchell,» dico mentre mi apre la portiera posteriore, e scivolo nel sedile posteriore.

———

La giornata trascorre senza intoppi, e la sera, sto ospitando un raduno con i ragazzi. Per lo più, è la mia squadra, ma ci sono alcuni amici che mi sono fatto nel corso degli anni e che invito spesso, compreso Levi Luxenberg, che guarda caso possiede la catena di hotel Luxenberg.

Ci siamo incontrati qualche anno fa quando abbiamo condiviso un jet privato dopo un errore di programmazione delle partenze, e il resto è storia.

Siamo riuniti nel cortile, un falò che arde vivace mentre i ragazzi siedono intorno. Levi ha portato Clare, sua moglie, ma hanno lasciato i bambini a casa con una babysitter. Lei è accoccolata sulle sue ginocchia mentre condividono una delle sedie.

Le sue braccia sono avvolte attorno alla vita di lei possessivamente. Non deve preoccuparsi; nessuno dei ragazzi gliela porterebbe via, ma se lei fosse single, avrebbe una bella competizione.

«Allora, dov'è la nuova sexy tata?» dice Jasper con un ghigno, facendomi l'occhiolino.

«Che significa quello sguardo?» chiede Noah. È uno dei tre portieri della nostra squadra. Il suo lavoro è comunicare, e giuro che va ben oltre il ghiaccio quando legge il linguaggio del corpo. Non che sia un gran segreto, comunque, con mio fratello minore che mi prende in giro.

«È occupata in casa,» dico, cercando di non girarmi e guardare oltre la mia spalla verso le tende aperte. Vorrei cercarla, trovarla, trascinarla fuori e mostrare a tutti che è mia.

Anche se è una finzione, non sembra tale.

«Quindi, ho sentito che questa nuova 'tata' è sexy.» Owen sorride e usa le virgolette con le dita. «Aspetta, è la tipa che abbiamo incontrato all'allenamento quando ha placcato Jasper a terra? È single?»

«È recentemente uscita dal mercato,» dico e mi schiarisco la gola. Le fiamme del fuoco guizzano verso l'alto. Mi sposto a disagio per il calore e tiro indietro la sedia di un passo.

«Cosa stava facendo al tuo allenamento di hockey?» chiede Clare. «Hai conosciuto l'elusivo fidanzato?» Mi sta osservando curiosa. I suoi occhi si stringono, e guarda verso la casa. «Sta uscendo. Le chiederò di lui...»

Apro la bocca per fermarla, ma è troppo tardi.

«Unisciti a noi!» grida Clare con un cenno amichevole e la invita ad avvicinarsi.

Guardo oltre la mia spalla, ed Emerson ha una bottiglia di birra in mano. Si avvicina metodicamente verso di noi, e mi alzo, dirigendomi verso di lei.

«Che...» Prima che possa finire la sua domanda, la sollevo tra le mie braccia, riportandola verso la mia sedia, mostrando a tutti che è *mia*.

«Tu sei il fidanzato?» dice Clare, sbalordita mentre mi fissa, con la bocca spalancata. «Sono proprio un'idiota.»

Emerson beve un sorso della sua birra. Un braccio è delicatamente avvolto intorno al mio collo mentre la porto. «Stai raccontando a tutti di noi?» chiede Emerson con un sorriso malizioso. «Pensavo che l'avremmo fatto insieme.»

Mi fissa dritto nell'anima, il suo sguardo non abbandona mai il mio viso, e sono sicuro di avere sulle labbra il sorriso più stupido mai conosciuto dall'umanità.

Interpretare il ruolo del suo fidanzato mi rende troppo felice. Non dovrei giocare col fuoco, ma qual è il peggio che potrebbe succedere? Mi sono già scottato e brucio di desiderio per lei.

«Come funziona?» ha chiesto Owen, sporgendosi in avanti, un po' troppo curioso della nostra situazione. «Ti paga per i servizi da '*tata*' e quelli da fidanzata?»

«Dammi la tua birra,» ringhio a Emerson, pronto a lanciargliela addosso.

Lei alza un sopracciglio. Non so come faccia, ma il gesto è sexy. «Perché?» chiede, tenendola lontana da me, appena fuori dalla mia portata, stuzzicandomi.

«Merita che gli venga lanciato qualcosa addosso.»

«E sprecare una birra perfettamente buona?» Scarta la mia proposta con un verso di disapprovazione e porta la bottiglia alle labbra, inclinando la testa all'indietro e bevendo il contenuto.

Dio, rende sexy qualsiasi cosa.

Con la sua piccola bocca deliziosa avvolta intorno al collo della bottiglia, il mio cazzo ha un fremito.

Lei muove i fianchi sul mio grembo, e questo mi sta facendo eccitare ancora di più. Lo sta facendo apposta? Sta giocando con me perché mi vuole, o è solo un gioco per lei, ed è davvero brava nella sua piccola recita?

«Sono felice per voi due,» dice Noah. «È bello vedere il mio amico felice per una volta. Forse, un po' di quella fortuna finalmente si trasferirà sul ghiaccio. Sono stanco della nostra serie di sconfitte. Hai delle sorelle?»

«Sì, ma le piace la figa,» dice Emerson, e la bocca di Noah si spalanca.

Non ho idea se lo stia inventando o stia solo cercando di provocarmi maggiormente, cosa che sta funzionando. Figa? Quelle parole dalle sue labbra sono ipnotizzanti.

«Mio Dio, donna,» borbotto sottovoce e afferro la sua birra quando non ci sta prestando molta attenzione.

«Se la lanci...»

«È vuota.» La guardo male. Avevo intenzione di berla. Lanciarla a Owen non è più una priorità.

Lei sorride con aria fin troppo consapevole, e non posso semplicemente stare seduto e sopportare quella sfacciataggine senza fare nulla. Mi sporgo in avanti, rubandole il respiro con un bacio ardente.

Levi, il marito di Clare, fischia mentre il mondo attorno a noi svanisce. Le mie dita si intrecciano nei capelli di Emerson, tirando le sue labbra verso l'alto, la sua bocca che si apre mentre mi perdo nel momento con lei.

Continuo a ricordarmi che è tutta una recita. Devo convincere i miei compagni di squadra che Emerson è *mia*.

Lei sposta il peso, strusciandosi contro di me mentre mi spinge contro la sedia. Giuro che sto vedendo le stelle, e non è il cielo notturno che sto guardando, perché ho gli occhi chiusi e lei sta illuminando il paradiso mentre sento cose sepolte nel profondo di me.

Il bacio che ci siamo scambiati l'altro giorno sulle scale era pallido in confronto al calore che sfrigola e si emana tra noi ora.

Il mio cuore batte così forte che sono sicuro che chiunque nel raggio di otto chilometri possa sentirlo.

«Cavolo, voi due, prendetevi una stanza prima di fare un altro marmocchio qui fuori davanti a tutti.»

«Marmocchio?» Questo cattura la mia attenzione, e giro la testa, fulminando Jasper con lo sguardo. Potrei ucciderlo.

«Sì, sai, quella piccola cosa che corre in giro e recita l'alfabeto in versione cantata.»

Si riferisce a mia figlia, ovviamente. Ma Bristol non lo fa da anni. «Mia figlia è molto più adulta di quanto lo sia tu,» gli rispondo seccato.

Emerson mi dà dei colpetti rassicuranti sul petto. «Calmati. Sono sicura che stava solo scherzando.»

«Io no,» mormoro sottovoce, infastidito dal fatto che sia riuscito a interrompere un momento perfetto tra me ed Emerson. Anche se non era reale e stiamo solo fingendo di uscire insieme, lo stavo sicuramente apprezzando.

Probabilmente perché non ho infilato il cazzo in nessuno da mesi.

Non che io intenda farlo con Emerson. È una linea che non attraverseremo, dato che questa è una transazione commerciale.

Ed è Emerson.

Probabilmente, mi taglierebbe il cazzo se ne avesse l'opportunità. La ragazza è una vera miccia. E mentre sono a mio agio a fingere che sia la mia ragazza, non c'è possibilità che questo si realizzi.

Sicuramente ci uccideremmo a vicenda prima.

Ma è una brava attrice, riesce a farmi credere che mi vuole. Persino il mio corpo le crede. Ma il mio cuore dovrebbe capire che è una finzione e non lasciarsi fregare.

Owen si alza e allunga le gambe, avvicinandosi al fuoco. «Quanto tempo ci avete messo per mettervi insieme? Lei fa la 'tata' per tua figlia da cosa, una settimana? Hai proprio sistemato la 'tata', eh.»

Mi alzo, facendo scendere Emerson dal mio grembo mentre avanzo verso Owen, tiro indietro il pugno e gli assesto un colpo dritto sulla guancia.

Non ho finito con lui. Sono ben lontano dall'aver finito. «Non parlare mai più di Em in quel modo,» dico, ringhiando mentre lo afferro per il bavero e lo spingo attraverso il prato.

Siamo a pochi passi dal fuoco ardente che brucia accanto a noi, e i tre ragazzi seduti più vicino a noi si alzano di scatto per intercettarci.

Owen mi colpisce di rimando al petto, spingendomi indietro, per nulla interessato ad andarsene.

Bene.

Nemmeno io.

È una rissa a tutti gli effetti tra noi due.

Jasper afferra Owen, strattonandolo indietro, impedendogli di lanciarsi avanti. Ci vogliono sia Levi che Noah per trattenermi da frantumare la faccia di Owen in dozzine di piccoli pezzi.

Gli altri ragazzi della squadra si alzano. «Calmati,» dice Asher, guardandomi come se quella fosse in qualche modo colpa mia. Ma che diavolo?

«Papà.» La voce di Bristol è dolce e piena di preoccupazione.

Mi giro di scatto e la trovo in piedi vicino alla porta, in pigiama. Stringe la sua scimmietta di peluche. Quel giocattolo mi fa venire i brividi con i suoi occhi perlacei, ma lei ama quella maledetta cosa.

«Cosa c'è, tesoro?» chiedo, attraversando a grandi passi il giardino tornando verso la casa.

«Il film è finito,» dice lei, guardando in alto con occhi grandi e profondi. «Posso guardare il film della sirenetta adesso?»

Guardo il mio orologio mentre entro in casa. Sto per chiudere la porta quando mi volto e mi accorgo che Emerson mi sta seguendo. È per quello che è successo fuori? Non posso gestirla in questo momento.

«Certo,» dico a Bristol e la seguo in soggiorno. Lei sale sul divano e si rannicchia sotto la coperta. Si stende, appoggiando la testa sul cuscino e fissando lo schermo mentre cambio film.

In pochi secondi, faccio partire *La Sirenetta*, e lei è felicemente concentrata sullo schermo. Stranamente, sa come cambiare canale e trovare qualsiasi film voglia, ma sospetto che volesse vedere cosa stavamo facendo fuori.

Lascio un bacio sulla guancia di Bristol, e lei mi allontana. «Papà, non riesco a vedere il film.»

«Va bene, va bene!» Rido, alzando le mani in segno di resa. Mi dirigo verso il corridoio e noto che Emerson ci sta osservando.

«Ti serve aiuto?» chiede, anche se sospetto che non lo intenda veramente. Ha chiarito che non era la tata di Bristol. Non posso aspettarmi che mi aiuti a mettere a letto mia figlia o a prepararla per dormire. È una mia responsabilità.

Emerson è qui per proteggerla.

Mi passo una mano tra i capelli. Il pensiero mi è ancora strano, una ragazza che protegge mia figlia, soprattutto per la sua corporatura e statura. Ma si è dimostrata all'altezza nello spogliatoio, e non posso continuare a metterla alla prova, per quanto possa volerlo fare.

«Me la cavo. Voleva solo un altro film,» dico, e faccio cenno a Emerson di seguirmi lungo il corridoio verso la cucina. Sto attento a essere fuori dalla portata d'orecchio di Bristol quando aggiungo l'ultima parte. «E credo che in segreto volesse vedere cosa stessero facendo gli adulti.»

«Cos'è stato quello... fuori?» chiede Emerson. Si lecca le labbra e incrocia le braccia sul petto.

«Non mi piaceva il modo in cui Owen parlava di te.» Mi avvicino, invadendo il suo spazio personale, cercando di allentare la tensione che cresce tra noi. È irritata con me. Almeno, questo è ciò che mi dicono la sua postura e il suo tono, e non ho bisogno che diventi irrequieta quando tutto ciò che stavo facendo era difendere il suo onore.

Lei sbuffa e mi fissa, il suo sguardo non vacilla. «Non ho bisogno che tu combatta le mie battaglie. So gestire Owen o qualsiasi altro dei tuoi amici.»

«No,» dico.

Faccio un altro passo avanti e lei arretra leggermente, sbattendo contro il bancone dietro di lei.

Non ha altro posto dove andare.

«No?» squittisce. La sua voce la tradisce. Più a lungo fisso i suoi occhi, più scuri diventano. Le sue guance sono di una leggera tonalità di rosa, e le sue labbra si schiudono.

Pensa che la bacerò?

Reprimo quel pensiero o qualsiasi altro che porti alla camera da letto. Non che non possa scoparla anche subito sul bancone della cucina, ma le tende sono completamente aperte, e i ragazzi avrebbero un bello spettacolo.

Il mio cazzo si agita al pensiero di infilare la mano sotto il suo vestito. Le sue mutandine sono bagnate? Lo sguardo arrossato sul suo viso mi dice che mi desidera.

Anche se la maggior parte delle ragazze si getterebbe ai miei piedi per una notte selvaggia con un giocatore di hockey professionista.

Ma da quello che ho visto, Emerson non è come la maggior parte delle ragazze. Forse è per questo che sono attratto da lei. Non agisce come se fosse interessata, almeno per la maggior parte del tempo.

«I ragazzi ci stanno guardando,» dico. Dato che si suppone che fingiamo di avere una relazione, tanto vale approfittare dell'opportunità che si presenta.

Non mi preoccupo di guardare le tende aperte per vedere se i ragazzi ci stanno davvero osservando o se ci hanno voltato le spalle e sono ancora seduti intorno al falò.

Onestamente, probabilmente non gliene frega niente di quello che Emerson e io facciamo, a parte prendermi in giro, perché è quello che fanno i miei amici. Mi danno addosso. Io restituisco il favore. Fa parte del cameratismo dell'essere una squadra.

«Stronzate,» dice lei, smascherando il mio bluff, e mentre gira la testa per vedere se ci sono occhi puntati su di noi, faccio la mia mossa.

Le mie labbra si schiantano sulle sue, dure e feroci. Intreccio le dita nei suoi capelli, stringendola a me, premendo il mio corpo con forza contro il suo. Voglio che senta il mio cazzo attraverso i jeans e sappia che la desidero.

È tutto un gioco.

Una guerra per vedere chi può resistere più a lungo e non cedere.

Voglio scoparla qui, adesso.

La sua bocca si apre, e che lei sappia o no che i ragazzi non stanno guardando, mi dà ciò che desidero.

Scoparla con la lingua è divertente, ma non è abbastanza. Non è minimamente soddisfacente mentre le tiro la testa di lato e la mia bocca scende sul suo collo, mordendo e pizzicando la sua pelle.

Ho intenzione di marchiarla.

Voglio che qualsiasi uomo che dia un'occhiata alla sua clavicola sappia che appartiene a me. Se pensa anche solo di uscire con un altro uomo, ci saranno domande se vedranno il mio marchio.

Cazzo.

Perché sto pensando a lei che esce con un altro uomo? Lei appartiene a me.

Ho pagato per il suo tempo, il suo corpo e la sua capacità di essere la mia finta fidanzata. Questo comporta l'esclusività, almeno da parte sua.

«Kyler,» sussurra, e le sue parole sono dolci e sensuali. Rendono il mio cazzo ancora più duro.

Con una mano sepolta nei suoi capelli, prendo un altro assaggio forzato e violento delle sue labbra, bisognoso di soddisfare il desiderio che cresce dentro di me.

Trascino l'altra mano su per la sua coscia, sotto il suo piccolo vestito nero, e sento le sue mutandine bagnate mentre vi infilo le dita.

«Sei così fottutamente bagnata per me.» Le mordo le labbra, volendo farla venire.

«Non è per te,» dice, negandomi qualsiasi accenno di soddisfazione.

«Bugiarda.» Non le credo. Sta mostrando tutti i segni dell'eccitazione. Il suo respiro è più pesante e denso, le sue palpebre socchiuse e le sue mutandine sono bagnate. «Se non per me, allora chi è qui che ti fa gocciolare?» Le afferro la figa, aspettando che risponda.

Lei stringe le labbra, cercando di mantenere la compostezza.

Ho intenzione di abbatterla.

«Tuo fratello,» dice con un sorrisetto, e i miei occhi si spalancano.

Sono sicurissimo che sta cercando di farmi ingelosire e di provocarmi. Beh, sta funzionando. Ogni fitta di gelosia immaginabile si infiltra nelle mie vene. Ha vinto questa battaglia.

«Vuoi scoparti mio fratello, Jasper?» dico. Non posso crederci, cazzo. La faccio girare e slaccio il bottone e la cerniera dei miei jeans, tirando fuori il mio cazzo. Mi accarezzo l'asta con una mano mentre continuo a stringere la sua figa, tenendola contro di me ma non dandole la soddisfazione che desidera.

Non la sto ancora penetrando con le dita né scopando.

«Mi supplicherai per il mio cazzo» dico.

I suoi fianchi ondeggiano contro il mio palmo quando non uso le dita per stuzzicarla. Vorrei farlo. Vorrei affondare le mie dita nel suo calore e farla urlare il mio nome.

Il mio nome.

Non quello del mio stupido fratello.

«Giuro che se pronunci il nome di Jasper, ti scoperò violentemente quel culetto stretto.»

«Geloso?» Sta spingendo contro il mio palmo, cercando di venire, e le do uno schiaffo sulla figa.

Lei sussulta, e sono abbastanza sicuro che quello sia un coro di puro piacere mentre si struscia contro la mia mano. «Fallo di nuovo» sussurra.

«Fare cosa?» chiedo, con le labbra contro il suo orecchio mentre le schiaffeggio la figa e afferro la mia asta, trascinandola sul suo sedere.

«Oh.» Rabbrividisce, e non l'ho nemmeno scopata.

«Ti piace giocare con il culo?» chiedo, mordendole il collo e la spalla.

«Non... non lo so» balbetta. «Non ho mai...» la sua voce si spegne quando tolgo la mano dalla sua figa e separo le sue natiche.

«Pronuncia di nuovo il nome di mio fratello, e ti scoperò duramente quel culetto stretto» la avverto.

Il respiro le si blocca in gola.

«A meno che non ti piaccia in modo sporco» sussurro. Lei inclina la testa di lato, e le mordo le labbra.

«Scopami» dice Emerson, e io lo voglio, più di ogni altra cosa.

«No, non finché non mi supplichi» ordino. Faccio scivolare due dita nella sua figa, e il mio pollice sfiora il suo piccolo buchetto rosa.

I suoi fianchi si spostano, e si aggrappa al bancone, sporgendosi in avanti.

«Cazzo» ansima, e non è affatto silenziosa.

Ho mezza idea di zittirla, ma voglio che i ragazzi la sentano urlare il mio nome. Che sappiano che la sto scopando. Che vengano a guardare se vogliono.

Spingo due, poi tre dita nella sua figa stretta, e il mio pollice circonda il suo buchetto rosa. Lei stringe dentro, contraendosi mentre spinge contro la mia mano.

«Ti scoperò, principessa, ma devi supplicare per il mio cazzo.»

«Oh Dio!» urla e dimena i fianchi e ondeggia mentre si sporge ulteriormente indietro, a metà piegata verso il bancone, offrendomi la vista perfetta del suo culo e delle labbra della sua figa da dietro.

Mi masturbo; il preservativo è di sopra e fuori portata. Non voglio rischiare di metterla incinta, scoparla senza non farà bene a nessuno di noi se rimanesse incinta.

«Scopami.» Si sta contraendo, le sue pareti interne tremano mentre la prima onda comincia a scorrerle dentro.

«Non finché non mi supplichi» dico.

Guido il mio cazzo contro le sue labbra, stuzzicandola con la mia punta. «Dimmi che vuoi il mio cazzo nel tuo culo.»

Lei sussulta e trema, le pareti della sua figa si stringono intorno alle mie dita mentre un orgasmo completo la attraversa. Si contrae, bagnata fradicia e ansimante. I suoi umori sono tutti su di me, e ritraggo le dita, desiderando che fossero il mio cazzo. La faccio girare, portandole alle labbra. «Succhia» dico, mettendole le dita sulla bocca.

Emerson apre la bocca, e io guido le mie due dita ricoperte dei suoi umori oltre le sue labbra. Lei obbedisce, succhiandole fino a pulirle.

Potrei esplodere davvero.

Il mio cazzo pulsa e palpita. Guardarla succhiare le mie dita, assaggiando se stessa, è una cosa che mi eccita tremendamente, e la maggior parte delle ragazze rifiuta il mio fetish.

Mi sta guardando, il suo vestito le ricade intorno, e a parte i suoi capelli arruffati dal sesso e il rossore sulle guance, nessuno saprebbe cosa ha fatto.

«In ginocchio» ordino, spingendole la spalla verso il basso, e lei cade istantaneamente a terra, le sue labbra si aprono mentre prende il mio cazzo in bocca.

La sua lingua è come il paradiso mentre mi prende oltre quelle sue piccole labbra impertinenti. Le mie dita si intrecciano nei suoi capelli scuri, e i miei occhi si chiudono mentre lo prende più in profondità nella sua bocca.

Il mio cazzo pulsa e fa male, avvicinandosi al culmine mentre la porta sul retro si apre e due dei ragazzi, Jasper e Noah, entrano durante l'impressionante pompino.

«Whoa!» dice Jasper, coprendosi gli occhi. «Almeno avvisa, tipo metti un calzino sulla maniglia o qualcosa del genere.»

Noah sta sorridendo come un idiota quando Emerson stacca la bocca dal mio cazzo.

Sono duro come una roccia, anche con due spettatori. Tre, se conti Emerson che fissa la mia asta lucida come se fosse un lecca-lecca e ne volesse un altro assaggio.

«Fuori!» urlo ai due uomini vicino alla porta.

«Ehi, ragazzi, volete vedere Kyler che si fa fare un pompino dalla sua nuova ragazza?» urla Jasper oltre la spalla alla squadra.

«Ti ammazzo» ringhio a mio fratello minore.

Emerson si alza e finge di spolverarsi il suo vestito. *Non preoccuparti, principessa. Nessuno sta guardando te.*

Avrò il peggior caso di palle blu. Rimetto il cazzo nei jeans proprio mentre diversi altri membri della squadra si precipitano verso l'ingresso posteriore. «Sul serio?» Non posso crederci. «Non vi ho mai presi per voyeur» mormoro.

«Cosa sta succedendo?» chiede Levi.

«Cosa stiamo guardando?» segue Owen, sporgendo la testa dietro gli altri ragazzi.

Forse non hanno sentito alla lettera ciò che ha detto Jasper, solo che dovrebbero venire a guardare, e voglio prendere a calci mio fratello per aver rovinato un pompino perfetto.

Non sono sicuro che ci sarà anche una seconda occasione dopo quello che è appena accaduto tra noi. È stato fottutamente eccitante, ma l'accordo finto non includeva sesso, dita o pompini.

Emerson si allontana furtivamente verso il frigorifero a pochi metri di distanza, aprendolo e nascondendoci dentro la testa. Probabilmente sta cercando di raffreddarsi, o forse spera che dimentichino che è nella stanza.

«Prendimi dell'acqua» le dico, riportando l'attenzione su di lei.

«Uccidetemi ora» mormora nel frigorifero. Prende due bottiglie d'acqua, ne lancia una a me e ne tiene una per sé.

EIGHT
EMERSON

SONO PASSATE DUE SETTIMANE, per la
precisione quindici giorni, da quando Kyler Greyson
mi ha fatto raggiungere quell'incredibile orgasmo.
Due settimane da quando le mie labbra hanno
avvolto il suo enorme membro che,
sorprendentemente, non mi ha fatta soffocare. Una
prima volta.

E non ne abbiamo più parlato da allora.

Probabilmente, non avrei dovuto dirgli che volevo
suo fratello, cosa che, in realtà, era una bugia. Jasper
è un bravo ragazzo, ma non è il mio tipo.

Stavo cercando di far ingelosire Kyler, e sembrava

aver funzionato. Lui si è reso conto che non sono interessata a suo fratello, vero?

Kyler è stato concentrato solo sul lavoro nelle ultime due settimane.

Con partite in casa e in trasferta, mi sono occupata di Bristol senza alcuna pausa se non mentre era a scuola.

A quanto pare, ho fatto un buon lavoro nel convincere la squadra che sono la fidanzata di Kyler. Mettersi in ginocchio e fare un pompino a un uomo è un atto abbastanza convincente da non aver bisogno di altre apparizioni pubbliche, almeno finora.

Ho tenuto d'occhio Bristol mentre Kyler ha intervistato potenziali tate per una posizione vera e propria di tata che si prenda cura di sua figlia.

Non che io non possa occuparmi di lei, ma non posso fare un lavoro adeguato nel controllare le registrazioni di sorveglianza e assicurarmi che tutto sia sicuro mentre le preparo la cena o il bagno prima di dormire.

«Dobbiamo decidere su una tata,» dico, indicando le cartelle sparse sul bancone della cucina. È stato difficile trattenere Kyler abbastanza a lungo per fargli assumere qualcun altro.

«Te ne vai, Emmie?» chiede Bristol, alzando lo sguardo dal disegno su cui sta lavorando. La bambina ha talento per il disegno. A sei anni, io facevo ancora gli omini stilizzati.

«No, tesoro. Tuo padre ed io pensiamo che sarebbe una buona idea per te avere una nuova tata,» dico, guardando Kyler e aspettando che lui elabori. Dovrebbe essere lui a spiegare a sua figlia perché sta assumendo una tata. Non avrebbe mai dovuto mentirle e mettermi in questa situazione fin dall'inizio.

«Ma non voglio che tu vada via,» dice Bristol, sbattendo la matita colorata sul tavolo. «Voglio che Emmie si prenda cura di me.»

«Ed Emerson sarà qui con te,» dice Kyler, abbassandosi al suo livello, «ma è la mia fidanzata,» aggiunge, lanciandomi un'occhiata.

Il mio stomaco è invaso da mille piccole farfalle che sbattono le ali a quella sua affermazione. Perché non è reale, e anche se lui mi fa provare cose che sembrano esserlo, è tutta una messinscena.

E mentire ancora a Bristol non sembra la cosa giusta da fare. Sarà devastata quando scoprirà che non stiamo più insieme, perché questo è l'unico esito possibile quando tutto si calmerà e Bristol non sarà più in pericolo.

«Stai uscendo con la tata?» dice Bristol. I suoi occhi si allargano e guarda dal padre a me. «Questo significa che sarai la mia mamma?»

Per fortuna, Kyler risponde prima che io debba deludere la bambina di sei anni.

«No, tesoro. Emerson e io non ci sposeremo. Stiamo solo uscendo insieme, come ti ho spiegato. Quella cosa che potrai fare quando avrai trent'anni.»

Il suo naso si arriccia e mi guarda di nuovo. «Sei sicura di voler baciare il mio papà? È disgustoso.»

Un sorriso mi sfiora il viso e cerco di non ridere. «Decisamente disgustoso,» dico con un sorriso malizioso, «ma cosa più importante, non vado da nessuna parte. Sarò ancora qui con te e la tua tata. Ma lei ti aiuterà a preparare la cena quando tuo padre è in trasferta e quando...»

«Oh, quindi è come una chef!» dice Bristol, con gli

occhi che si illuminano. «Bene, perché la tua cucina fa schifo.»

Non ho mai affermato di essere la migliore cuoca del mondo, ma non considererei il mio cibo immangiabile. Bristol ha spostato un po' di cibo nel piatto, ma pensavo fosse perché è schizzinosa.

«Non capisco perché Emmie non può guardarmi, e tu assumi semplicemente un cuoco molto bravo.» Bristol è convinta che le mie abilità culinarie siano davvero carenti.

«Emmie si sta occupando di alcune questioni importanti per me quando sono via. Non può fare questo e guardarti tutto il tempo.» Kyler lascia un bacio sulla fronte di sua figlia.

Emmie?

Stringo le labbra, trovando il soprannome molto più affettuoso di M&M. Forse Kyler continuerà a usare solo questo.

«Vuoi esaminare la lista delle potenziali candidate?» chiede Kyler, indicando le cartelle color manila sul bancone della cucina.

«Pensavo non me l'avresti mai chiesto,» lo stuzzico, sorridendogli mentre do un'occhiata rapida a ciascuna. Dovrò fare un'indagine più approfondita su ogni potenziale nuova assunzione. Più precisamente, l'Eagle Tactical dovrà fare il controllo dei precedenti, ma posso pedinare le potenziali candidate sui social media e vedere se emergono evidenti bandiere rosse con un po' di ricerca superficiale.

Ogni file ha una foto insieme al curriculum della potenziale candidata. Sono molto più impressionanti della mia esperienza come "tata", ma d'altronde, non sono mai stata una tata, ed era stato solo per convincere Bristol del motivo per cui ero lì a vegliare su di lei.

Abbiamo trascorso abbastanza tempo insieme in queste ultime due settimane che, si spera, quando la accompagnerò a scuola e la andrò a prendere, non penserà a nulla di strano.

«Tutte le nuove assunte sono giovani e bellissime?» Non posso fare a meno di sentire una punta di gelosia infiltrarsi nelle mie vene. Sono tutte sui vent'anni, come me, ma sono carine, e giuro che potrebbero essere tutte cheerleader o quel tipo di ragazza che corre dietro a un giocatore di hockey.

Ci sono le cheerleader alle partite di hockey?

«Non ci ho fatto caso,» dice Kyler, e lo guardo, ma non sta sogghignando. Sembra sincero nella sua affermazione. «Ti lascerò scegliere le tre migliori che soddisfano le tue aspettative per la sicurezza di mia figlia, e poi farò i colloqui.»

«Nessuna di loro ha decenni di esperienza,» dico. Speravo che scegliesse una donna più anziana, qualcuna con cui non avrebbe pensato nemmeno di flirtare o andare a letto.

Decisamente gelosa.

«Suppongo di no, ma pensavo che Bristol potesse legare meglio con qualcuno più giovane.»

Mi mordo la lingua perché non credo che stia pensando a Bristol quando si tratta di legare con qualcuno. Prendo la pila di fascicoli e li ammucchio l'uno sull'altro. Afferrandoli dal bancone, glieli spingo contro il petto. «Trova qualcuno più qualificato.»

«È solo questo? Non pensi che siano qualificate? Perché sono certo che con quello che sto pagando, otterrò il meglio che il denaro possa comprare. Tutte queste ragazze hanno una laurea in pedagogia. Alcune di loro hanno insegnato alle elementari negli ultimi anni.»

«Non stai assumendo un'insegnante. Ti serve una tata,» dico, come se questo sottolineasse il mio punto, ma non credo lo faccia.

«E sono più che qualificate. Ma se non pensi che siano le migliori candidate, per qualunque ragione, contatterò l'agenzia e chiederò che suggeriscano una dozzina di altre che potrai esaminare.» Si passa una mano tra i capelli e lascia uscire un pesante sospiro.

Sono ingiusta?

Voglio il meglio per Bristol, e se una di queste ragazze fosse la cosa migliore per lei, non dovrei guardare oltre il fatto che sono carine? Forse una di loro è felicemente sposata e non dovrò preoccuparmi... Faccio una smorfia ai miei stessi pensieri.

«Che c'è che non va?» chiede Kyler, studiandomi. Odio quanto lui sia un libro aperto, e sebbene io cerchi di tenere i miei pensieri e sentimenti sepolti, non sono brava a farlo.

«Non è niente.»

Fa un passo avanti. «Dimmelo,» dice, con tono severo. «Se riguarda la tata o mia figlia, parla.»

Inspiro bruscamente ed espiro un respiro nervoso. «Non voglio che qualcuno si faccia idee sbagliate quando assumi una tata più carina di me.»

«Sei gelosa,» afferma. È un'accusa, non una domanda.

Abbasso la voce, assicurandomi che Bristol non ci senta, mentre mi avvicino. «Sono solo preoccupata per la tua immagine. Se mi paghi per essere la tua ragazza, cosa penseranno tutti quando porti a casa una tata ancora più sexy?»

Il suo sguardo vacilla, e mi osserva come se stesse studiando il mio corpo, cercando di decidere se ho ragione o no. «Non assumerò una donna di cinquant'anni per badare a mia figlia. Qualcuno più anziano non sarebbe in grado di stare dietro a Bristol e a tutte le sue attività doposcuola.»

«Non sono gelosa,» ribatto, ma il mio cuore sbatte contro la gabbia toracica e il mio stomaco è un fascio di nervi.

Annuisce lentamente, ma non crede alla mia storia. «Hai ragione. Dobbiamo mantenere le apparenze quando assumeremo la nuova tata. Dovrai venire ad alcune delle mie partite. Nessuno crederà che sei la mia ragazza se non ti fai mai vedere.»

I miei occhi lampeggiano di preoccupazione. «E tua figlia? Non posso proteggerla se sono all'arena.»

«La porterai con te, e anche la tata può venire,» dice Kyler con una scrollata di spalle. «Sembrerà più credibile se esci con me e i ragazzi per bere qualcosa. Non puoi portare una bambina al bar, e la tata può riportare Bristol a casa e metterla a letto.»

«Non posso proteggere Bristol se non sono con lei,» dico.

Ha dimenticato perché mi ha assunta?

Il suo sguardo si indurisce. «Sì, lo so. Non preoccuparti, Mitchell farà da autista a Bristol e alla tata per tornare a casa. Ha un addestramento delle Forze Speciali e può gestire qualsiasi cosa gli si presenti.»

«Perché non è lui la guardia del corpo di Bristol?»

«Lo è quando la porta in giro, ma ho bisogno di qualcuno che possa badare anche a me. Non può essere in due posti contemporaneamente.»

«Aspetta. È la tua guardia del corpo?» Perché nessuno ha menzionato che Kyler avesse una guardia del corpo?

«Non ho bisogno di nessuno che mi protegga, ma mi fido di Mitchell, e preferirei avere qualcuno con il suo livello di competenza nella mia busta paga.»

«Esatto! È per questo che penso che queste tate siano meno che stellari. Sono troppo giovani per avere abbastanza esperienza.» Il denaro non può essere un fattore determinante per chi sta assumendo. Ne ha in abbondanza, dato il suo patrimonio netto.

«Questa discussione è finita,» dice Kyler. Scuotendo la testa, esce dalla cucina, probabilmente cercando di allontanarsi da me.

———

Invio l'elenco delle potenziali candidate a Jaxson dell'Eagle Tactical per eseguire un'analisi dettagliata e un controllo dei precedenti su ciascuna delle ragazze che si candidano per la posizione. Ci vogliono alcuni giorni per ottenere i risultati, ma sono tutte pulite, senza nemmeno una multa per divieto di sosta o un'infrazione stradale, mai.

Nessun precedente penale.

Si sono tutte laureate con lode e hanno lettere di raccomandazione eccellenti. È quasi come se fossero troppo belle per essere vere, ma scelgo tre candidate e lascio quei fascicoli sul bancone della cucina per lui.

Kyler può scegliere quale tata vuole assumere tra le tre. Dovrò semplicemente accettare che qualcun'altra sarà nella sua vita. Non che debba importarmi. Sono stata assunta come guardia del corpo di sua figlia.

Ma perché devo continuare a ricordarmelo? È ovvio che l'interesse di Kyler nei miei confronti è strettamente per il bene della sua immagine.

È in scadenza di contratto alla fine della stagione, e rendersi un nome familiare al pubblico, mettendosi davanti ai media, aiuterà la sua carriera. Non fa male che sia anche un giocatore incredibile, ma essere ovunque sui notiziari gli dà un vantaggio. Lo aiuta a ottenere un contratto più grande.

Torna a casa tardi dopo una partita, e Bristol è già a letto. Sono seduta sul divano a leggere un nuovo romanzo d'amore appena uscito, quando fa capolino nel soggiorno.

«Come è stata stasera?»

Ha un bel livido sulla guancia.

«Delusa che tu non abbia potuto metterla a letto. Ma le ho fatto fare il bagno, lavare i denti e le ho letto una storia. Stai bene?» chiedo.

Fa un gesto verso il suo viso. «Sembra peggio di quanto sia. Sei sicura di non essere segretamente la tata perfetta?» dice Kyler mentre viene a sedersi accanto a me sul divano.

Chiudo il libro, tenendo la quarta di copertina verso l'alto così che non possa vedere il titolo del romanzo piccante. «Ne sono abbastanza sicura,» dico con un lieve sorriso. «Ti ho lasciato tre potenziali candidate come tata sul bancone. E tutte affermano di avere buone abilità culinarie.»

«Perfetto. Bristol sarà entusiasta.» Mi dà una leggera spallata. «Hai programmi per venerdì sera?»

«A parte guardare Bristol?» chiedo. Sarebbe bello se la tata iniziasse entro allora, così non dovrei fare doppio servizio. L'unico tempo libero che ho è quando Bristol è a scuola. Il lavoro di guardia del corpo non è di quaranta ore a settimana.

«Mio cugino è disposto a tenerla per la notte. Tu ed io dobbiamo andare a una festa.»

«Davvero?» chiedo, e improvvisamente la mia bocca si secca. «Che tipo di festa?»

«La squadra parteciperà a un evento benefico, e ci si aspetta che portiamo un accompagnatore. Il che significa che tu sarai la protagonista della serata.»

«Ne dubito,» dico con una risata. «Che tipo di evento? Qual è l'abbigliamento richiesto?»

«È una raccolta fondi per l'ospedale pediatrico locale. Ogni due mesi, la squadra va a visitare i bambini malati. Firmiamo magliette e portiamo un po' di luce nelle loro vite difficili. L'abbigliamento per il gala è nero. molto elegante.» Inclina la testa, lanciando un'occhiata al mio libro.

Kyler cerca di girare il libro con nonchalance usando un dito. Ma la mia presa mortale non gli permette di vedere il titolo.

Mi prenderebbe in giro fino alla fine dei giorni se vedesse cosa sto leggendo.

«No.» Premo il libro contro il petto, la copertina nascosta contro di me.

«Oh, davvero?» I suoi occhi brillano, e il suo sorriso fanciullesco fa battere il mio cuore.

In pochi secondi, mi ha immobilizzata sotto di lui mentre cerca di afferrare il libro con una mano, e con l'altra le sue dita mi fanno il solletico sullo stomaco.

È più grande di me e molto più forte. Ma questo non significa che io debba combattere lealmente. Ho avuto la mia dose di uomini più forti a Quantico durante l'addestramento, tutti che pensavano di potermi abbattere e vincere.

Le apparenze ingannano.

Intreccio le nostre gambe e ci ribalto sul pavimento piuttosto bruscamente. Kyler atterra di schiena con un tonfo e grugnisce per l'improvviso impatto. Fa una smorfia. Non si aspettava che reagissi.

Sono sopra di lui, il libro stretto tra noi.

«Non metterti contro una ragazza,» dico, guardandolo dall'alto. Sono a cavalcioni sui suoi fianchi, e la posizione è decisamente invitante, con il suo corpo scolpito sotto di me.

Ci vuole tutto il mio autocontrollo per non muovere i fianchi contro i suoi e provocarlo.

«Ah sì?» Kyler sorride, abbastanza compiaciuto di sé.

Afferra i miei polsi e li lega insieme con una mano, facendoci rotolare e inchiodandomi sulla schiena contro il pavimento.

I suoi fianchi mi sovrastano, ma il libro non è più premuto tra noi. Giace senza cerimonie sul mio petto.

«Non pensarci nemmeno,» lo avverto.

«O cosa?» Il sorriso sul suo viso fa fare capriole al mio stomaco, e con una mano mi tiene immobilizzata, mentre con l'altra fa cadere il libro sul pavimento, riuscendo a girarlo.

«Pornografia femminile, che carino.»

Sbuffo alla sua insinuazione. «Non è pornografia.»

«Allora perché cercavi di nasconderlo?» chiede. «*Jailed Little Jade* sembra qualcosa perfetto per l'eccitazione femminile.»

Gli do una ginocchiata nelle cosce, facendo attenzione a non colpire il suo inguine o fargli troppo male visto che ha un'altra partita domani, e mi allontano rapidamente da sotto di lui.

«Cosa ne sai tu dell'eccitazione femminile?» rido, sedendomi sul pavimento, con la schiena contro il divano.

«Direi che so una cosa o due su come far gemere una ragazza.» Kyler sorride, guardandomi. «Vuoi fare un secondo round? Questa volta, niente interruzioni.»

La stanza è più calda di diversi gradi, e rido nervosamente, distogliendo lo sguardo. Prendo il mio libro, rimettendolo sulle mie ginocchia mentre tiro le gambe al petto. «Stavamo solo fingendo, per i tuoi amici,» dico.

La cotta innocente che provo per Kyler non sarebbe così innocente se mi innamorassi di lui. E quella non è un'opzione.

Lui è un giocatore dell'NHL. Io sono solo... me. Ci

sono un milione di ragazze là fuori che sfonderebbero la porta per una notte con lui.

Io non sono una ragazza del genere.

Non che non mi piacerebbe vivere una notte con lui, ma devo essere realistica e non prepararmi a un altro fallimento.

«Peccato che i miei amici non siano qui,» dice e si siede accanto a me, appoggiandosi al divano. Drappeggia il braccio sui cuscini, e giuro che è una manovra per abbracciarmi. Solo che non appoggia il braccio sulla mia spalla come pensavo che avrebbe fatto.

Cerco di mascherare la mia delusione.

«Ah sì, abbiamo la riunione alla scuola di Bristol domani mattina,» dice Kyler.

Domani è lunedì. Un bel modo di iniziare la settimana di petto.

«Quella con la famiglia Moretti?» Aveva cercato di programmare il colloquio con la scuola, ma c'erano costantemente conflitti di orari tra le sue partite e la famiglia che non era disponibile.

«Proprio quella,» dice con un pesante sospiro. «Vorrei che tu fossi presente, ma voglio anche essere sicuro che Bristol sia al sicuro.»

«Guarderò Bristol,» dico, concordando con lui. Non è davvero un compito che mi spetta partecipare al colloquio genitori-insegnanti.

«Il preside ha chiesto che Bristol partecipi all'incontro. Penso che si aspetti delle scuse da parte sua.» Kyler fa una smorfia e si strofina la fronte.

«Sei preoccupato,» dico. «Per la famiglia Moretti o per Bristol?» chiedo, percependo la sua inquietudine.

Rimane in silenzio, e l'aria è densa, ci circonda. Non è da Kyler non dire ciò che ha in mente.

«Entrambi.»

«Ci sarò,» ribadisco. «Non lascerò che accada nulla a tua figlia.»

«Grazie,» sussurra.

———

Quando finisce la giornata scolastica, Kyler ed io ci dirigiamo verso Briarwood. Ha fatto un buon lavoro nel coprire il livido sulla guancia e sulle nocche. Ha avuto uno scontro con qualcuno sul ghiaccio. Tuttavia, non vuole parlarne con me. Lo liquida come una cosa normale che succede durante una partita di hockey.

I bambini stanno uscendo in fretta dalla porta con la loro insegnante mentre lei firma l'uscita per il ritiro.

Sono sempre in massima allerta, alla ricerca di potenziali minacce. Anche se la più grande è proprio dove stiamo andando: l'ufficio del preside.

Abbiamo un incontro con i Moretti, e non sono entusiasta all'idea di trovarmi nella stessa stanza con Antonio, il capo della mafia.

Non che abbiamo avuto scontri diretti oltre al momento del ritiro dei bambini.

Non sono durata molto all'FBI, date le circostanze per cui me ne sono andata, quindi non ho mai dovuto lavorare a un caso riguardante la Mafia Italiana. Il che è un bene, considerando che mi vedrebbe come una minaccia se sapesse chi ero nella mia vita precedente.

Ma il mio lavoro con l'FBI è ormai alle spalle. Il club dei ragazzi, con i loro doppi sensi sessuali e i tentativi di far ubriacare le agenti donne appena nominate per portarle a letto durante la loro personale versione di iniziazione per i nuovi agenti, era un vero schifo.

Cazzo. E io che pensavo che l'università fosse brutta.

E forse avrei dovuto fare di più, ma era la *sua* parola contro la mia. E *lui* era un agente supervisore senior. Io ero appena uscita da Quantico.

Per non parlare del fatto che era sposato.

Sì, almeno gliel'ho fatta pagare. Non sono una santa. Ma lei meritava di conoscere la verità su suo marito, anche se non voleva vederla.

Un'ultima occhiata, e c'è una donna in lontananza, in piedi fuori dai cancelli di ferro battuto. Sta osservando la scuola, gli insegnanti e forse anche noi.

Non entra per prendere suo figlio. C'è qualcosa in lei, ma scrollo le spalle. Non percepisco alcun pericolo o minaccia immediata. Ma qualcosa sembra fuori posto.

I peli sulle mie braccia si rizzano, ma potrebbe anche essere perché stiamo entrando insieme alla famiglia Moretti, Antonio e sua moglie, Aleksandra. Lei tiene una mano sul suo braccio; è un gesto possessivo, e il suo sguardo severo urla che se ti mettessi contro di lui, ti ucciderebbe.

Ok, forse è solo il fatto che so che ha ucciso persone per mestiere che mi fa sentire a disagio vicino a lui.

Mi metto tra Antonio e Kyler, facendo quel che posso per proteggerlo dai Moretti.

Kyler è alto, è almeno un metro e ottanta, e mentre Antonio non è affatto basso, non è nemmeno grosso come un giocatore di hockey.

«Dovresti lasciarmi all'interno,» Kyler mi sussurra all'orecchio.

È difficile sentirlo tra il trambusto dei pochi bambini rimasti a scuola per le attività e gli sport dopo le lezioni.

Vuole proteggermi da Antonio Moretti.

È affascinante ma completamente inutile.

Kyler mi prende la mano, un segno di solidarietà.

Almeno, credo che sia questo il suo intento. Non ha una moglie che lo accompagni come Antonio.

«Stai frequentando la tata?» Antonio evidentemente ha notato il gesto e non riesce a trattenersi dall'affermare l'ovvio.

Kyler sorride radioso, il suo viso si illumina mentre ci fermiamo, e mi tira la mano per impedirmi di avanzare oltre verso l'ufficio del preside. A quanto pare, Bristol può aspettarci ancora un po' perché Kyler è pronto ad avere una sfida di testosterone con il capo della mafia.

Non può finire bene.

«È così che la chiameresti, *tesoro*?» dice Kyler, guardandomi negli occhi. Lascia la presa sulla mia mano, solo per mettere le sue mani sulle mie guance. I suoi palmi sono enormi mentre avvolgono il mio viso. «Direi che abbiamo ingannato lui e il resto del mondo.»

Kyler sta sorridendo, e Antonio solleva un sopracciglio incuriosito mentre sta lì, osservando la scena.

«Non me ne frega un cazzo di cosa siete voi due. Potreste essere dei criminali per quanto mi interessa.

Tenete solo *vostra figlia* lontana da *mio figlio*.» Antonio sta guardando ferocemente Kyler quando dice *vostra figlia*.

Probabilmente gli piacerebbe se fossimo dei criminali. Così avrebbe qualcun altro sul suo libro paga per fare il lavoro sporco.

«Sono la sua fidanzata,» annuncio con orgoglio. «La storia della tata era una copertura, e il tuo stupido culo ci è cascato.»

«E allora? Chi se ne frega? E perché cazzo hai portato la tata?» Antonio ci guarda come se avessimo perso la testa. Forse è così. La messinscena non era per convincere Antonio della nostra relazione, ma forse potremmo convincerlo che sono effettivamente la madre biologica di Bristol.

In tal caso, qualsiasi preoccupazione riguardo Ashleigh sarebbe irrilevante. E dato che a Kyler non sembra importare quando si tratta di raccontare storie inverosimili, questa aiuterebbe effettivamente a risolvere un problema, non a crearne altri due.

«Non pensi che sia dolce? Noi due che finalmente abbiamo riacceso la nostra relazione dopo tutti questi anni. E Bristol è *mia figlia*,» dico con determinazione. «Sono sua madre.»

Kyler trasalisce al primo sguardo, e la sua mascella è tesa.

Okay, non è esattamente quello che volevo ottenere. Sembra arrabbiato, ma sono leggermente preoccupata che quello sguardo sia rivolto a me e non al colpevole, l'uomo in piedi di fronte a lui.

Aleksandra dà un colpetto sul braccio del marito. «È piuttosto dolce. Non essere così stronzo,» gli dice.

«Sua madre,» dice Antonio e sbuffa. «Hai abbandonato tua figlia per anni. È davvero nobile da parte tua. Presentarti adesso, quando Kyler Greyson è enormemente famoso.»

«Pensi che sia famoso?» Kyler sorride, cercando di stemperare la situazione. «Vuoi un autografo? Non ho magliette con me, ma scommetto che c'è un pennarello da qualche parte, e posso firmarti il braccio. Ti darò anche il permesso di fartelo tatuare per sempre.»

Mi copro le labbra con la mano, cercando di non ridere troppo forte.

«Procediamo con il colloquio,» borbotta Antonio, dirigendosi verso l'ufficio del preside. Trascina la moglie al suo fianco mentre camminano davanti a noi per gli ultimi sei metri circa fino all'ufficio principale.

Kyler mi tira un po' indietro, tenendoci a distanza da Antonio e Aleksandra. Si appoggia contro di me, il suo braccio sfiora il mio mentre mi sussurra all'orecchio: «Quella che hai appena sganciato è stata una bella bomba. Sua madre?» La sua lingua guizza verso un lato della bocca mentre mi fissa, con la mascella tesa.

«Ho dovuto improvvisare,» dico.

«Ne parleremo meglio quando avremo finito,» dice, cingendomi la vita con il braccio mentre mi accompagna nell'ufficio principale.

Bristol è seduta vicino alla porta, con le gambe che oscillano nervosamente mentre si torce le mani. Accanto a lei c'è un bambino che la guarda accigliato, Liam Moretti. Lo riconosco dall'uscita dopo la scuola. Il bambino sembra un po' selvaggio, anche se non so dire se sia più per lo sporco sui suoi vestiti per qualche gioco durante la ricreazione o per quello che gli ha macchiato la guancia.

«Possiamo andare a casa?» chiede Bristol non appena vede suo padre.

«No, abbiamo un colloquio con il preside,» dice Kyler, ricordandoglielo, anche se dubito che abbia bisogno di un promemoria. Sembra più probabile che stia cercando di evitarlo. Non posso dire che la biasimi. Farei la stessa cosa.

«Che seccatura,» borbotta sottovoce.

La porta del preside si apre proprio mentre arriviamo. «Vorrei parlare prima con i genitori,» dice bruscamente.

Gli occhi di Bristol si spalancano e mi lancia un'occhiata chiedendo aiuto. Non è il mio campo, tirarla fuori da questo tipo di guai.

«Comportati bene,» avverte Kyler sua figlia prima di entrare nell'ufficio del preside. Mi guarda mentre esito all'ingresso. Non è davvero compito mio partecipare, e non sarebbe meglio se rimanessi al fianco di Bristol a sorvegliarla? «Dai, sei sua madre,» dice sottovoce, tirandomi per la mano e praticamente trascinandomi al colloquio.

Cavolo.

Beh, me la sono cercata.

«Accomodatevi,» dice il preside e indica le tre sedie nella stanza. È evidente che ha fatto portare due sedie extra, probabilmente proprio per questo incontro.

«Siediti,» ordina Kyler, facendomi cenno di prendere posto.

«Siediti tu,» sussurro. Non avevo previsto di essere nella stanza, e posso fare un lavoro migliore per proteggere Kyler se rimango in piedi e in stato di massima allerta. Già non mi piace avere la schiena rivolta verso la porta. Gli stringo forte la mano, cercando silenziosamente di dirgli che voglio che si sieda senza fare storie sulla situazione.

Il suo sguardo si irrigidisce, e poi annuisce, sedendosi sulla sedia. Io rimango in piedi dietro di lui, con una mano sulla sua spalla. È alto, e anche da seduto è enorme.

C'è qualcosa in lui, e quando entra in una stanza, tutti se ne accorgono. Pensavo fosse perché è un famoso giocatore di hockey, ma più conosco Kyler, più penso che sia semplicemente lui.

È magnetico.

«Pensavo avremmo fatto partecipare a questo incontro solo i genitori,» dice il preside, e sebbene stia parlando di me, sta fissando Kyler con disapprovazione.

Antonio si schiarisce la gola. «A quanto pare lei è la madre della bambina.» Il modo in cui lo dice mi mette sulla difensiva.

«Oh,» dice il preside, aggrottando le sopracciglia, e fa un cenno. «Allora suppongo sia un bene che sia qui. Forse essere di nuovo nella vita di Bristol l'aiuterà a darle un modello femminile positivo.»

Vorrei schiaffeggiare il tizio, ma invece mi conficco le unghie nel palmo, il dolore mi impedisce di usare la lingua affilata.

«Come sono stati i bambini dall'ultimo incidente di diverse settimane fa?» chiede Aleksandra. «L'insegnante di Liam non ha menzionato altri incidenti tra i ragazzi.»

«La loro insegnante si unirà a noi a breve,» dice il preside. «Ma vorrei un fronte unito tra i genitori. È importante che i bambini vedano i genitori andare d'accordo, il che potrebbe aiutare ad alleviare alcuni dei problemi.»

«Scusi?» Non riesco a tenere la bocca chiusa. Che diavolo sta insinuando?

Il preside mi lancia un'occhiata, come per dire che non ho voce in capitolo, ma continua con qualunque assurda idea gli stia passando per la testa dura.

«Sarebbe vantaggioso far riunire entrambe le famiglie per superare le differenze tra i bambini.»

«Vuole che li invitiamo per un barbecue?» chiede Antonio, scioccato dalla proposta. «Non intratteniamo persone che non conosciamo.»

«Precisamente,» dice il preside. «Voglio che entrambe le vostre famiglie si conoscano. Qualsiasi divergenza abbiano i vostri figli, dobbiamo essere in grado di metterla da parte. È un momento di insegnamento.»

È un momento di follia.

Fortunatamente, sono abbastanza svelta da non lasciar correre la bocca con questo pensiero.

È un'idea orribile. Lasciare che la famiglia Moretti entri in casa nostra o viceversa. Che diavolo ha in mente il preside? Sa che i Moretti fanno parte della Mafia italiana.

Con una mano stringo la spalla di Kyler. È rigido e teso, e lo stesso Antonio. Nessuno dei due vuole procedere con questo accordo.

«Lo faremo, ma deve adattarsi ai miei impegni,» dice Kyler.

Antonio fissa Kyler. «Non sei l'unico ad avere impegni importanti.»

Aleksandra prende la mano di suo marito. «Fai il bravo,» lo avverte. La sua voce è dolce e persuasiva, e lui sembra rilassarsi al suo tocco.

Forse dovrei conoscere meglio Aleksandra. Potrebbe essere un'alleata in questo pasticcio in cui ci siamo trovati coinvolti. Questo non vuol dire che non faccia parte della mafia, perché lo è, ma il suo nome mi sembra russo, e questo lo trovo ancora più sconcertante, dato che russi e italiani non vanno d'accordo.

KYLER

EMERSON HA ESAMINATO le potenziali candidate da assumere come tata. Hanno le qualifiche e, sulla carta, sono perfette, ma nessuna di loro è Emmie, come Bristol ama chiamarla.

Ma non posso continuare a mettere pressione a Emerson per fare da babysitter a Bristol, e ho bisogno di una tata.

Lia è la migliore sulla carta e soddisfa ogni requisito che potrei mai desiderare, ma do valore all'opinione di Emerson, e ho bisogno di vedere come interagisce con Bristol.

Mando un messaggio a Emerson, anche se è fuori nel giardino con Bristol. Voglio che entrambe incontrino questa tata. Le altre erano qualificate, ma non hanno suscitato il mio interesse allo stesso modo.

Dopo pochi minuti, Bristol entra di corsa. Em è solo qualche passo dietro di lei. «Hai chiamato, capo,» dice con un sorriso provocatorio.

«Lia, vorrei presentarti mia figlia, Bristol, e la mia ragazza, Emerson. Em potrebbe essere presente un po' più di quanto sei abituata, solo per assicurarsi che la transizione sia fluida,» dico, non volendo che la tata sappia del pericolo intrinseco nel lavoro.

«È un piacere conoscervi,» dice Lia, stringendo la mano a Emerson e poi a Bristol. «Cosa ti piace fare per divertirti, Bristol?» chiede, dedicando a mia figlia tutta la sua attenzione.

Lascio che le due conversino, dando un'occhiata di tanto in tanto al loro scambio. Bristol sembra subito affezionarsi a lei, e faccio cenno a Emerson di raggiungermi dall'altro lato della scrivania in modo che possiamo parlare tranquillamente.

«Penso che sia quella giusta,» sussurro a Em, volendo la sua approvazione.

Il suo sguardo si irrigidisce solo per un secondo prima di annuire. I suoi occhi restano fissi su Lia e Bristol mentre mantiene la voce bassa in modo che solo io possa sentirla. «È qualificata.» Non è una domanda. È un'affermazione.

Entrambi avevamo esaminato ripetutamente l'elenco delle candidate prima di scegliere le tre migliori per il lavoro.

«Cosa ne pensi se lei badasse a Bristol mentre noi due partecipiamo al gala di beneficenza?» Voglio l'opinione sincera di Em. Do valore al suo parere.

Lei lascia uscire un leggero sospiro. «Preferirei qualcuno con qualifiche *diverse*,» dice Em, guardandomi e lanciandomi un'occhiata per dirmi che vuole qualcuno che possa proteggere mia figlia, non solo farle da babysitter.

«Mitchell sarà parcheggiato proprio fuori, tranne quando ci accompagnerà al gala.»

Stringe le labbra, non convinta. «Sì a lei come tata, ma dico 'forse' per l'evento di beneficenza. Dovrei assicurarmi che tua figlia sia al sicuro, non fingere di essere la tua ragazza.»

Le sue parole mi colpiscono dentro; fa male, ma non lo do a vedere. «E io ti pago per accompagnarmi a questo tipo di eventi, per essere la mia ragazza,» dico. Lancio un'occhiata a Lia, che sembra concentrata su Bristol, ma questa conversazione deve prendere una piega diversa. Non voglio che senta nulla del mio accordo con Emerson.

«Papà, possiamo assumerla?» chiede Bristol prima che io abbia il tempo di portare mia figlia da parte e chiederle cosa pensa di Lia.

«Quando puoi iniziare?»

————

Assumere Lia è stata una buona decisione. È con noi solo da pochi giorni, ma Em sembra già meno sopraffatta. Mentre accompagna la tata a scuola nel pomeriggio per andare a prendere Bristol, con Mitchell nei paraggi, questo le lascia la mattina libera per sé stessa.

Ma lei ha insistito per essere ancora presente nel pomeriggio, cosa che trovo stranamente soddisfacente, come se volesse far parte della vita di Bristol. Sì, so che è solo un lavoro, è stata assunta per proteggere mia figlia, ma non posso fare a meno di pensare che forse vuole anche essere qui.

E con questa consapevolezza, mi rendo conto che Emerson non andrà da nessuna parte. Resterà qui, almeno finché la minaccia sulla mia famiglia persisterà e lei sarà la mia finta fidanzata. Se devo essere onesto, potrei trascinarla per le lunghe. Mi piace avere la sua attenzione su di me, come se fossi l'unico al mondo ad esistere.

Sono un bastardo egoista per averle fatto interpretare il ruolo della mia ragazza, ma ne varrà la pena. Soprattutto stasera, all'evento di beneficenza.

Mitchell entra a passo svelto dall'ingresso principale, portando una custodia per abiti in una mano e una borsa della spesa nell'altra. «Signor Greyson,» dice, annunciando la sua presenza.

Posso vederlo da sopra la ringhiera al piano di sopra. Sapevo, nel momento in cui ha aperto il cancello principale, che stava entrando, ma apprezzo quello che stava cercando di fare.

Do un'occhiata alla custodia. «È andato tutto bene al negozio?» Non ho bisogno di sorprese.

«Perfettamente. Ho quello che ha richiesto per questa sera.»

«Ottimo, portalo di sopra.» Gli faccio cenno di salire, poi lo conduco nella stanza di Emerson, facendogli appendere l'abito alla porta dell'armadio e lasciare le scarpe nella scatola sul pavimento lì vicino.

«È sicuro che le andrà bene, signore? Mancano solo poche ore all'evento di questa sera.» È più preoccupato di me per l'abito e le scarpe.

Ho dato un'occhiata nel suo armadio mentre era via e ho contattato uno dei designer che uso per essere certo che l'abito e le scarpe sarebbero stati della misura di Emerson.

Ci sono alcune sorprese che non mi piacciono, e non avere l'abito e le scarpe della taglia giusta la sera dell'evento è una di queste.

«Va bene così, Mitchell. Dovrebbe tornare dal parco con Bristol da un momento all'altro.» Lo congedo per il resto del pomeriggio. Sarà necessario che ci porti all'evento e ci riporti a casa stasera, e non voglio che si stanchi alla guida o si distragga.

Il campanello d'ingresso suona e prendo il telefono, facendo entrare Lia. A differenza di alcune tate che vivono con i loro datori di lavoro, Lia è più una tata che lavora durante il giorno. Mi aiuta con Bristol durante l'orario lavorativo o quando ho partite fuori casa. C'è una camera da letto extra per lei se avesse bisogno di dormire qui, ma non è un requisito del lavoro.

Suppongo che parte della responsabilità ricada ancora su Emerson, ma molto meno di prima. Lia prepara i pasti, mette Bristol a letto e, una volta che si è addormentata, è libera di andarsene purché Em sia a casa per prendere il suo posto.

È un accordo che sembra funzionare per tutti. Dà a Emerson più tempo libero, e Bristol è entusiasta di avere due persone che la adorano.

Emerson digita il codice al cancello d'ingresso quando tornano dal parco. È una passeggiata breve, a un paio di isolati di distanza, e dato che il tempo oggi è bello, sono felice di vedere Bristol uscire e correre un po'.

Il mio telefono vibra mostrandomi le due ragazze che tornano dal parco. Non posso fare a meno di sorridere alla loro vista e infilo il telefono in tasca. A breve devo farmi la doccia e vestirmi a breve per il gala, ma voglio sorprendere Em con l'abito e le scarpe che ho scelto appositamente per lei.

«Ehi,» dice Em, aprendo la porta d'ingresso, sorpresa di vedermi. Di solito sono occupato in palestra ad allenarmi se sono a casa e ho un po' di tempo libero. «Niente allenamento questo pomeriggio?»

«Mi sono allenato con i ragazzi questa mattina,» le ricordo. Sono ancora un po' dolorante per le botte che ho preso sul ghiaccio l'altro giorno. Il livido sul viso non era niente in confronto a quello sul petto causato da James.

Non ricordo nemmeno quando sia iniziata la rivalità tra noi, ma ogni volta che giochiamo contro i Bruisers, lui mi viene sempre addosso e io lo inchiodo al muro.

L'altro giorno, sembrava che passassimo più tempo nel box delle penalità che sul ghiaccio. Sembra che nessuno di noi due sia disposto a dimenticare il nostro rancore.

Ma stasera c'è il gala, e sono grato per il tempo lontano dal lavoro. Ho certamente intenzione di godermi la compagnia di Emerson.

«Ho una sorpresa per te,» dico.

«Per me?» Gli occhi di Bristol si spalancano.

«Per entrambe.» Non voglio deludere mia figlia quando la sorpresa è solo per Emerson. Procedo con cautela, cercando di rendere la cosa divertente.

«Oh, cos'è?» Gli occhi di Bristol si illuminano, e si affretta verso di me eccitata.

La bambina è viziata fino al midollo, ma è colpa mia. Voglio darle tutto purché lo apprezzi.

«Lia resterà con te stasera. Ho fatto prendere a Mitchell dell'impasto per biscotti così potrà prepararti uno spuntino extra delizioso dopo cena.»

Bristol sorride e batte le dita eccitata. «Yum!»

Sono sollevato che l'impasto per biscotti sia una sorpresa sufficiente a entusiasmare mia figlia.

«Hai una sorpresa anche per me?» chiede Em, con un leggero sorriso che gioca agli angoli delle sue labbra.

«In effetti, sì. Ma è più il tipo di sorpresa che si indossa. Vieni con me.» Le prendo la mano e la conduco su per le scale fino alla sua camera da letto.

«Cosa stiamo...»

Bristol ci segue alle calcagna, ed Em continua a lanciarmi sguardi interrogativi con la nostra piccola ombra al seguito.

Apro la porta della sua camera da letto, e la custodia dell'abito pende vistosamente dalla porta.

«Cos'è quello?» chiede, guardando dall'armadio a me e di nuovo indietro.

«Aprilo,» dico. Mi appoggio allo stipite della porta con un sorriso compiaciuto mentre lei entra nella sua camera e lentamente apre la cerniera della custodia.

Sussulta mentre estrae l'abito dalla custodia. «Kyler, è troppo. Non avresti dovuto. Non posso accettare...»

«Puoi, e lo farai,» dico. Non è una domanda. «L'evento di beneficenza di questa sera è eccentrico, e ho bisogno che tu sembri la fidanzata di un giocatore di hockey. E non è un segreto il mio patrimonio. Non puoi partecipare con qualcosa di meno stupendo. Si rifletterebbe negativamente su di me.»

«E questa è l'immagine che vuoi, di me, al tuo braccio che indosso questo?» sussurra meravigliata.

«Sì, voglio che tutti ti guardino,» confesso. Voglio rendere tutti gli uomini gelosi e le donne invidiose di lei. Non dovrebbe essere difficile, considerando quanto è sempre stupenda con un semplice paio di jeans o leggings neri e una maglietta.

«Cavolo. Avrò bisogno di un paio di scarpe...»

«Già fatto.» Indico la scatola sul pavimento vicino all'armadio.

Mia figlia prende la scatola e la porge a Emerson. «Aprila,» dice Bristol eccitata.

Lentamente, Emerson solleva il coperchio della scatola, e non mi aspettavo che potesse restare ancora più sorpresa. «Wow. Ti sei davvero superato.»

«E tutto ti starà a pennello,» dico. Non ho dubbi che sarà fantastica con questo completo.

«Provatelo!» Bristol strilla emozionata, saltando su e giù.

———

Emerson è squisita. L'abito le sta come un guanto. È aderente nei punti giusti, il che non mi fa alcun favore mentre scende le scale con la sua entrata trionfale.

Dobbiamo uscire per l'evento, ma non riesco a staccare gli occhi dal suo corpo.

È difficile non fissare mentre la linea a V dell'abito scende fino alla sua scollatura, lasciandomi con una bella vista. Sono un uomo. È difficile non fissare le sue curve. Dovrò mandare una mancia extra-large al sarto che ha fatto in modo che l'abito calzasse alla perfezione. Gli devo molto.

«È troppo?» chiede Emerson. Le sue guance arrossiscono, e si spinge una ciocca di capelli dietro l'orecchio.

«È perfetto,» sussurro. La accompagno fuori, e Mitchell ci sta aspettando. Apre la portiera posteriore ed Emerson scivola sul sedile posteriore. Mi sposto dall'altro lato per salire accanto a lei mentre Mitchell chiude la sua portiera.

«Lo stiamo facendo davvero,» dice mordendosi il labbro inferiore.

Mitchell ci allontana dalla casa. Mi volto a guardare indietro, sapendo che Bristol è al sicuro con Lia. Il sistema di sicurezza è attivo e se qualcuno dovesse anche solo aprire una finestra, ne sarei immediatamente informato.

Non mi preoccupo per Bristol quando è a casa. La preoccupazione sorge quando è fuori, dove non posso proteggerla.

Prendo la mano di Emerson, e lei si sforza di sorridere.

«Andrai benissimo,» le dico offrendole un sorriso, cercando di rassicurarla che non abbia nulla di cui preoccuparsi.

Possiamo farcela. Siamo stati certamente convincenti con i miei compagni di squadra e gli altri ospiti. Non che mi aspetti che lei si metta in ginocchio e dia uno spettacolo durante il gala. Anche se, non sarebbe qualcosa di interessante? Di certo finirebbe sui titoli dei giornali.

Mi agito a disagio. Non è il tipo di pubblicità di cui ho bisogno in questo momento. L'allenatore Malone mi sta col fiato sul collo per i miei ritardi agli allenamenti. Sono sempre puntuale il giorno della partita, ma sono stato piuttosto sotto pressione già prima che Emerson entrasse nella mia vita.

Un'altra ragione per cui sto partecipando a questo gala.

È una punizione per i miei ritardi. Per contratto, siamo obbligati a presenziare a un certo numero di eventi a stagione, ma a me è toccato fare qualche grande evento extra. È anche una causa che voglio sostenere, motivo per cui sono felice di essere un importante donatore per il gala.

Non biasimo l'allenatore per avermi ripreso e costretto a partecipare a questa funzione di beneficenza. Non aveva scelta. Malone è duro, ma è giusto. È il proprietario, Brent Fitzgerald, che tiene le mie palle nella sua morsa, e gli piacerebbe stringerle fino a farmi urlare dal dolore.

Si potrebbe pensare che essere un giocatore di hockey di successo supererebbe i problemi con Fitzgerald, ma il mio contratto scade alla fine della stagione. E lui ha nervi d'acciaio quando si tratta di negoziare. Ottiene sempre ciò che vuole, e se pensa di poter assumere qualcuno più giovane e più economico, sarò messo da parte.

Non è che abbia bisogno dei soldi.

Sono un fottuto miliardario.

Almeno, questo è quello che tutti continuano a dire, e non hanno torto. Ma amo stare sul ghiaccio, e giocare professionalmente è un sogno che si è avverato. E ora che Jasper fa finalmente fatto parte della squadra, non voglio lasciare gli Ice Dragons.

Pagherei per restare in squadra.

Cazzo. Ho perso la testa.

Sono pazzamente innamorato di questo sport. Mi sento a casa, vivo, quando sono sul ghiaccio. La tensione prima di una partita, l'adrenalina mentre sono sul ghiaccio, le urla della folla quando facciamo un tiro, è liberatorio.

Come se nient'altro al mondo esistesse.

Inoltre, New York è casa mia, e la squadra è la mia famiglia allargata.

Quindi, stasera farò del mio meglio per impressionare Brent Fitzgerald, che sarà presente. E sfoggerò anche la mia splendida finta fidanzata davanti a lui, sperando che lo faccia rendere conto che ho il supporto che lui sostiene mi manchi disperatamente.

E non ha torto.

Ho davvero bisogno di un sistema di supporto. Dipendere da mio cugino non è giusto nei suoi confronti. Ha una famiglia sua. E mio fratello non può più aiutarmi ora che è in squadra.

«Stai bene?» La voce di Em mi riporta dai miei pensieri mentre mi stringe la mano, seduta accanto a me nel veicolo. «Nervoso?» chiede, cercando di indovinare cosa mi passi per la testa.

Non ha idea di Fitzgerald e di come suo fratello ed io siamo rivali sul ghiaccio. Ma James non è qui, solo Brent, il proprietario.

Mi sposto per guardarla, sforzandomi di sorridere. «Tranquillo come una foglia.»

Lei alza un sopracciglio, poco convinta.

«Come diavolo fai?» le chiedo con una risata.

«A fare cosa?»

«La cosa con il sopracciglio. Devi insegnarmela.»

Lei lascia la presa sulla mia mano, sorridendo leggermente, e si sistema una ciocca ribelle dietro l'orecchio. I suoi capelli sono stati arricciati, e ha la parte superiore fermata con un elegante fermaglio sulla nuca.

È assolutamente stupenda.

Non riesco a toglierle gli occhi di dosso, e il mio sguardo scende sulla sua scollatura. Perché sono un uomo, e il suo seno è una delle mie parti preferite del suo corpo. Cerco di non fissare. Non voglio essere *quel* tipo, il pervertito inquietante che non sa controllarsi.

Ma lei mi fa sentire come un ragazzino emozionato con una cotta.

E non ho alcuna intenzione di farglielo scoprire.

«Non credo sia qualcosa che posso insegnare.» Ride, e le sue spalle si rilassano mentre mi dà una leggera spinta. «Vuoi controllare le telecamere e assicurarti che Bristol sia al sicuro?»

Non dovrei essere sorpreso dal suo livello di preoccupazione, soprattutto dato che l'ho portata via da Bristol per la serata. Prendo il telefono dalla tasca e apro l'app, scorrendo tra le riprese video finché non trovo mia figlia seduta sul divano che guarda un film, con una ciotola di popcorn in grembo. Ho aggiunto mezza dozzina di nuove telecamere all'interno della casa quando abbiamo assunto Lia.

«Credo che abbiamo assunto la tata giusta,» dico dandole una leggera spinta a mia volta. «Posso dirti un segreto?»

Lei si morde le labbra e annuisce, con gli occhi spalancati mentre mi guarda dritto nell'anima. Dovrò condividerla stasera con il mondo, ma in questo momento è mia e solo mia.

«Bristol non è l'unica ad aver bisogno di una guardia del corpo.»

«Cosa?» La sua voce si blocca in gola. «Pensavo mi avessi assunta per il legame con sua madre e...»

TEN
EMERSON

GIURO CHE STA CERCANDO di farmi venire un infarto. Lasciare Bristol da sola con Lia non è stato affatto facile. È così che si sentono le madri alla prima esperienza quando lasciano il proprio figlio con una babysitter?

Bristol non è mia figlia, ma è mia responsabilità assicurarmi che sia al sicuro e protetta.

Kyler mi aiuta con naturalezza a scendere dal veicolo. La sua mano è posata sulla parte bassa della mia schiena. Il suo profumo è forte e maschile, e cerco di non rendere evidente che voglio sporgermi e fare un respiro profondo.

Che diavolo mi sta succedendo?

Non riesco ancora a togliermi dalla testa le parole di Kyler secondo cui sua figlia non è l'unica ad aver bisogno di protezione.

Dal momento in cui ho posato gli occhi su di lui, ho sospettato che ci fosse di più rispetto alla storia che aveva raccontato al team dell'Eagle Tactical.

Ha omesso dei dettagli, e non posso fare del mio meglio per proteggerlo se vengo tenuta all'oscuro. Ma questo non è il momento né il luogo per discutere e pretendere risposte. Ci sono telecamere ovunque, flash e reporter che fanno domande mentre entriamo.

Ho sempre visto il tappeto rosso in televisione, ma non avrei mai pensato che un giorno avrei messo piede sul morbido velluto sotto i miei tacchi.

«Sorridi,» mi sussurra all'orecchio. «Fingi che ti piaccia.»

«È una bella sfida,» dico, sporgendomi e posando un bacio leggero e casto sulla sua guancia.

Lui sorride compiaciuto e mi tira più vicino mentre le macchine fotografiche intorno a noi lampeggiano ripetutamente, catturando la scena davanti a loro.

Cerco di non apparire a disagio, ma non sono abituata a stare sotto i riflettori. Sapevo a cosa andavo incontro quando Kyler ha suggerito che interpretassi la sua fidanzata, ma non avevo pensato così avanti da rendermi conto che sarei stata sotto i riflettori con lui.

Il massimo che avevo immaginato era il suo braccio attorno alla mia vita o la mia mano sul suo braccio mentre mi scortava a eventi eleganti.

Kyler gira la testa, con lo sguardo su di me mentre mi fa piegare all'indietro e mi pianta un bacio lungo e deciso sulle labbra.

Sono colta di sorpresa dal gesto. La sua bocca non si allenta, e le sue labbra stuzzicano le mie per farle aprire. Lentamente, la mia bocca si schiude, concedendogli l'accesso mentre la sua lingua scivola oltre le mie labbra. Il mondo attorno a noi sembra dissolversi.

La sua mano rimane ferma sulla parte bassa della mia schiena, tenendomi stretta a lui prima di rialzarmi in piedi.

Sono sicura che le mie guance sono arrossate, e le telecamere avranno catturato ogni sfumatura. Cosa dirà il titolo domani? Qualcosa di imbarazzante, senza dubbio.

Kyler mi conduce all'interno, oltre i paparazzi, e nel gala. Si tiene al Metropolitan Museum of Art, una funzione privata dopo il tramonto, che permette l'ingresso solo agli ospiti invitati.

Non posso immaginare quanto sia costato organizzare un evento così eccentrico.

Dire che sono impressionata è un eufemismo. L'evento da solo probabilmente vale più di quanto guadagnerei nel corso di un decennio.

Okay, forse sto esagerando. Sembra un evento da un milione di dollari, ma quale associazione benefica spenderebbe così tanto per raccogliere più fondi? Sarebbe assurdo.

«Vuoi qualcosa da bere?» chiede Kyler, tenendo la mano sulla parte bassa della mia schiena mentre mi accompagna verso il bar.

«Sì.» Non sono mai stata così entusiasta di prendere qualcosa che mi aiuti a rilassarmi. L'atmosfera è regale, e non mi sento minimamente come se appartenessi a questo ambiente.

Il mio sguardo scruta Kyler. Si muove, un po' a disagio nell'elegante completo che indossa per la serata, ma è dannatamente affascinante. E oso ammettere che, se un'altra ragazza si permettesse anche solo di guardarlo, proverei una fitta di gelosia.

Suppongo di essere fortunata a poter interpretare la sua fidanzata. Terrà lontani gli avvoltoi. Non è vero?

Kyler mi accompagna al bar. «Scegli il tuo veleno,» dice con un sorrisetto.

I miei occhi si socchiudono con un lieve sorriso, e il mio sorriso si allarga quando vedo la lista dei cocktail suggeriti. Hanno tutti nomi ridicoli per l'evento.

«Prenderò un Code Blue,» dico, curiosa di provare il cocktail blu con rum, blue Curaçao, crema di cocco, succo di limone e succo di ananas.

«Defibrillator,» ordina Kyler per sé. «Qualcuno deve salvarti.»

Il respiro mi si blocca in gola, e il suo sguardo sembra spogliarmi. In imbarazzo, scorro con un'occhiata al menu delle bevande e scopro cosa contiene il suo defibrillatore: gin, champagne e liquore all'arancia.

«Pensavo che quello fosse il mio compito?» Sorrido, cercando di non mostrare che sono completamente fuori dalla mia zona di comfort in questo tipo di evento. Il barista ci porge entrambe le bevande, e ne prendo un sorso, la dolcezza maschera l'alcol.

«Al nostro primo appuntamento insieme,» dice Kyler, alzando il suo bicchiere per un brindisi.

«Lo sai che questo non è un vero appuntamento,» sussurro, tenendo la voce bassa in modo che solo lui possa sentirmi.

Kyler scrolla le spalle e fa tintinnare i nostri bicchieri. «A me sembra abbastanza reale.» Prende un sorso del suo Defibrillator e, in qualche modo, non fa neanche una smorfia.

Solo l'odore è travolgente e amaro.

«Voglio metterti in mostra e far ingelosire tutti i ragazzi della squadra,» dice Kyler.

Prima che abbia il tempo di obiettare, avvolge il braccio stretto intorno alla mia vita, tirandomi vicino a lui.

Respiro il suo profumo e le mie braccia si avvolgono

attorno a lui, le mie dita s'intrecciano nei suoi capelli.

Invade il mio spazio personale, e le sue labbra si abbattono sulle mie con forza. Mi fa indietreggiare di diversi passi, spingendomi contro il muro mentre le sue dita alzano gradualmente l'orlo del mio vestito.

«Kyler,» squittisco, tradita dalla mia voce. Non ho bisogno di dare spettacolo a tutti o far vedere che non indosso biancheria intima.

«Da quando hai messo quel maledetto vestito, non riesco a smettere di pensare a cosa c'è sotto.» Kyler mi morde il collo, lasciandomi un segno, rivendicandomi.

«Ti do un indizio: non c'è niente,» dico con un sorrisetto.

Le sue mani sono ruvide e callose, il suo corpo solido contro il mio.

I polpastrelli delle sue dita risalgono lungo le mie cosce mentre i suoi occhi si spalancano. Mi inchioda con lo sguardo, desiderando sapere silenziosamente se lo sto prendendo in giro.

Tutto dentro di me brama Kyler. Il mio corpo vibra di elettricità, ma non possiamo farlo qui, non con testimoni e avvoltoi con le telecamere dei cellulari.

Ringhia contro il mio collo, e cerco di non gemere. «Ti voglio così tanto in questo momento, Em.»

Sento le farfalle nello stomaco e inspiro bruscamente. «Dovremmo salutare i tuoi compagni di squadra,» sussurro, cercando di evitare che la situazione ci sfugga di mano.

Voglio Kyler, ma non qui. Non dove le telecamere potranno vedere tutto, o finiremo in prima pagina sui giornali scandalistici.

Si tira indietro, i suoi occhi scuri mentre mi fissa. «Hai ragione,» dice. Come se potesse leggermi nella mente, e sapesse che questo non è il momento di scherzare, anche se entrambi vorremmo poterlo fare.

Mi accompagna verso la squadra.

Tutti i ragazzi indossano completi e cravatte. Si sono sistemati bene per l'evento. Rasati di fresco, capelli tagliati, puliti e impeccabili. «Ti ricordi Jasper,» dice Kyler, ripresentandomi suo fratello.

«Non dimentico mai il volto di un uomo a cui ho fatto il culo,» rispondo con un sorriso sarcastico.

Lo sguardo di Jasper si irrigidisce, e sorride, ma non sembra forzato come ci si potrebbe aspettare. «Ti ho lasciato vincere.»

«Non è proprio così,» dice Kyler, dando una pacca sulla spalla al fratello. «Ma ti voglio bene lo stesso, fratello. Anche se ti sei fatto battere da una ragazza.»

Il viso di Jasper diventa rosso vivo, e si precipita al bar senza aggiungere altro.

«Ce l'ha con me.» Kyler alza le spalle e non sembra preoccuparsene.

È questo che fanno i fratelli, litigare sempre? Io ho una sorella minore, Amber, che non vedo abbastanza spesso. Dovrei chiamarla e organizzare un incontro. Vive in città.

«Coach,» dice Kyler, mettendomi un braccio attorno alle spalle. «Non hai ancora conosciuto la mia ragazza, Emerson.»

«Malone,» dice l'allenatore, porgendomi la mano per presentarsi.

«Piacere di conoscerti,» dico, forzando un sorriso. Kyler non sembra teso intorno al suo allenatore, il che suppongo sia una buona notizia. Ma non capisco bene perché abbia bisogno di me qui stasera. Dov'è la minaccia? O è solo perché vuole che i media si interessino al fatto che ha una nuova ragazza?

«Dovresti socializzare, Greyson,» dice Malone. «Fitzgerald è già di cattivo umore, e voi ragazzi che ve ne state qui non migliorerà la situazione.»

«È sempre di cattivo umore,» dice Owen, uno dei suoi compagni di squadra. Lo riconosco dalla festa che Kyler ha organizzato a casa.

«Almeno non ti ha tormentato per tutta la stagione,» dice Kyler, guardando Owen.

«Ci sono molte altre squadre per cui giocare,» dice Owen. «Non devi sopportare le sue stronzate.»

«No, suppongo di no.» C'è esitazione nel suo sguardo. Le sue parole trasmettono sicurezza, ma avendo imparato a leggere le persone, c'è qualcosa che Kyler Greyson non sta dicendo.

Cosa lo trattiene a New York? È suo fratello?

Guardandomi intorno, il mio stomaco si stringe, e vacillo alla vista di Brad Clemens. Lo stomaco mi si contorce, e la nausea alza la sua brutta testa. Era il leader dell'iniziazione quando sono entrata nell'FBI. Farmi ubriacare e portarmi a casa faceva parte del suo gioco.

La bile mi sale in gola, e le guance mi bruciano.

Lo odio ancora per aver approfittato di me. Ma soprattutto, odio me stessa per averlo lasciato fare.

Colpa. Rabbia. Umiliazione.

Tutto riemerge con uno sguardo nella sua direzione. Mi ha tolto tutto, i miei amici, l'ufficio, e la mia carriera che stava appena iniziando.

Sono stata stupida a presentare un reclamo formale.

Quello che pensavo fosse giusto, ha solo reso tutto mille volte peggiore.

Ogni amico a Quantico, ho scoperto, non era altro che un collega. Mi hanno voltato le spalle, anche quelle che erano state coinvolte nell'iniziazione ed erano state vittime. Non volevano essere legate allo stesso scandalo che aveva bruciato me.

«Emerson.» Brad si avvicina con decisione, la moglie al braccio. Non sembra minimamente turbato dal fatto di essere andato a letto con entrambe.

Anche se solo una di noi era abbastanza cosciente da rendere la cosa consensuale.

Ricordo frammenti. Mi mordevo forte il labbro inferiore, assaporando il sangue.

Lei, d'altra parte, sembra aver succhiato un limone prima di essere stata trascinata qui. Non che dovrei essere sorpresa, le ho detto cosa mi aveva fatto suo marito.

La sua risposta fu di una sola parola il giorno in cui mi sono presentata e le ho raccontato che razza di farabutto fosse suo marito e cosa era successo tra noi.

«Allora?» mi chiese, guardandomi come se stesse aspettando di più. Come se il fatto che lui mi avesse forzata non fosse abbastanza.

Come se stessi cercando qualcosa da lei.

Kyler si erge più alto, se possibile. Mi circonda i fianchi con un braccio possessivamente e preme le labbra sulla mia tempia, facendo capire che appartengo a lui.

Vorrei rilassarmi nell'abbraccio di Kyler, ma probabilmente sembro più un cervo abbagliato dai fari e rigida come una tavola da surf.

«Brad Clemens,» si presenta lo stronzo, «lavoravo con Ryan.» Porge la mano a Kyler.

Kyler esita un attimo, lanciandomi un'occhiata veloce prima di stringere la mano allo stronzo. Non si preoccupa nemmeno di dirgli che è un piacere conoscerlo, e sebbene Kyler non sappia molto del mio breve passato con l'ufficio, deve percepire il mio disagio. «Kyler Greyson.»

«Lo so. Ti ho visto sul ghiaccio,» dice Brad. «È davvero impressionante quello che fate là fuori, prendendo un sacco di botte e tornando per prenderne ancora.»

Kyler è furioso e mi tiene stretta, possessivamente, come se potesse leggermi nella mente, cosa che so essere impossibile.

«Fa parte del lavoro,» dice Owen, intervenendo quando Kyler non dice una parola.

I due uomini si stanno fissando, e non posso fare a meno di chiedermi chi abbasserà lo sguardo per primo. O forse uno di loro ringhierà.

C'è qualcosa di animalesco nella tensione tra loro. Kyler mi stringe ancora più vicino, e Brad sussulta, le narici che si dilatano mentre inspira profondamente l'aria attraverso il naso.

La moglie di Brad, Ainsley, gli tira il braccio, facendo segno silenziosamente che vuole andarsene e probabilmente mescolarsi con chiunque altro.

Non la biasimo.

Preferirei anch'io che Brad sparisse.

Perché diavolo si è presentato stasera?

Ainsley evita il mio sguardo, posando gli occhi ovunque tranne che su di me.

Il mio stomaco si contrae. Come può Ainsley stare ancora con lui dopo che le ho raccontato cosa è successo? Chiaramente, non mi ha creduto. Proprio come i miei amici, gli ex colleghi e il resto dell'ufficio federale.

Era la sua parola contro la mia.

«Brad.» La voce di Ainsley è dolce mentre gli tira il braccio. «Forse dovremmo incontrare alcuni degli altri ospiti?»

Brad trasalisce e annuisce bruscamente. «Certamente. È stato bello rivederti,» dice, posando lo sguardo su di me.

Non dico una parola, perché se lo facessi, so che lo manderei al diavolo e gli farei il dito medio. Appena si gira con Ainsley e si dirige nella direzione opposta, esalo un respiro pesante che non mi ero resa conto di trattenere.

«Stronzo,» ringhia Kyler un po' troppo forte nella direzione di Brad.

«Scusa?» Brad si gira di scatto, avendo sentito il commento di Kyler.

Kyler si lancia contro Brad, ma Coach Malone interviene, insieme a Owen, per fermarli prima che scoppi una rissa al gala.

«Vattene,» grida Malone a Brad, spingendolo indietro nella direzione opposta. Ainsley è proprio accanto a Brad, tirandolo lontano da Kyler.

«Che diavolo è successo?» chiede Owen, rubandomi la domanda prima che io abbia la possibilità di farla.

«Niente,» sbuffa Kyler a bassa voce.

«Non mi sembra proprio niente,» dice Coach Malone dopo che Brad ha capito l'antifona e si è diretto nella direzione opposta. «Non so che diavolo stia succedendo, Greyson, ma questo non è il momento di iniziare casini con le telecamere intorno. Vai a fare una passeggiata.»

Diversi ospiti hanno i telefoni in mano, e non posso fare a meno di chiedermi quanta parte di quell'interazione sia stata registrata e verrà caricata su internet.

Kyler brontola sottovoce, lasciandomi andare mentre si allontana furiosamente nella direzione opposta a Brad. Mi schiarisco la gola, forzo un sorriso e mi affretto a seguirlo.

Esce precipitosamente da un'uscita posteriore, e io in pochi secondi sono dietro di lui, mentre lo seguo fuori.

La porta si chiude alle mie spalle con un tonfo.

È impossibile che Kyler sappia di Brad. Non gliel'ho mai detto. E anche se era diventato un pettegolezzo da corridoio all'ufficio, Kyler non ci ha mai lavorato.

«Che diavolo è stato?» chiedo, raggiungendolo.

La sua mascella è tesa e le sue braccia sono incrociate sul petto mentre percorre avanti e indietro la banchina di carico.

«Niente.»

Il suo comportamento mi dice che invece sa qualcosa. «Chi te l'ha detto?» Lo fisso, avvicinandomi a Greyson. «Chi diavolo ti ha parlato di Brad?»

«Nessuno ha dovuto dirmi che è un viscido. I suoi occhi erano sul tuo seno durante le presentazioni. È per lui che hai lasciato Quantico?»

Sposto il peso sui piedi. «Non ho lasciato,» preciso. «Mi sono dimessa.»

«È la stessa cosa.»

«Non lo è.» Sono indignata che pensi che non ce l'abbia fatta come agente dell'FBI. Ho superato Quantico e avevo un distintivo e una pistola. Sono stata un'agente dell'FBI per alcuni mesi prima di rovinare tutto andando all'ufficio per la responsabilità professionale. Già, a loro importava solo di coprire il proprio culo e il suo.

«Quindi, ci sei andata a letto,» dice Kyler, accigliandosi. Lascia cadere le braccia ai fianchi. Le sue mani si chiudono a pugno.

«Non volontariamente,» dico, come per giustificare le mie azioni di allora. «Ero ubriaca. Non voglio parlarne.»

«Ti ha violentata?» Kyler si lancia verso l'entrata per tornare alla festa, e io gli afferro il braccio per impedirgli di perdere il controllo.

«È stata... una brutta serata. Non ricordo molto. Forse l'ho incoraggiato prima di finire a letto.» Sto inventando delle scuse, anche se non credo alle parole che escono dalle mie labbra, ma non voglio che Greyson finisca arrestato per aver pestato Brad, anche se lo merita.

Kyler mi fissa con lo sguardo. Le sue dita cercano le mie, intrecciando le nostre mani. «Non è consenso se non è entusiasta e se non siete entrambi sobri. Avrebbe dovuto rispettare il fatto che eri ubriaca.»

«È lui il motivo per cui ero ubriaca. Diavolo, non volevo nemmeno bere,» mormoro, mordendomi il labbro inferiore. «Era una stupida iniziazione per i nuovi assunti, e quel cretino comprava da bere a tutti noi, insistendo che bevessimo e andassimo a letto con i nostri superiori o ci avrebbero licenziate. Sono andata avanti fino a quando gli ho detto di fermarsi, e poi...» distolgo lo sguardo, con le lacrime che brillano nei miei occhi.

«Lo ammazzo.» Kyler torna dentro, tirando con facilità la pesante porta che si spalanca.

«Kyler, aspetta. No.» Mi affretto a seguirlo.

ELEVEN
KYLER

STO LETTERALMENTE VEDENDO ROSSO. Proprio come nel modo di dire, quando qualcuno ci vede rosso dalla rabbia.

Ecco, sono esattamente in quello stato dopo aver sentito come quello stronzo si è approfittato di Emerson.

Lei merita molto di più di quello che quel bastardo le ha fatto e del danno alla sua carriera. Sapevo che aveva lasciato l'ufficio federale, non l'aveva tenuto segreto, e avevo fatto qualche piccola ricerca online per scoprire il perché, ma la maggior parte dello sporco era stato nascosto sotto il tappeto.

La sua reputazione era stata macchiata da un'accusa di molestie sessuali contro il suo capo.

Quel fottuto bugiardo aveva cercato di distruggerla perché non riusciva a tenere il cazzo nei pantaloni. Le mie mani si chiudono a pugno mentre rientro furiosamente nella sala del gala.

Non m'importa che ci sia una festa in corso con telecamere intorno e i paparazzi appena fuori dalla porta.

Niente di tutto ciò conta.

Entro a passo deciso e mi trovo faccia a faccia con quella tipa che aveva il braccio intrecciato con Brad, ora con la lingua infilata in gola a Noah.

«Ma porca puttana!» Lo strappo via da lei, spingendolo contro il muro.

«Che diavolo hai, amico?» Gli occhi di Noah lampeggiano, e mi spinge con forza all'indietro. Inciampo ma ritrovo l'equilibrio.

Lei si schiarisce la gola e se ne va ancheggiando giù per il corridoio come se non fosse stata beccata a limonare con un membro della squadra di hockey.

«È sposata!» urlo, come se fosse la cosa peggiore, ma non è così. Non riesco a pronunciare le parole ad alta voce. Non spetta a me portarne il peso.

Da quando Noah ha iniziato a limonare con donne sposate? Ha conosciuto suo marito, non è che non sapesse che non fosse disponibile.

«Mi ha messo all'angolo,» dice Noah, alzando le braccia in segno di resa. «Mi sono solo lasciato trasportare.»

«Tu e il tuo cazzo.» Lo guardo torvo. «Tienilo nei pantaloni. Ci sono giornalisti ovunque.»

«Fuori, certo. Cosa ti è preso?» Noah guarda oltre me, presumibilmente verso Emerson. «Tutto bene nel romantico paese delle meraviglie?» scherza.

«Tutto a meraviglia.» Allungo la mano dietro di me, afferrando quella di Emerson, e la tiro per farla passare con me oltre Noah e tornare tra la folla. Il mio sguardo si muove intorno, cercando Brad, cosa che so essere una cattiva idea, ma non posso fare a meno di farlo.

«Kyler, non mi sono confidata con te perché iniziassi una rissa.» Le sue dita mi sfiorano la guancia, portando il mio sguardo sul suo.

I suoi occhi brillano, e si morde il labbro inferiore. C'è una macchia di sangue. È piccola e minuscola, ma odio vedere Emerson farsi male.

Il mio pollice le sfiora le labbra, e più a lungo la guardo, più mi sento calmo. Come se fosse una sirena che mi attira nel porto. Ma non mi farà naufragare, non lo farebbe mai. Mi sta proteggendo.

«Che cos'era tutto questo?» chiede Em mentre mi squadra. Il suo sguardo mi percorre con un'occhiata interrogativa, e io mi ergo più dritto, cercando di scrollarmi di dosso la sua preoccupazione.

«Niente.»

«Il niente non porta a spingere un tuo compagno di squadra,» dice Em. Ha colpito nel segno, ma come fa a non essere incazzata per quello che ha visto?

«È sposata.»

«E lui è uno stronzo,» dice Em, puntualizzando l'ovvio. «Non sto giustificando il comportamento di lei, ma non sono affari tuoi da metterti a litigare con i tuoi amici per una ragazza che non ti riguarda.»

«Non era per la ragazza,» dico un po' troppo rapidamente.

Lei annuisce con consapevolezza e fa quella cosa carina con un sopracciglio alzato più dell'altro. «Non puoi andare in giro ad aggredire Brad o i tuoi compagni di squadra per quello che è successo. Il tuo amico non se lo merita, ed è abbastanza grande da fare le sue scelte. Se vuole pomiciare con una donna sposata...»

«Non mi piace vedere i miei amici presi in giro,» dico, schiarendomi la gola. «E lei lo stava usando.»

La sua lingua spunta di lato, e mi offre un rapido cenno di comprensione. Non discute con me, e lo prendo come una vittoria, almeno per stasera.

Sporgendomi più vicino, le mie labbra sfiorano il suo orecchio. «Vuoi andare via di qui?» chiedo.

«Non dobbiamo socializzare o qualcosa del genere?» chiede Emerson.

Ha ragione. Abbiamo giusto scambiato qualche parola con i ragazzi della squadra e l'allenatore. Se me ne vado adesso, rischio di non rinnovare il mio contratto, che scade alla fine della stagione. Devo comportarmi bene con Fitzgerald, che pensavo fosse peggio di quello stronzo dell'FBI con un palo su per il culo, finché non ho scoperto cosa ha fatto a Em.

E ora non sono entusiasta all'idea di presentare Fitzgerald a Emerson, soprattutto a causa della sua reputazione. Non ho paura di perdere Em per lui, sono più preoccupato di come la tratterà, e io mi ritroverò tra l'incudine e il martello quando ci proverà con lei. Perché, senza dubbio, lo farà.

È dannatamente stupenda stasera. Quale uomo non fisserebbe le sue tette perfette?

E mentre sono sicuro che sappia badare a se stessa, non dovrebbe dover sopportare di essere adocchiata e molestata da uomini decrepiti.

«Va bene,» dico, cedendo perché ha ragione. Vorrei rimanere incollato a lei. Le avvolgo il braccio attorno alla vita, tenendola vicina a me, le mie labbra le sfiorano l'orecchio ogni tanto mentre mi chino per assicurarmi che possa sentirmi sopra la folla e la band dal vivo.

Brad guarda nella nostra direzione e gira sui tacchi, dirigendosi dalla parte opposta. Bene, è un porco in meno con cui avere a che fare. Se osa anche solo lanciare un'occhiata a Emerson, gli farò saltare i denti.

Un altro motivo per restare attaccato a Emerson. Se la perdo di vista, lui salterà su di lei come l'animale che è. E non voglio che succeda niente a Em.

«C'è qualcuno con cui dovremmo socializzare per primo?» chiede Emerson. Esplora la sala con lo sguardo, ma sospetto che stia anche analizzando la folla, cercando di capire se qualcuno rappresenti un pericolo.

Non avrei dovuto dubitare di lei a prima vista. Solo perché è minuta non significa che non sia determinata. Questo la rende la candidata perfetta per operazioni sotto copertura perché nessuno sospetterebbe che sia un'ex agente dell'FBI addestrata.

In cos'altro sarà stata addestrata?

Mi avvicino a lei, inalando fugacemente il suo perfetto profumo di vaniglia e nocciola. Cerco di non svenire per quell'odore mentre lei ha l'incredibile capacità di farmelo diventare duro come marmo. «Hai mai ucciso un uomo?» le chiedo.

«Cosa?» Ride, con gli occhi che si allargano. «Da dove viene questa domanda?»

Emerson si sposta leggermente, studiandomi. C'è un sorriso ironico sul suo viso, e non riesco a capire se sia nervosa o inorridita dalla mia domanda.

Quando non le rispondo, sorride e si riavvicina al mio abbraccio, permettendomi di tenerla affinché tutti vedano che appartiene a me. Le mie braccia le circondano immediatamente la vita, le mie dita sui suoi fianchi. La tengo possessivamente, la tocco e la premo contro di me per nascondere il rigonfiamento crescente nei miei pantaloni.

«Non mi sono mai trovata nella posizione, mentre lavoravo per l'FBI, di dover uccidere qualcuno,» dice con un leggero sospiro.

C'è un senso di disagio, d'inquietudine nel suo tono. Chiunque altro potrebbe non notare questa dissonanza, ma io la percepisco a un chilometro di distanza. «E prima di diventare un'agente?»

«Ho protetto mia sorella quando eravamo più giovani. Non voglio parlarne,» dice e si gira nel mio abbraccio. Mi avvolge le braccia attorno al collo e si sporge in punta di piedi, cercando di raggiungere le mie labbra. Sono ancora diversi centimetri più alto di lei.

Conosco questa routine, cerca di zittirmi con un bacio. Non sono un idiota. Sono un maschio con il sangue che ribolle e che accoglierebbe volentieri la sua distrazione per usarla a mio vantaggio. La lascio baciarmi e la tiro più vicina mentre le nostre labbra si sfiorano.

All'inizio è casto, ma non dura a lungo. Premo la lingua all'ingresso delle sue labbra, e le mie dita le stringono i fianchi. Le sue labbra si aprono, concedendomi l'accesso, approfondendo il bacio. Il suo corpo è come un flusso di lava calda e incandescente, che brucia e mi eccita. Non si può negare che me lo faccia diventare duro, e mentre non ho bisogno che l'intero gala sia testimone della mia erezione, non mi dispiace che Emerson senta il mio segreto premuto contro la sua pancia.

Qualcuno si schiarisce la gola accanto a noi, e sento una pacca ruvida sulla schiena. Odio separarmi da Em, ma non mi sembra ci sia molta scelta.

«Jasper,» borbotto, per niente sorpreso di vedere mio fratello interromperci. «Che c'è?» ringhio.

«Non staccarmi la testa,» dice Jasper, con un ampio ghigno sul viso. Non ha la minima paura di me. I ragazzi probabilmente lo hanno mandato a interromperci. «Fitzgerald è appena arrivato.»

«Certo che è arrivato,» mormoro. «Di chi ha già fatto a pezzi la testa finora?»

«Nessuno. Sta risparmiando i suoi denti da coyote per te, fratellone.»

«Stronzo.»

«Tienilo per Fitzy.» Jasper sorride e mi dà una pacca sulla schiena.

Non sono più duro, il che è sia un bene, perché non mi metterò in imbarazzo, sia un male, dato che non ho più la distrazione del corpo di Em premuto strettamente contro il mio.

«Vuoi che rimanga con te o che scompaia per il tuo incontro con il proprietario?» chiede Em. La sua mano cade nella mia, e mi dà una stretta significativa.

Sebbene Fitzgerald sia un enorme stronzo, mi rifiuto di perdere Em di vista. Dopo quello che mi ha confidato su Brad, ho bisogno di proteggerla. «Vieni con me,» dico, trascinandola per la mano. «Faremo in fretta.»

Em forza un sorriso, e farò tutto il possibile per proteggerla, ma ho anche bisogno di questo contratto, il che mi mette in una posizione difficile. Non che io sia disposto a sfruttarla per ottenerlo. Al contrario, ho bisogno che Fitzgerald creda che ho una ragazza seria che si prenderà cura di mia figlia.

Lui si aspetta che ogni uomo con un figlio abbia una moglie. Qualcuno che stia a casa con i bambini mentre i suoi uomini sono sul ghiaccio.

Fitzy è un vecchio con idee da cavernicolo. Cioè, se i cavernicoli avessero passato tutto il giorno a giocare a hockey. Comunque sia, è uno stronzo che tiene in mano il contratto che ho bisogno di vedere firmato. Quindi, fingo di recitare la parte che lui vuole così eloquentemente che io reciti per tenermi in gioco.

Non che nessun'altra squadra non mi vorrebbe. Probabilmente mi accetterebbero, ma mi piace dove vivo, voglio stabilità per Bristol, e mio fratello è nella stessa dannata squadra. Quanto più fortunato potrei essere? Finalmente, ho tutto quello che potrei mai desiderare. E non voglio rischiare che tutto svanisca.

Giusto?

«Greyson,» dice Fitzgerald, con lo sguardo severo, e mi rivolge un ghigno. Infila le mani nelle sue costose tasche, un completo che mostra il suo valore, con la giacca impeccabile tagliata alla perfezione. È l'unica cosa perfetta di lui.

Ha un naso maledettamente storto, e non posso fare a meno di chiedermi chi glielo abbia rotto e quando. Un altro giocatore? Qualcuno nei suoi anni più giovanili? Forse è stato più di un uomo a picchiarlo. Di certo se lo meritava.

«Signore,» dico, forzando le parole oltre le mie labbra secche. «Questa è la mia ragazza, la signorina Ryan.»

«Ryan,» dice lui, osservandola da capo a piedi, lentamente e metodicamente, come se la stesse spogliando con lo sguardo. La sua mascella è rilassata, con la bocca semiaperta mentre la esamina mentalmente in ogni dettaglio.

Mi sembra che la stia possedendo con quello sguardo disgustoso, e faccio un passo avanti, col petto in fuori, pronto a urlargli di distogliere lo sguardo, quando Emerson mi stringe la mano e forza un sorriso. «Ho sentito parlare molto di lei, signor Fitzgerald. Dev'essere un tale onore avere uno dei giocatori più talentuosi nella sua squadra.»

È brava.

La sua lingua fa capolino, e lui si lecca le labbra prima di lasciarsi sfuggire uno sbuffo. «Chiami talentuoso questo tipo?» Punta un pollice nella mia direzione. Posso percepire gli insulti che stanno per arrivare ancora prima che lui rilasci il primo, e mi mordo forte la lingua, con la mascella tesa per evitare di reagire. È questo che vuole, no?

«Greyson è oltre il suo apice. E quando è concentrato sul ghiaccio, è troppo occupato a pensare a quella mocciosa a casa. La bambina è una distrazione. Non capisco perché la madre non sia presente, a crescere quel piccolo imbecille come una madre dovrebbe fare, ma è bello vedere che ha una fidanzata disposta a fare le veci della madre.»

«Cosa, scusi?» Emerson lascia la mia mano, incrocia le braccia sul petto e si avvicina, trovandosi faccia a faccia con lui.

È una donna tosta, la mia Em, e c'è qualcosa nel suo coraggio che mi fa eccitare per lei. Per fortuna, il mio uccello riesce a mantenersi sotto controllo.

«Non parli la mia lingua? Hai un bel paio di tette, ma nessuno stava parlando con te, *tesoro*.» Fitzgerald sbuffa in modo disgustoso verso Emerson. «Greyson, tieni a bada la tua donna.» La sua attenzione è su di me, mentre ignora la mora come se non esistesse più.

Tiro indietro il braccio per sferrare un colpo al viso di Fitzy quando Noah e Owen intervengono, ciascuno mettendomi un braccio attorno alle spalle, impedendomi di commettere un errore che potrebbe porre fine alla mia carriera.

«Questo bel paio di tette,» dice Emerson, avvicinandosi e alzandosi per incontrare il suo sguardo penetrante, «appartiene a una donna con più classe di quanta lei potrà mai averne. Le suggerisco di seguire un corso o due sulle molestie sessuali prima di ritrovarsi con una denuncia. A quanto pare, ha abbastanza soldi che potrebbero rendere questo paio di tette ancora migliore.» Sorride maliziosamente e si volta, calpestando il suo piede con un ghigno. «Vieni, Greyson?»

Sono sbalordito e senza parole per la sua osservazione, ma il mio sorriso non sembra svanire.

«Hai davvero messo al suo posto quello stronzo pieno di sé.»

«Qualcuno doveva farlo. Spero che non pregiudichi le tue possibilità per un nuovo contratto il prossimo anno.» Si morde il labbro inferiore. «Sono andata troppo oltre?»

«Sei stata perfetta,» sussurro, sporgendomi e sfiorandole le labbra con un bacio bruciante. «Voglio portarti a casa.»

«Tra un'ora. Fai la tua socializzazione, e io me la caverò da sola per un po'.»

«Mi stai lasciando a occuparmi da solo di questi avvoltoi?» Sono scioccato che lei pensi di poter sparire senza essere molestata da vecchi ricchi che cercano di fare sesso con una ragazza giovane e attraente. È carne fresca per tipi come quelli, come una vergine pronta per il sacrificio. E non permetterò a nessuno di avvicinarsi a lei, anche se sa difendersi da sola.

«Oh, andiamo.» Emerson sorride. «Te la caverai. Ci sono molte telecamere e personale di sicurezza. Resta solo all'interno. Voglio controllare le riprese a casa tua e assicurarmi che Bristol sia al sicuro e a letto ormai.»

«Non dovrebbe essere compito mio?» Il personale porta antipasti e flûte di champagne, e noi siamo d'intralcio mentre ci passano accanto. Spingo Em contro il muro, aiutando lo staff a non intralciare. Giuro che non sto cercando di palpeggiarla, ma è difficile non eccitarsi quando le sono premuto contro.

«Tu devi preoccuparti della tua carriera nell'hockey e assicurarti che tutto sia a posto prima che ce ne andiamo. Anche se ciò significa un altro round con il tuo avvoltoio preferito,» scherza.

Gemo. «Per favore, non costringermi a parlare di nuovo con Fitzy.»

«Se non lo fai tu, lo farò io.»

Sarà meglio che stia scherzando, perché se Fitzgerald si avvicinasse minimamente a Emerson, me la caricherei sulle spalle e la porterei di peso fino alla macchina.

TWELVE
EMERSON

CI SIAMO BACIATI parecchio la sera del gala. Non è che non ci fossimo già divertiti davanti ai suoi amici, come quella volta in cui mi ero inginocchiata e gli avevo fatto un pompino a casa sua. Ma faceva tutto parte del piano, no?

Beh, forse non il pompino, ma baciarci e fingere di essere una coppia sì. Era solo andato un po' oltre il previsto. Lui è attraente e i nostri ormoni hanno avuto la meglio. Completamente normale.

Almeno, è quello che continuo a ripetermi.

Ma quando non siamo davanti a spettatori o potenzialmente davanti a una telecamera per un pubblico, manteniamo le distanze.

E il gala è stato sei giorni fa.

Non è stato nemmeno a portata di braccio, fisicamente, per quasi una settimana.

E spero che il suo evitarmi non abbia nulla a che fare con Brad. Non avevo voluto raccontare a Kyler i dettagli del mio allontanamento dall'ufficio. Lui non era come Brad. Jaxson mi aveva assicurato che ciò che era successo all'FBI non sarebbe accaduto con i suoi uomini o con nessuno dei suoi clienti.

E non riesco a smettere di pensare a quando le labbra di Kyler hanno sfiorato le mie o quando mi ha premuto il suo cazzo contro. Era solo una reazione fisica, nient'altro. Giusto?

In realtà non vuole stare con me. È ridicolo.

Potrebbe avere qualsiasi ragazza.

E io non sono il tipo di ragazza che i giocatori dell'NHL inseguono o di cui fantasticano. Sono fortunata che mi abbia anche solo proposto di fingere di essere una coppia. Non che mi senta molto fortunata. I nostri orari fanno sì che ci incrociamo a malapena. Quando è a casa, si allena ogni giorno con i ragazzi o è in palestra.

Il suo programma è rigoroso, e Lia sembra un po' confusa sul perché io sia sempre nei paraggi, ma non ha detto nulla che suggerisca che non dovrei accompagnare Bristol al parco o essere a casa quando torna da scuola.

Metto Kyler all'angolo dopo una delle sue partite, quando rientra profumando di pulito, come sapone alle mandorle. Sono sicura che si sia fatto una doccia dopo la partita, ma il profumo si sprigiona da lui, e non posso fare a meno di fare un passo avanti, desiderando respirarlo.

«Dobbiamo parlare,» dico.

Ride a metà, come se fosse nervoso.

Lo innervosisco io?

«Niente di buono viene mai da queste quattro parole,» dice.

«Cosa sta succedendo veramente tra te e il proprietario?»

Lascia cadere la borsa ai suoi piedi e accenna un sorriso. Come se qualunque cosa stesse facendo fosse passata inosservata, e sia sollevato da dover rispondere alla mia domanda. Cosa mi sfugge?

«È uno stronzo. L'hai conosciuto. Dimmi che mi sbaglio.»

Kyler non ha torto, ma non credo sia questo il motivo per cui sta recitando la parte della relazione finta. «Sei un miliardario. Perché ti preoccupi tanto del contratto per giocare nella *sua* squadra? Potresti giocare ovunque. Accidenti, potresti comprarti una squadra tutta tua!»

Mi fulmina con lo sguardo per dirmi di abbassare la voce e mi afferra il braccio, trascinandomi con lui nella biblioteca. Accende la luce e chiude la porta dietro di noi.

È davvero così preoccupato che sua figlia o la tata possano sentire la conversazione?

«I soldi non sono tutto, Ryan.»

Mi mordo il labbro inferiore. «Certo che no. Ma aiutano. Che succede?»

Perché diavolo si riferisce a me con il mio cognome? È impersonale, come se stesse cercando di aggiungere più distanza tra di noi quando siamo a pochi centimetri di distanza. Lascia la presa sul mio braccio, e io emetto un lieve sospiro, delusa per l'interruzione del contatto.

Non dovrebbe importarmi che non mi stia toccando.

Questa relazione è finta al cento per cento.

Non mi vuole.

Non potrebbe mai volere una come me.

«Dimmi che mi sbaglio, che non sei un miliardario,» dico.

Muove i piedi, fissando il pavimento. «È più complicato di così.»

«In che senso?» Insisto sulla questione, volendo sapere che diavolo intende. Ho visto il suo patrimonio netto quando i ragazzi dell'Eagle Tactical hanno indagato per assicurarsi che non ci fossero scheletri nell'armadio di Greyson.

«Non lo voglio. Sto dando via tutto.»

Tossisco, schiarendomi la gola. Non può essere serio. «Stai facendo cosa?»

Alza lo sguardo su di me, i suoi occhi scuri e carichi di passione. «Non merito un centesimo, quindi lo sto dando via.»

«A chi?» Non posso credergli. Perché Jaxson o uno

degli altri ragazzi non me l'hanno detto quando hanno controllato il suo passato?

«Ha importanza?»

«Sì, se stai subendo un ricatto.» Per quale altro motivo avrebbe consegnato più di sette cifre?

Si avvicina, annullando la distanza tra noi. «Non sono stato ricattato,» dice Kyler. Il suo sguardo ha un fremito, e non riesco a capire se sta mentendo o se sta solo nascondendo qualcos'altro.

«Nessuno regala volontariamente così tantii soldi.»

«Io sì,» dice. «Non li merito.»

Gli prendo la mano e lo trascino sul divano, costringendolo a sedersi accanto a me. «Cosa intendi dire che non li meriti?» Mi sposto sul divano per affrontarlo, dandogli tutta la mia attenzione.

«Intendo dire che hanno solo portato una grande maledizione sulla mia famiglia da quando sono arrivati sul mio conto. Mio cugino ha ricevuto immediatamente una diagnosi di cancro il giorno in cui ho incassato i fondi. Due settimane dopo, mio fratello è caduto da una scala e per poco non si è ammazzato. Poi, la settimana seguente, mia figlia è stata in ospedale per nove giorni con una polmonite...»

«Queste cose succedono. Fanno parte della vita.»

Crede davvero di essere maledetto?

«Ho perso ogni partita, Ryan, finché non ho iniziato a donare i soldi in beneficenza. La casa d'infanzia in cui Jasper ed io siamo cresciuti è bruciata, la mia auto è stata rubata, e durante l'ultimo appuntamento che ho avuto, lei mi ha rubato la carta di credito e ha fatto shopping pubblicando foto di noi due insieme che aveva photoshoppato.»

«Quindi, hai una stalker e una serie di sfortune.»

«Oh, non ho finito,» dice Kyler. «C'è altro...»

«Ti senti in colpa. È comprensibile. Succede anche ai vincitori della lotteria...» Ma non riesco a capire perché si senta in colpa.

«Non è la stessa cosa,» dice, schiarendosi la gola. Si alza, incapace di star fermo, e comincia a camminare avanti e indietro per la stanza. È inquieto, le mani che si chiudono a pugno lungo i fianchi mentre parla. «Ho guadagnato quei soldi, ogni centesimo, ma il denaro non equivale alla felicità. E più ne accumulavo, più le cose peggioravano. Così, ho iniziato a donarli in beneficenza, come al gala a cui hai partecipato. Ho organizzato io la raccolta fondi.»

«Hai pagato tu il gala?» Cerco di nascondere il mio stupore, ma sono certa che sia evidente sul mio viso. «Non è una tua responsabilità, Kyler. È meraviglioso che tu voglia aiutare, ma non dovrebbe ricadere tutto sulle tue spalle.»

«Lo so, ed è per questo che era un evento per incoraggiare altri donatori a contribuire al finanziamento del reparto pediatrico dell'ospedale,» dice. C'è un debole sorriso sul suo volto. «Ho conosciuto quei bambini, e ti posso dire che ogni centesimo che ho donato ne vale la pena.»

«È meraviglioso,» dico, guardandolo. «Questo ti aiuta ad alleviare il senso di colpa?»

«Certo che no. I soldi che ho usato per accumulare la ricchezza provenivano dalla mia parte dell'assicurazione sulla vita dei miei genitori. Quando sono morti, mi sono ubriacato e ho fatto una stupidaggine. Ho buttato tutto in una scommessa con la valuta digitale. È successo che è esplosa, e sono diventato ridicolmente ricco.»

«E Jasper?»

«Lui ha tenuto la sua parte in un conto di risparmio ad alto interesse fino a quando non è stato abbastanza grande per comprare una casa. Ma credi che gli abbia permesso di usare i suoi soldi?»

«Quindi gli hai fatto usare i tuoi, i soldi maledetti?»

«Assolutamente no! I soldi che ho guadagnato con l'hockey hanno aiutato a pagare la sua casa, l'istruzione e le spese normali. Non gli darei mai fondi maledetti. Che tipo di mostro pensi che sia?» Si passa le mani tra i capelli, chiaramente frustrato dalla situazione.

Non posso fare a meno di sorridere. «Del tipo generoso?»

Mi lancia un'occhiataccia, e non posso fare a meno di alzarmi e avvicinarmi a lui. «E io?»

Ha le sopracciglia aggrottate, non capendo la mia domanda. «Tu cosa?» Kyler scuote la testa, aspettando che io mi spieghi.

«I soldi che mi stavi dando per interpretare la tua fidanzata. Sono maledetti?»

Sorride maliziosamente e distoglie lo sguardo. «Forse. Ma troverò un modo per pagarti...»

«Non credo nelle maledizioni, Kyler. E non dovresti crederci neanche tu. Penso che sia generoso che tu voglia donare tutti i tuoi soldi in beneficenza, ma non fare qualcosa di cui potresti pentirti. Hai una casa bellissima e una figlia che va in una scuola privata, e vorrai finanziare la sua istruzione quando andrà all'università. Queste cose costano.»

«Bristol sarà al sicuro. È per questo che ho bisogno che il contratto con Fitzgerald vada in porto per l'anno prossimo.»

«Lui sa della maledizione?» chiedo, cercando di vedere le cose dal punto di vista di Kyler. Se Fitzgerald capisse che Kyler ha un disperato bisogno di rimanere nella squadra, allora quello stronzo potrebbe approfittarsene facilmente.

«Non è qualcosa che vado in giro a pubblicizzare,» dice. «Ma ha captato qualcosa da Coach Malone. Lo ha sentito dirmi che sono fuori di testa a regalare tutto.»

«Devo essere d'accordo con il tuo allenatore su questo punto,» dico.

Sbuffa, e le sue narici si dilatano. «Non hai visto cosa può fare quel denaro, Ryan. Come fa a dividere le persone.»

Mi avvicino, cercando la sua mano. Le mie dita si intrecciano con le sue. «I tuoi genitori erano già morti quando hai scelto di investire quei soldi. Erano tuoi,» dico, ricordandogli che non aveva rubato qualcosa che non gli apparteneva.

«Lo so, ma stavo anche frequentando qualcuno, e lei ha cominciato a interessarsi a ciò che potevo comprarle, un'auto, un attico, qualsiasi cosa potesse ottenere la faceva magicamente dirmi *'Ti amo'*. Era disgustoso.»

«C'è un nome per questo, cacciatrice d'oro.»

«Ma non era così quando abbiamo iniziato a uscire. Era davvero brava con Bristol e mi aiutava a cambiare i pannolini ed era lì per me...»

«Finché non lo è stata più,» dico, interrompendolo. «C'è la possibilità che stia covando risentimento? Potrebbe esserci lei dietro le minacce a Bristol?»

«Non farebbe mai del male alla mia bambina. Bristol era come una figlia per lei.» Si allontana da me e apre uno dei libri, estraendo un pezzo di carta strappato a metà con una nota scritta in inchiostro blu. «Questa non è la sua calligrafia, ma è il motivo per cui ho bisogno che tu tenga Bristol al sicuro.»

Kyler,

Fai una mossa sbagliata e la tua piccola Bristol farà la stessa fine dei tuoi genitori. Perdi le prossime sei partite, o scegli una bara per la tua piccola.

X

Trattengo il respiro bruscamente. «Da quanto tempo hai questo biglietto? Perché diavolo non l'hai mostrata alla squadra di sicurezza che hai assunto o a me?»

«Erano solo sei partite. Non potevo rischiare che qualcuno facesse del male a Bristol.» Incrocia le braccia al petto. «Giochiamo ottantadue partite regolari a stagione, a meno che non arriviamo ai playoff. Perderne sei fa schifo, ma non avrebbe compromesso il nostro record.»

«Finché non ti chiederanno di perderne altre.» Studio la calligrafia, la nota e il modo in cui la penna sbava contro la carta. Qualcuno si è preso il suo tempo per scrivere una minaccia così semplice, come se stesse cercando di nascondere la propria calligrafia. «Ha senso che la mafia possa essere dietro qualcosa del genere,» dico.

«Perché, dato che sono coinvolti in attività illegali come il gioco d'azzardo?» Kyler non sembra altrettanto convinto. «Abbiamo ancora la cena con i Moretti in programma, e dubito che qualcuno di loro abbia mai visto una partita di hockey in vita sua.»

«Non significa che non gestiscano un giro di scommesse e che non vogliano assicurarsi di mantenere le probabilità a loro favore. È questa l'unica minaccia che hai ricevuto contro Bristol?» Agito il foglio verso di lui, ancora sbalordita che me l'abbia tenuto nascosto. A questo punto, ha giocato dozzine di partite, e ne ha perse più della metà. Non posso fare a meno di chiedermi se sia stato intenzionale.

«Potrebbero essercene di più. Li ho bruciati,» dice, distogliendo lo sguardo da me.

«Quanti altri?»

«Ce n'è praticamente uno nuovo ogni settimana, che mi ordina di perdere partite specifiche.»

«E hai seguito i suoi ordini? Come posso aiutarti se mi tieni dei segreti, Greyson?»

«Non ho chiesto il tuo aiuto. Ti ho assunta per tenere al sicuro mia figlia nel caso in cui questo stronzo decida di prendersela con Bristol, anche se ho seguito i suoi ordini.»

«Potresti essere espulso dalla NHL se qualcuno sapesse quello che stai facendo.»

Kyler si avvicina, spingendomi contro il muro. «Nessuno può scoprirlo. Se lo dici a qualcuno, Ryan, abbiamo chiuso. Non riceverai un centesimo.»

«Pensi che sia tutto qui per me? I soldi? Sto cercando di proteggere Bristol. Non posso farlo se non sei onesto con me. Stronzo,» mormoro, colpendolo sul braccio mentre lo spingo via ed esco furiosa dalla biblioteca.

«Non abbiamo finito, Ryan,» dice, chiamandomi, aspettandosi che io faccia come vuole lui.

Beh, avrà una bella sorpresa se si aspetta che mi allinei come i suoi compagni di squadra. Sarà anche il capitano, ma non può comandarmi a bacchetta.

«Abbiamo finito.» Esco furiosa dalla biblioteca, e lui mi afferra il polso, tirandomi indietro per farmi voltare verso di lui. Le sue mani si posano sui miei fianchi, impedendomi di sfuggire alla sua presa.

Se davvero volessi liberarmi, un calcio deciso all'inguine lo farebbe crollare a terra. Ma non mi sento minacciata dalla sua presenza. Non mi farebbe del male.

«Non è finita qui,» dice, con lo sguardo scuro e la presa ruvida sulla mia pelle. «Non puoi allontanarti da me solo perché non sei d'accordo con quello che sto dicendo.»

«Sono incazzata perché sei più preoccupato di tenermi nascosti dei segreti che di lasciarmi proteggere tua figlia. Per tutto questo tempo, avrei potuto aiutarti a indagare sulle minacce. Invece, ho continuato come se l'unica vera minaccia fosse la mafia!»

«Mi dispiace. Avrei dovuto dirtelo...»

«Lascia stare.» Alzo una mano, non ancora pronta a sentire le sue scuse. «Hai ragione. Mi devi il rispetto di essere onesto. Se vuoi che protegga Bristol, devo sapere tutto.»

Annuisce lentamente e fa un passo indietro, lasciando la presa su di me.

«Hai conservato altre minacce? Qualcosa sul tuo

cellulare?» chiedo, agitando il foglio di carta verso di lui.

«Quel biglietto è tutto ciò che ho tenuto.»

«E come vengono consegnati?» Non possono arrivare a casa, altrimenti le telecamere di sicurezza avrebbero ripreso le immagini.

«Vengono sempre consegnati a mano nella mia casella privata all'arena.»

«Devono essere inviati tramite corriere a meno che non sia qualcuno interno...»

«Non lo è,» risponde un po' troppo velocemente. «I miei compagni di squadra non minaccerebbero mai mia figlia, né lo farebbe qualsiasi altra persona con cui faccio affari, e ho provato la pista del corriere.»

«Cosa suggerisci? Le minacce non arrivano con i piccioni viaggiatori.»

Sbuffa, non soddisfatto del mio sarcasmo. «Ci sono centinaia, se non migliaia, di dipendenti che hanno accesso alle nostre caselle postali. Niente è chiuso a chiave, tutto è aperto e disponibile per chiunque possa manometterlo, e non ci sono telecamere. Ho controllato.»

«Qualcuno sa giocare a fare il detective,» lo prendo in giro.

Le sue labbra atterrano con forza sulle mie, schiantandosi contro la mia bocca, mettendomi a tacere. Apro le labbra per protestare, e lui lo prende solo come un ulteriore incoraggiamento, spingendo la sua lingua all'interno.

Le mani di Kyler sfiorano il mio fianco, tirandomi più vicino, i polpastrelli delle sue dita stuzzicano l'orlo della mia camicia, sfiorando la mia pelle nuda mentre solleva il tessuto.

Cazzo, quest'uomo sa baciare.

Le sue labbra tracciano un percorso giù per il mio collo, succhiando la pelle sensibile che mi fa letteralmente cedere le ginocchia.

«Fermati,» dico, ed è l'unica parola di cui ha bisogno. Si tira indietro bruscamente, guardandomi, il respiro pesante e irregolare.

«Merda,» mormora, facendo un passo indietro. Si passa una mano tra i capelli, agitato. «Non volevo approfittarne...» Il suo viso arrossisce, e si appoggia contro il muro, cercando di allontanarsi da me il più possibile.

«Non l'hai fatto,» lo rassicuro. Non è Brad. Non ha mai fatto nulla per farmi del male o costringermi a fare qualcosa con cui non mi sento a mio agio. E si è fermato nel momento in cui gliel'ho detto... ma è anche il mio capo. Lavoro per lui. «Ma questo non accadrà, Greyson.»

Devo erigere un muro tra noi, chiarendo che questo non può accadere a meno che non faccia parte del lavoro, fingendo di essere innamorati.

Perché, se continuassimo a baciarci, non sarebbe più finzione. Non per me.

«Giusto.» Scuote la testa, come se si stesse togliendo delle ragnatele. «Nessun pubblico. Niente baci. Errore mio.» Questa volta fa un passo verso la porta, come se io fossi fuoco e lui fosse troppo vicino a bruciarsi con le fiamme ruggenti.

Prima che possa dire altro, è fuori dalla biblioteca, giù per il corridoio, e poi sparisce. Non ha lasciato la casa. Le telecamere non mi hanno avvisata che qualcuno è entrato o uscito dalla residenza, il che significa che probabilmente è a letto, dove dovrei essere anch'io.

Nella mia camera da letto.

Ma non sono stanca.

Kyler ha il modo di tenermi sveglia nei momenti più inopportuni. Domani dovrò alzarmi presto per indagare sul biglietto e capire chi potrebbe avercela con Greyson. Le minacce potrebbero provenire da chiunque, da qualche mafioso che gestisce un giro di scommesse a un tossicodipendente che cerca di arricchirsi scommettendo sulla sconfitta della squadra di Greyson.

Ho già detto che odio l'hockey?

THIRTEEN
KYLER

EMERSON MI STA EVITANDO. È perché l'ho baciata mentre stavamo litigando, o perché è arrabbiata con me per aver nascosto quella stupida lettera?

È addormentata, o almeno sotto la doccia, ogni volta che cerco di scambiarci due parole, ma è quasi impossibile avere un momento da solo con lei. E Lia non sta esattamente aiutando. Continua ad andare da Emerson per consigli su cosa preparare per cena o se dovrebbe portare Bristol al parco dopo la scuola.

Bristol è mia figlia. La tata dovrebbe venire da me, non da Em.

Ma Em è stata più presente di me ultimamente. È come se le due stessero diventando amiche, e non sono sicuro che mi piaccia: entrambe lavorano per me.

Aspetto che Em esca dalla doccia, seduto sul suo letto. Abbiamo una partita stasera, quindi almeno non arriverò in ritardo all'allenamento.

La doccia si spegne, e rimango in silenzio, non volendo avvertirla che la sto aspettando nella sua camera. Non ne sarà entusiasta, ma se continuerà a evitarmi, farò qualsiasi cosa sia necessaria per ottenere cinque minuti da solo con lei.

La porta del bagno si apre cigolando, e il vapore fuoriesce dietro di lei mentre esce avvolta solo in un asciugamano. I capelli sono bagnati, gocciolano giù per le spalle, facendo luccicare la sua pelle.

«Kyler! Cosa ci fai qui?» Si stringe l'asciugamano più forte sul petto.

Se solo lasciasse cadere l'asciugamano e mi permettesse di divorarla. Ne abbiamo entrambi bisogno; la tensione sessuale tra noi continua a crescere. Mi agito sul letto, sperando che non si accorga di quanto sono eccitato per lei.

«Abbiamo una partita in casa, e vorrei che tu venissi...sugli spalti. Ti voglio lì.» Mi sento di nuovo un adolescente, farfugliante e nervoso. Non è che non abbia visto il mio cazzo quando me lo succhiava quella sera in cui c'erano i ragazzi.

Dovrei organizzare un'altra serata con la squadra, se è quel che serve per farla mettere in ginocchio. È stato il paradiso puro. Sa come usare la lingua e la gola. Emetto un gemito quando interrompe i miei pensieri.

«Va bene. Ci sarò. Ora esci!» Indica la porta, volendo che me ne vada.

Me la prendo comoda, alzandomi lentamente dal letto mentre mi dirigo con calma verso la porta. Il mio cazzo si indurisce mentre le lancio un'altra occhiata da sopra la spalla.

«Più lento non riesci ad andare, vero?» sbuffa con gli occhi spalancati. «Fuori. Adesso!»

———

Ancora una volta, la focosa brunetta evita qualsiasi momento da sola con me. È concentrata sul suo tablet, che le dà accesso a tutte le telecamere di sicurezza e a qualsiasi altra cosa di cui abbia bisogno.

Bristol ha il giorno libero da scuola, e Lia le sta dietro, assicurandosi che sia cambiata, nutrita e accudita. È attenta alle esigenze di Bristol, il che è incredibilmente importante, mentre non ha la minima idea delle minacce alla nostra famiglia.

«Signor Greyson,» dice Lia, chiudendo il frigorifero dopo aver preso il cartone del succo d'arancia. «Quando ho ripreso Bristol da scuola ieri, la sua insegnante ha menzionato che dovrebbe cenare con uno degli altri genitori.»

«Giusto. Farò chiamare Em per organizzare la cena qui da noi.»

Emerson alza lo sguardo verso di me, con un sopracciglio sollevato più in alto. Come diavolo fa?

«Sei sicuro che sia saggio? Potrebbe essere meglio se andassimo fuori a mangiare,» dice Em, lanciando un'occhiata a Lia. Sta cercando di parlare senza allarmare la tata sulla famiglia Moretti.

Dubito fortemente che i Moretti siano quelli che mi minacciano, lasciandomi dei biglietti. Non è nello stile della mafia lasciare una minaccia non firmata.

Mi aspetterei che la consegnassero a mano o, più probabilmente, che facessero la minaccia direttamente in faccia.

Questo mi lascia a chiedermi chi diavolo ci sia dietro le minacce a mia figlia. Non sono mai stato coinvolto in giri di scommesse o incontri con allibratori. Jasper è altrettanto pulito. Quel ragazzo è un santo. Ha passato gli anni dopo la morte di mamma e papà concentrandosi sulla scuola, i suoi voti e l'hockey.

La minaccia viene da qualche altra parte.

Guardo Lia e faccio un sorriso forzato. «Seguiremo la questione e organizzeremo la cena. Grazie per avermelo fatto notare.»

Lia mi lancia uno sguardo perplesso ma se lo lascia scivolare e aiuta Bristol a ripulire dopo colazione.

Em sembra percepire che Bristol e Lia si stanno preparando a lasciare la cucina, e prende il suo caffè e il tablet, pronta a seguirle. Apprezzo le sue capacità da ombra, ma sono al sicuro dentro casa mia.

Afferro il braccio di Em, non lasciando che scompaia proprio adesso. «Stasera, ti voglio alla partita.»

«Lo so. Ti ho sentito dopo la doccia. Ci sarò. Nel frattempo, devo fare alcune chiamate e scoprire cosa posso su quel biglietto.» Mi guarda. C'è un'espressione di delusione che attraversa i suoi lineamenti. «Avresti dovuto dirmelo prima.»

Abbasso la voce per tenere l'eco al minimo. Non voglio che Bristol o Lia sentano la conversazione. «Ti ho detto quello che dovevi sapere. Ho fatto quello che dovevo fare per tenere mia figlia al sicuro.»

«Avremmo potuto metterci tutto questo alle spalle molto prima, se mi avessi consegnato il biglietto e mi avessi lasciata indagare sulla sua origine.»

«E tu saresti stata allo stadio di hockey invece di tenere gli occhi su mia figlia. Bristol è la priorità. Manda quello che ti serve a Jaxson e alla sua squadra. Ma la tua responsabilità è proteggere mia figlia.»

Il suo sguardo si indurisce, e la lingua le scorre sul labbro superiore prima di sporgere leggermente di lato. «Non devi ricordarmi come fare il mio lavoro. So per cosa sono stata assunta.»

«Bene.» Le rubo la tazza di caffè fresco, ancora

intatta, e la porto con me fuori. Ho bisogno di aria e di qualche minuto lontano da Emerson.

«Bastardo,» mormora sottovoce mentre esco.

Scelgo di ignorare il suo commento, uscendo e chiudendo la porta dietro di me. Devo schiarirmi le idee per la serata della partita.

———

Non rivedo più Emerson prima di uscire per raggiungere la squadra prima della partita. Bristol è al parco con Lia ed Em. Sono sicuro che stiano bene, ma vorrei davvero aver installato una specie di dispositivo di tracciamento sui telefoni della tata e della mia finta fidanzata.

Almeno, se succedesse loro qualcosa, saprei dove sono state viste l'ultima volta.

«Sembri distratto,» dice Jasper, tirandomi da parte nello spogliatoio. C'è molto rumore e trambusto, la squadra si sta preparando ad affrontare il campione imbattuto della stagione. «È perché i ragazzi si stanno lamentando delle nostre ultime quattro sconfitte e stiamo per farci prendere a calci nel culo?»

Non sono entusiasta di giocare contro gli Island Bruisers. Ogni volta che affrontiamo la loro squadra, James e io finiamo per scontrarci sul ghiaccio. Ci lanciamo insulti con la stessa frequenza del disco, e finiamo entrambi per picchiarci a sangue fino a quando non veniamo spediti in panchina in punizione.

Non voglio che Em o Bristol assistano a questo stasera.

Sbuffo alla sua osservazione. «Assolutamente no. Non perderemo stasera. Em sarà sugli spalti.»

«Non le hai dato i biglietti per il box privato?»

Guardo mio fratello minore. «No. Voglio che viva la partita come si deve.»

Jasper sorride. «Ma sai se alla tua ragazza piace l'hockey?»

Evito la sua domanda, incerto sulla risposta. In effetti, non ha mai mostrato particolare entusiasmo per il fatto che io giochi nella NHL o per questo sport, e non ricordo nemmeno che mi abbia fatto una singola domanda sull'hockey.

«Voglio che mi veda da vicino,» dico, dandogli una pacca sulla schiena. «Non può farlo da quei box privati.»

«Certo.» Gli occhi di Jasper si restringono mentre mi studia. «Emerson è davvero la tua ragazza? Voglio dire, so che tutta la storia della tata era una copertura. È così anche questa?»

Cazzo. Se Jasper non crede che Em sia la mia ragazza, allora nessun altro ci crederà. Devo convincerlo, a qualunque costo.

«Me lo stai chiedendo perché la vuoi per te? Perché lei è mia,» ringhio istintivamente. L'idea che lui o chiunque altro la porti fuori anche solo per un appuntamento mi annoda lo stomaco e mi fa stringere le mani a pugno.

Jasper alza le mani in aria. «Stavo solo controllando, fratello. È carina, ma voi due non siete stati visti a nessun dopo-festa, e non è stata invitata nella sala delle mogli. Pensavo che le feste non fossero il suo genere, ma i ragazzi parlano...»

«Avete parlato di Em?» La stanza sembra più calda di diversi gradi, e scruto la sala. «Chi altri?» Voglio sapere cosa hanno detto della *mia ragazza*. Anche se è finta, nessun altro conosce la verità.

Jasper si stringe nelle spalle e sposta i piedi, evitando la domanda. «Solo i ragazzi.» Non mi dà una risposta diretta, e lo afferro per la maglia, spingendolo contro il muro.

«Chi?» ringhio.

«Ehi!» grida Noah mentre salta tra noi, spingendomi indietro e impedendomi di colpire mio fratello.

Owen interviene, proteggendo il mio fratellino. È due volte più grande di Jasper e non mostra il minimo pentimento nel tono. «Conservalo per il ghiaccio,» dice Owen. «Se vuoi spezzare il collo a qualcuno, fallo a quel bastardo di James Fitzgerald.»

«Allontanati, Greyson,» dice l'allenatore Malone.

L'allenatore si riferisce alla maggior parte di noi con il cognome, specialmente quando è arrabbiato. Ma dato che io ero in squadra prima di Jasper, io sono Greyson. E Jasper è sempre Jasper.

Non c'è dubbio a chi si stia riferendo, e sbuffo prima di uscire dallo spogliatoio per un attimo.

Non mi aspetto che qualcuno mi segua, ma un minuto dopo, le porte si aprono alle mie spalle, e sento dei passi pesanti.

«Una parola.» L'allenatore Malone è lì, con le braccia incrociate sul petto. «Vuoi dirmi che diavolo sta succedendo? O devo chiederlo al tuo fratellino?»

Il mio labbro superiore ha un fremito quando sento chiamare Jasper il mio *fratellino*. Dimmi qualcosa che non so già. Ho aiutato a crescere quel ragazzo da quando i nostri genitori sono morti. L'ho protetto. Mi sono assicurato che ottenesse un buon contratto quando è stato scelto.

Torno a passo pesante verso l'allenatore, volendo mantenere la cosa tra noi. «Non è niente,» dico e distolgo lo sguardo. È difficile ignorare lo sguardo d'acciaio dell'allenatore Malone. «Mi calmerò.»

«Ti farei correre dei giri se dipendesse da me, ma ho bisogno che tu sia in forma per la partita tra meno di un'ora. Rimettiti in sesto, Greyson. Se si tratta di tua figlia...»

«Non è questo,» rispondo, e tiro un sospiro di sollievo. Bristol è a casa con Lia, e non devo preoccuparmi di nessuna delle due perché so senza dubbio che il sistema di sicurezza è di prima qualità, e se qualcuno si avvicinasse a diversi metri dalla casa, ne sarei informato, così come Emerson.

«Allora si tratta della ragazza.» Gli occhi dell'allenatore Malone si stringono. «Tuo fratello è innamorato di lei o qualcosa del genere?»

«Lo ammazzerei se lo fosse,» ringhio un po' troppo rapidamente, e lo sguardo di Malone si allarga.

«Non lasciare che una ragazza si metta tra due fratelli. Ci sono molti pesci nel mare, Greyson.»

«Non è solo una ragazza qualsiasi,» dico, e inspiro bruscamente rendendomi conto che, se Emerson mi fa andare tanto su di giri, è perché voglio starle vicino. Penso che potrei provare davvero qualcosa per lei.

Lui sorride con aria sorniona, e le sue spalle si afflosciano mentre mi esamina. «Davvero?»

«È solo che non sono sicuro che lei se ne renda conto, di quanto significhi per me. Posso...» Guardo la sua fede nuziale. È semplice e sobria, eppure sarebbe perfetta per una messinscena. «Posso prendere in prestito la tua fede?»

L'allenatore Malone mi scruta, giocherellando con la sua fede. «Sei sicuro di questo, Greyson? Non fare stupidaggini per qualcosa che ha detto o fatto il tuo fratellino.»

«Non si tratta di lui,» dico.

I ragazzi chiaramente non capiscono quanto io faccia sul serio con Em, e se non riesco a convincere loro che la nostra relazione è vera, come farò a convincere il resto del mondo?

EMERSON

«MA CHE DIAVOLO si mette per andare a una partita di hockey?» Lancio un'occhiata oltre la spalla a Lia e Bristol sulla porta, in attesa che mi sbrighi.

Ho aperto tutti i cassetti della camera da letto, svuotato l'armadio e lasciato vestiti sparsi sul letto, sul pavimento e appesi alla porta del bagno.

«Una maglia,» dice Bristol, in tono pragmatico. Indossa una maglia degli Ice Dragons un po' grande ma chiaramente di taglia junior. Non funzionerà per me. Non ho nulla da mettere.

«Hai controllato nell'armadio del signor Greyson?» chiede Lia.

«No,» esclamo. Lia e Bristol si fanno da parte, lasciandomi attraversare in fretta il corridoio.

Mi seguono entrambe da vicino mentre mi vedono mettere sottosopra l'armadio di Kyler.

«Non so molto di hockey,» dice Lia mentre apre un cassetto del suo comò e tira fuori una maglia in cui potrei nuotarci dentro, «ma questa maglia ha decisamente il logo della NHL.»

Gli occhi di Bristol si spalancano e si morde il labbro inferiore prima di sorridere selvaggiamente. «Dovresti assolutamente metterla. Papà...» Si interrompe di colpo, e io corro nel suo bagno e chiudo la porta.

Indosso la maglia con un paio di leggings neri per completare l'insieme. Lia ha aiutato a rimettere tutto a posto nella stanza di Kyler. Anche se saprà che ho preso in prestito la maglia, sono sicura che non gli dispiacerà.

«Siete sicure che siano della stessa squadra?» chiedo, guardando l'emblema e i colori diversi.

«È vintage,» dice Bristol. «Papà parla sempre di quanto le vecchie maglie fossero molto più belle. Fidati. Lo farai arrossire.»

Guardo da Bristol a Lia. «Cosa le è preso?» rido e tiro Bristol verso di me per un abbraccio. «Spero proprio che tu abbia ragione.»

Lia esce di corsa con Bristol davanti a me. Chiudo e blocco la casa, salgo in macchina e lascio che Mitchell ci porti alla partita.

«Siete sicure di essere pronte?» chiede Mitchell, guardandoci nello specchietto retrovisore.

«È ora dello spettacolo,» dico con un sorriso malizioso. La partita di hockey non è ancora iniziata, ma non vedo l'ora.

Mitchell alza le spalle e si allontana dalla casa, portandoci all'arena.

Bristol è seduta accanto a me, e Lia è davanti, impegnata in una conversazione tranquilla con Mitchell. Non riesco a capire bene cosa dicano, ma stanno ridendo di gusto.

«Chi gioca contro gli Ice Dragons stasera?» chiedo. Non so quasi nulla di hockey, ma non vedo l'ora di vedere Kyler sul ghiaccio. In realtà, vederlo giocare è un po' emozionante, anche se non voglio ammetterlo con lui.

«Gli Island Bruisers,» dice Mitchell. Ride sotto i baffi. «Forse dovrei prendere un biglietto e unirmi a voi sugli spalti.»

«Dovresti. A Kyler farebbe piacere vederci tutti lì a fare il tifo per lui.»

Mitchell scuote la testa, ma sento la sua risata mentre si avvicina allo stadio. Il traffico è intenso e ci sono molte persone che attraversano la strada, dirette allo stadio. «Dovrete presentarvi alla biglietteria. Mostrate i documenti, dite che siete con Kyler Greyson e avranno i posti disponibili per voi tre.»

«Non vieni?» chiedo sorpresa. Sembrava interessato poco prima.

«Mi piacerebbe vedere la faccia di Greyson, ma non voglio essere incolpato.»

«Incolpato?» chiedo. Si ferma davanti alla biglietteria e scendiamo dal veicolo. Bristol mi prende la mano, camminando al mio fianco.

Lia è a qualche passo dietro di me e trattiene il respiro.

«Cosa? Ho della carta igienica attaccata alla scarpa?» chiedo, voltandomi verso di lei.

«Santo cielo,» esclama Lia.

«Bel tentativo di non dire parolacce, ma quella era una imprecazione intenzionale. Devi un dollaro al barattolo a casa,» dice Bristol.

«È una dura negoziatrice,» dico, guardando Lia. Ci affrettiamo verso l'ingresso mentre la fila si muove velocemente, e nel giro di pochi minuti ho in mano tre biglietti e tre cordoncini VIP con biglietti dorati.

«Non puoi... noi abbiamo... oh mio Dio.» Lia sta cercando di non scoppiare a ridere.

Bristol la fulmina con lo sguardo. «Zittisci la faccina.»

«Non è nemmeno un vero modo di dire!» Guardo Bristol. «Cosa vi è preso a voi due? Mi avete fatto uno scherzo? È una maglia di un'altra squadra?» Non riesco a vedere il retro della maglia, ma la folla si infittisce e veniamo spinte in avanti verso l'ingresso.

Mostro i nostri biglietti, li scannerizzano tutti e tre e ci fanno entrare. Seguiamo le indicazioni per il nostro settore, e Lia mi afferra prima che scendiamo al piano. «Dovresti probabilmente comprare una maglia con il nome di Greyson.»

«Gli farebbe troppo piacere,» dico con una risata, e faccio una smorfia, rendendomi conto che dovrei essere la sua ragazza. Ovviamente, dovrei avere una maglia con il suo nome sopra.

Merda.

Lia sembra fin troppo gentile o non sospettosa; non sono sicura quale delle due. Se sospetta che tra Kyler e me non ci sia nulla di reale, non l'ha fatto capire.

«Posso avere dei popcorn?» chiede Bristol, trascinandomi nella direzione opposta rispetto allo stand con il merchandising.

«Certo,» rispondo.

Dopo aver preso spuntini e bevande, ci dirigiamo verso i nostri posti, che sono direttamente dietro la panchina della squadra.

Non passa molto tempo prima che la partita inizi e i giocatori entrino sul ghiaccio.

C'è un pannello di vetro tra la squadra e noi, e Bristol sale sulla sua sedia, salutando suo padre. «Papà!» strilla eccitata.

Mentre è sul ghiaccio, la sua concentrazione è interamente sulla partita. Non sono sicura che abbia notato che siamo sugli spalti, ma probabilmente è meglio così. Non voglio distrarlo.

Mi piacerebbe parlare con Kyler da sola per un momento e scoprire se ci sono state altre minacce recenti o se ha in mente altri sospetti su chi potrebbe voler far del male a sua figlia.

C'è molta sicurezza nell'arena, e seduta proprio dietro la panchina con il vetro tra noi, non ho l'impressione che qualcuno della sua squadra sia coinvolto. Ma ci sono molti altri che potrebbero esserne i responsabili.

Bristol si appoggia al pannello di vetro, spingendo il viso contro di esso, facendo smorfie ai giocatori nel tentativo di attirare la loro attenzione. La maggior parte di loro è troppo concentrata sulla partita, ma Noah è in panchina e rivolge un sorriso e un saluto a Bristol.

Lei ricambia il saluto con entusiasmo e si gira verso di me. «Hai visto? Noah mi ha salutata.»

Prima che abbia il tempo di rispondere, Noah mi

indica e scuote la testa, costernato. «Che diavolo indossi?»

«Appartiene a Greyson. Prenditela con lui,» gli grido.

Noah sorride. «Lo so. Gliela abbiamo regalata per scherzo. Non dovresti indossare la maglia della squadra avversaria. Ti ucciderà quando vedrà cosa hai addosso.»

Emetto una risata di cuore. «Immagino sia una fortuna che io sia dietro il vetro.» Batto sul divisorio e faccio un piccolo cenno quando Kyler passa pattinando, con un'espressione accigliata quando mi lancia un'occhiata veloce.

Greyson grida qualcosa, ma è già lontano prima che Noah o io sentiamo qualunque cosa gli sia passata per la mente.

«Te lo dico io, togliti quella maglia prima che perda completamente la testa,» dice Noah, guardandomi male. «Non puoi sostenere la squadra avversaria!»

Respingo il suo suggerimento con un gesto. «Non sono una tifosa dei... chiunque siano.»

«Bruisers,» dice Noah. «E stai indossando la loro maglia come se li stessi supportando.»

«Non sono una tifosa. Era l'unica maglia che sono riuscita a trovare. Perché diavolo gliela avreste regalata come scherzo?» chiedo, indicandola.

«Barattolo delle parolacce!» esclama Bristol, indicando sia Noah che me. «Un dollaro ciascuno!»

«Oh mio Dio,» gemo. «Diavolo non è nemmeno una parola così brutta.»

La mascella di Bristol cade. «Due dollari! Niente discussioni.»

La bambina è tutta spavalderia; devo riconoscerglielo. «Va bene, quando torniamo a casa, metterò due dollari nel barattolo.»

«Anche tu, Noah. Mi devi un dollaro.»

«Che ne dici se ti compro una bibita?» chiede Noah.

Bristol scuote la testa. «So che tu e papà avete le cose gratis. Inoltre, non posso comprare un unicorno con una bibita.»

«Ah, un unicorno?» Noah sorride e scuote la testa. «Buona fortuna,» dice, fissandomi.

Non sono sicura se si riferisca al fatto che Bristol ha sei anni ma ne dimostra sedici o che la maglia che indosso potrebbe scatenare la Terza Guerra Mondiale.

Noah va sul ghiaccio quando Kyler esce pattinando verso la panchina. L'allenatore lo sta rimproverando per aver mancato un'azione facile, ma onestamente, non riesco a immaginare che esista un'azione facile.

Ha mancato di proposito? C'è stata un'altra lettera minatoria lasciata per lui, che gli ordinava di far perdere la partita?

Non è una domanda che posso fare qui dove chiunque potrebbe sentirci.

Greyson brontola e si guarda alle spalle verso di me. «Stai cercando di farmi male?»

«Cosa?» chiedo.

«Stai facendo il tifo per gli Island Bruisers?» Gli occhi di Greyson sono spalancati. «Non posso credere che la mia ragazza stia tifando la squadra avversaria.»

«Questa è la tua maglietta...» mi trattengo dal chiamarlo *idiota*, anche se il pensiero mi attraversa la mente.

I suoi occhi si spalancano e mi fa cenno di girarmi. Non è un vestito.

«Non se ne parla,» dico. Qual è il problema?

«Toglila,» dice Kyler, e il suo labbro superiore si arriccia in una smorfia. «La mia ragazza non indosserà *quella* stasera.»

Rido nervosamente. «Sì, non è una buona idea.»

«E indossare una maglia dei Bruisers lo è?» sbotta.

«Non indosso niente sotto.» Non è del tutto vero. Porto un reggiseno, ma non credo che tutti apprezzerebbero vedermi togliere la maglia, e francamente, fa un po' freddo per indossare solo un reggiseno e i leggings.

Lancia un'occhiata a Lia. «Vai' a comprare qualcos'altro per la mia ragazza durante l'intervallo.»

«Non è necessario,» dico.

«Papà, le ho detto io di indossarla.» Bristol è euforica, rivolgendo al padre il suo sorriso da mille watt.

Lui ride. «Tu, piccola diavoletta, sei la ragione per cui i ragazzi mi stanno tormentando?»

«Sempre,» dice e manda un bacio al suo papà. «E un altro dollaro nel barattolo delle parolacce!»

Gemiamo entrambi all'unisono.

Kyler guarda dietro di sé, verso i ragazzi e la partita. «Non finisce qui. Vai a mettere quella maglia al rovescio.»

«Non se ne parla. Togliti la tua maglia, e indosserò quella.» Sto scherzando, ma se non rischiasse di mettersi nei guai, probabilmente se la toglierebbe e me la lancerebbe oltre il divisorio di vetro.

«Sei un guaio, Ryan.»

«Lo so, e ti piace.»

C'è movimento sul ghiaccio, e Kyler si gira per guardare l'azione. Spero che l'allenatore non lo rimproveri troppo duramente per aver parlato con noi sugli spalti.

Passano diversi minuti prima che torni sul ghiaccio, segnando un gol dopo l'altro. Stasera è in gran forma finché non si scontra con un altro giocatore della squadra degli Island Bruisers. Non riesco a vedere cosa sta succedendo, con i ragazzi che si alzano davanti a noi gridando animatamente.

Kyler viene mandato al box delle penalità insieme all'altro giocatore con cui stava lottando. Guardo Lia.

«Cosa sta succedendo?» le chiedo.

Lei alza le spalle. «È una partita di hockey. Scoppiano risse. È normale.»

Spero che abbia ragione, ma non mi piace vedere Kyler litigare con nessuno. Mi fa venire il mal di stomaco.

Gli Ice Dragons sono in svantaggio, e suona la campanella. Le squadre si ritirano negli spogliatoi, e i ragazzi in panchina escono.

«La partita è finita?»

Bristol sorride. «No, sciocchina. È l'intervallo.»

«Oh. Come il primo tempo di metà partita.»

«Più che altro i tre terzi.»

A quanto pare, la bambina conosce le frazioni. Cerco di fare la disinvolta, come se la bambina di sei anni accanto a me non avesse appena sottolineato che ne sa più di me sul gioco. Ma, per la cronaca, suo padre è un giocatore professionista di hockey. Sono sicura che questa non sia la sua prima partita.

«Lia, mi accompagni in bagno?» chiede Bristol.

«Certo. Torniamo subito,» dice Lia alzandosi. Prende la mano di Bristol e insieme percorrono il corridoio e salgono le scale verso i bagni.

C'è molto trambusto. Lo Zamboni entra e ripara il ghiaccio per il prossimo tempo.

Alzandomi, mi stiracchio mentre scorgo l'allenatore che torna verso la panchina. Sta portando qualcosa in mano e borbotta tra sé.

«Ryan,» dice, facendomi un cenno.

«Sì, signore?» Non so perché mi stia rivolgendo a lui in modo così formale, ma mi esce spontaneo prima di poter dire altro.

Mi lancia una maglietta bianca a maniche lunghe oltre il vetro. «Il tuo ragazzo voleva che l'avessi. Vai a cambiarti prima di rovinare la nostra partita.»

Rido sotto i baffi. «Sul serio?»

«Ti sembra che stia scherzando?» chiede l'allenatore.

Mi avvio verso il bagno. La fila è fuori dalla porta, e in realtà non devo fare pipì. Devo solo cambiarmi. Ma al ritmo attuale... non so quanto duri l'intervallo, ma è probabile che mi perderò la prossima parte della partita se resto in fila.

Bristol sta saltellando da un piede all'altro, cercando evidentemente di trattenere la vescica. Ci sono almeno una dozzina di donne davanti a loro.

«Devo fare pipì!» strilla Bristol. «Posso usare il bagno di papà?»

«Non credo sia permesso,» dico. Dubito che la sicurezza ci lascerebbe entrare negli spogliatoi. Anche se ci hanno dato dei pass VIP da indossare, è improbabile che permetteranno a noi donne di entrare nello spogliatoio maschile durante la partita. Probabilmente, sarà per una suite privata o un afterparty.

«Per favore,» si lamenta. «Non ce la faccio più a trattenerla.»

Lia aggrotta la fronte. «Tesoro, se usciamo dalla fila e non possiamo usare il bagno altrove, dovremo ricominciare dall'ultimo posto e aspettare tutto da capo.»

Bristol geme e si agita, come se avesse delle formiche nei pantaloni. Arriccia il naso, e giuro che sta per mettersi a piangere.

«Va bene.» Prendo la mano di Bristol e guardo Lia. «Vuoi rischiare di venire con noi o resti in questa fila?»

«Si sta muovendo, ma lentamente. Aspetterò qui,» dice Lia. «Se non trovate un bagno da un'altra parte, forse potrete tornare qui in tempo.»

Non sono sicura che Bristol possa resistere ancora molto. La bambina sembra sul punto di scoppiare, a giudicare dalla sua danza della pipì. Pensavo fosse riservata ai bambini più piccoli, ma sta saltellando da un piede all'altro e fa smorfie per tutto il tempo.

«Sbrighiamoci,» dico, portandola via dal bagno. Con una mano che stringe la sua e l'altra che tiene la maglietta bianca che mi ha lanciato Coach Malone, ci affrettiamo lungo il corridoio e veniamo fermate da un paio di guardie di sicurezza che bloccano un ingresso sul retro.

«Mi dispiace, nessun accesso,» dice il più alto dei due. Sono entrambi grossi e robusti. Non c'è alcuna possibilità di passare oltre senza essere placcate. Potrebbero essere giocatori di football in pensione.

«Siamo VIP,» dico, mostrando i nostri badge. «E questa piccola deve usare il bagno.»

Il più alto dei due ride vedendo la sua buffa danza. «Mi dispiace, la squadra è nello spogliatoio. Non posso farvi entrare mentre sono lì durante l'intervallo.»

«Papà!» grida Bristol sovrastando il ruggito della folla. Spera che lui possa sentirla? Non siamo vicine alla porta dello spogliatoio. Siamo a un'estremità del corridoio, e lo spogliatoio si trova all'estremità opposta, se non addirittura oltre un corridoio. Non riesco a capire bene da dove siamo.

La guardia sorride alla bambina. «Chi è tuo papà?» le chiede, abbassandosi al suo livello.

«Papà, ovviamente.» Bristol alza gli occhi al cielo e schiocca le dita. «Digli che ho bisogno di vederlo.»

La bambina è tutta impertinenza. Rido. «Kyler Greyson è suo padre.»

«Non mi dire.» La guardia ridacchia. «Capisco da chi ha preso questo atteggiamento. E tu chi sei?» chiede, guardandomi dalla testa ai piedi.

«La ragazza di Greyson.»

«Che fortunato.» La guardia sorride. Guarda il suo collega, che non sembra altrettanto interessato a conversare con noi due. «Sorveglia la postazione,» gli dice e alza un dito chiedendoci di aspettare.

«Potresti essere licenziato se li interrompi, Chris,» dice l'altra guardia. Chiaramente, non ha alcuna intenzione di aiutarci.

«Lascia fare a me,» dice Chris.

Bristol continua a saltellare e a gemere, arricciando il naso, cosa che sarebbe adorabile se non dovesse fare pipì così tanto. Sono impressionata dal fatto che sia riuscita a trattenersi così a lungo, date le circostanze. A dire il vero, probabilmente sarebbe stato meglio rimanere in fila con Lia.

La guardia torna indietro e in lontananza lo vedo aspettare fuori dalla porta. Non bussa. Aspetta e basta. Per quanto tempo ha intenzione di stare all'ingresso?

Solo pochi secondi dopo, la porta si apre e Coach Malone esce. Chris lo avvicina il tempo necessario per spiegare la nostra situazione prima di indicare nella nostra direzione.

«Fatele passare,» dice Malone, facendoci segno di entrare. «Dovrai coprirle gli occhi,» avverte, facendo un cenno verso Bristol.

Con una mano che stringe la sua, con l'altra le copro gli occhi usando la maglietta.

«Questo profuma di papà,» dice Bristol mentre entriamo nello spogliatoio maschile. I ragazzi sono quasi tutti equipaggiati e pronti per tornare sul ghiaccio.

Alcuni di loro si stanno allacciando i pattini e stanno dando gli ultimi ritocchi al loro equipaggiamento. Non capisco perché abbia insistito affinché le coprissi gli occhi finché non arriviamo al bagno con gli orinatoi e sentiamo la doccia in funzione. Uno dei giocatori ci dà le spalle, e non c'è molto nascosto alla vista.

La accompagno velocemente in uno dei gabinetti del bagno e chiudo la porta dietro di lei.

«Qualcuno non poteva aspettare il bagno di sopra,» dico quando l'acqua della doccia si ferma, come se stessi cercando di spiegare perché mi trovo nello spogliatoio maschile con una bambina.

Rimango con le spalle rivolte verso le docce, facendo del mio meglio per dare privacy a Owen. Almeno, credo sia lui da quello che ho intravisto mentre accompagnavo Bristol dentro.

«Dov'è il fidanzato?» chiede Owen, i suoi passi rimbombano sul pavimento mentre si avvicina.

Sono grata, quando guardo cautamente nella sua direzione, che indossi un asciugamano intorno alla vita. «Non l'ho visto,» rispondo. Ma in realtà non stavo cercando Kyler. La mia attenzione era concentrata su Bristol e sul portarla in bagno senza vedere troppo.

«È qui,» dice Grayson, arrivando da dietro. «E perché diavolo indossi ancora quella maledetta maglia?»

«Un altro dollaro nel barattolo delle parolacce!» esclama Bristol da dietro la porta chiusa del bagno.

«Ti giuro, bambina,» sospira lui scuotendo la testa. «Cambiati la maglia. Ora,» ringhia, i suoi occhi mi fissano, facendomi fremere lo stomaco.

«Ehm, okay.» Mi infilo in un gabinetto vuoto, non volendo che nessuno dei suoi compagni di squadra veda troppo quando mi cambio. Sono veloce, mi sfilo la maglia in questione di secondi. Indosso la maglietta bianca e faccio un respiro profondo. Bristol aveva ragione; ha davvero l'odore unico di Kyler.

Sicuramente, meglio dell'odore dello spogliatoio, che non è l'ideale.

Uscendo dal gabinetto, Kyler mi strappa la maglia dalle mani. «Pensavi fosse divertente indossare questa?» mi chiede, girandola per farmi vedere il retro con tutti gli scarabocchi e le caricature volgari disegnate con un pennarello nero indelebile.

«Oh mio Dio,» sussulto. «Bristol!» Non posso credere che Bristol e Lia mi abbiano lasciata uscire con quella maglia.

Bristol tira lo sciacquone ed esce per lavarsi le mani. «Cosa? Era divertente. C'è un pene dietro la maglia!» Bristol ridacchia come se fosse lo scherzo più divertente del mondo.

«Non so neanche come fai a sapere cos'è.» Kyler lancia a Bristol uno sguardo eloquente.

«Mi hai dato tu un libro sui fiorellini e le api, papà. Ho sei anni. Non sono una bambina piccola.»

«Giusto,» mormora Kyler a bassa voce. «Beh, i bambini di sei anni hanno comunque bisogno di molto sonno.» Dà un'occhiata all'orologio sulla parete vicina. «Dov'è Lia?»

«Di sopra, in fila per il bagno,» rispondo.

«Dovrebbe probabilmente portare Bristol a casa e metterla a letto.»

«Papà, no!» urla Bristol, e giuro che l'intero stadio può sentire il suo sfogo. «Non voglio andare a casa. Voglio vederti giocare. Non posso restare per tutta la partita questa volta? Per favore?» Sbatte gli occhi verso suo padre. Sono grandi e profondi, e giuro che cederà da un momento all'altro.

«No.»

Sono sorpresa che non lo abbia intorno al suo piccolo dito. «Puoi guardare per qualche minuto in più, ma prima del prossimo intervallo, dovresti essere già sulla via di casa.»

Usciamo dal bagno, e la squadra sta per tornare fuori. Accompagno Bristol fuori dallo spogliatoio, e la guardia di sicurezza è in piedi fuori dalla porta, in attesa.

«Grazie,» dico.

Torniamo ai nostri posti, e Lia ci sta già aspettando. «Immagino che siate riuscite ad usare il bagno?» chiede.

Bristol splende di eccitazione. «Papà ci ha fatto usare il suo nello spogliatoio.»

«Ah, davvero?» chiede Lia con una risata. Dà un'occhiata alla nuova maglietta che indosso. «Vedo che ti sei cambiata.»

Lancio un'occhiataccia a Lia. «Sì, grazie mille per avermi fatto indossare quella maglia in pubblico!»

«Non ho visto davvero il retro finché non siamo arrivate allo stadio,» ammette Lia. «E avevo suggerito di comprarti qualcos'altro, ma qualcuno ci ha distratto con gli snack.» Guarda Bristol in modo eloquente.

«Colpevole!» dice Bristol con un sorriso. La bambina è sfacciata.

«Kyler ha chiesto che porti Bristol a casa prima del prossimo intervallo e la metta a letto.»

«Certo. Tu dovresti rimanere, vedere tutta la partita e goderti un po' di tranquillità senza di noi,» dice Lia.

Non sono sicura che definirei una partita di hockey come tranquilla, ma apprezzo che si offra di riportare Bristol da sola, anche se sono certa che sarà

Mitchell ad accompagnarle a casa. Mando un messaggio a Mitchell e aspetto la sua risposta.

La partita passa piuttosto velocemente, specialmente con Kyler sul ghiaccio per la maggior parte del periodo. Viene mandato di nuovo n punizione. Non sono sicura di chi abbia iniziato la rissa, ma è chiaro che ha un problema con un giocatore della squadra avversaria.

Gli Ice Dragons riescono a segnare tre gol e sono in vantaggio, ma è una partita relativamente combattuta.

Mitchell manda un messaggio pochi minuti prima che finisca il tempo, e io accompagno Lia e Bristol all'auto. Non voglio rischiare che succeda qualcosa alla bambina. Sono sicura che stia bene, ma preferisco affidarla a Mitchell, che è in grado di proteggere Bristol.

Lia è dolce e brava con Bristol, ma non credo che potrebbe difenderla da qualcuno di pericoloso. Non è addestrata all'autodifesa o al combattimento. Forse dovrei suggerire a Kyler di mandare Lia a qualche corso. Persino io potrei insegnarle alcune tecniche.

Mi affretto a tornare al mio posto proprio mentre finisce il secondo tempo. La squadra si affretta verso lo spogliatoio, ma uno dei giocatori si dirige verso di me con un occhiolino. «Greyson voleva che ti dicessi di venire alla panchina e sederti.»

«È permesso?» chiedo con una risata nervosa.

Lui alza le spalle e sorride, senza dare davvero una risposta. Girandosi, do un'occhiata alla sua maglia. *Jameson* si ritira nello spogliatoio.

Mi alzo dal mio posto, e devo salire le scale e tornare indietro passando vicino allo spogliatoio per raggiungere i ragazzi in panchina. Sembra strano, ma questa volta non ho alcuna difficoltà a passare la sicurezza.

La guardia mi riconosce e mi fa cenno di proseguire lungo il corridoio.

C'è un gran fermento dietro le porte dello spogliatoio. Posso sentire il rumore e il cameratismo tra i giocatori.

Nessuno mi ferma mentre passo davanti alle porte dello spogliatoio e mi dirigo verso la panchina a bordo ghiaccio. Non ci sono guardie di sorveglianza e i giocatori non sono ancora usciti.

Spero che non sia uno scherzo elaborato dell'amico di Kyler per mettermi nei guai o per far fare una figuraccia a Greyson.

Passano alcuni minuti prima che i ragazzi comincino a riemergere dallo spogliatoio. Hanno fatto una pausa più breve dato che mancano ancora undici minuti all'inizio della partita.

«Ehi, M&M,» dice Greyson con un sorriso quando mi vede seduta sulla panchina. Mi raddrizzo, e i miei occhi si spalancano, preoccupata che forse non avrei dovuto dare ascolto al suo amico *Jameson*.

«Di solito non permettiamo alle fidanzate di stare in panchina,» dice l'allenatore Malone schiarendosi la gola. «Ma il tuo ragazzo qui voleva dirti qualcosa durante l'intervallo.»

Guardo dall'allenatore a Greyson, scuotendo la testa, confusa.

Di cosa sta parlando?

Greyson ha i pattini ai piedi e apre la porta per entrare sul ghiaccio, lanciandomi un'occhiata. «Vieni, M&M?»

«Non se continui a chiamarmi così.» Rido nervosamente. «E non credo di poter semplicemente camminare sul ghiaccio.»

Lui fa spallucce con noncuranza. «Devono ancora zambonare il ghiaccio.»

«Hai appena usato Zamboni come verbo?»

Il sorriso sul suo viso si allarga. «Sai più cose sull'hockey di quanto lasci intendere, M&M.»

«Seriamente, Greyson, quel soprannome deve sparire.» Lo guardo male, ma non sono minimamente arrabbiata. Mi prende la mano e mi guida attentamente sul ghiaccio.

«Non te l'ho mai chiesto, ma sai pattinare?»

«Adesso me lo chiedi? E non con le scarpe da tennis.» Sento i piedi scivolare, ma lui mi tiene stabile, con le braccia intorno alla mia vita. Siamo solo a pochi passi dalla porta della panchina, che ora è stata chiusa da un altro compagno di squadra.

«Lezioni di pattinaggio per un appuntamento futuro,» dice, più a se stesso che altro.

Non gli ricordo che stiamo fingendo di stare insieme, ma le lezioni di pattinaggio non sembrano una cattiva idea, soprattutto perché il pensiero di passare del tempo con Kyler fa svolazzare il mio stomaco e accelerare il mio cuore.

Mi piace passare del tempo con lui, anche se è interamente legato al lavoro.

«Certo, stai già pianificando i nostri appuntamenti?» Lo prendo in giro, e i miei piedi scivolano, ma lui mi tira vicino. Le sue braccia mi circondano la vita, e le mie si muovono istintivamente intorno al suo collo in un abbraccio.

«Non è l'unica cosa che ho pianificato con te, Em.» Il modo in cui dice il mio nome mi ruba il respiro. Mi si blocca in gola, e tremo tra le sue braccia. È il freddo? I miei nervi? Forse sto semplicemente andando in panico perché ci sono migliaia di occhi su di noi nell'arena.

Tranne che nessun altro sente le sue parole. Sono destinate unicamente a me.

«È così?» Un'altra risata nervosa, e vorrei davvero avere le mie emozioni sotto controllo. Improvvisamente fa caldo, e le mie guance sono accaldate. Posso sentire il rossore come una febbre che mi attraversa.

Jasper pattina sul ghiaccio, portando con sé un microfono.

Guardo tra i fratelli.

Che diavolo stanno combinando?

Jasper esce dal ghiaccio, lasciando Greyson tra le mie braccia. Lui si allontana solo leggermente, assicurandosi che non cada prima di allentare la presa. Con una mano prende il microfono, e nell'altra, la mia mano è nella sua.

«Kyler, cosa stai facendo?» sussurro, guardandolo con occhi spalancati.

C'è un sorrisetto sul suo viso, alimentato da passione e malizia, come se qualunque cosa abbia in mente, niente e nessuno potrà fermarlo.

Merda.

Il mio stomaco fa una capriola.

«Kyler,» lo avverto, e già lui si abbassa su un ginocchio, e giuro che i miei occhi quasi schizzano fuori dalla testa. «Alzati,» gli sussurro, e lui ridacchia.

«Non finché non avrai sentito quello che ho da dire.» Quelle parole sono destinate solo a me. Porta il microfono alle labbra. «Signore e signori. Posso avere l'attenzione di tutti, per favore?»

Non riesco a parlare, posso solo fissare Kyler Greyson, con la bocca spalancata e gli occhi sgranati. Non c'è niente di carino nel rimanere senza parole. Un insetto potrebbe volarmi in bocca, e io starei ancora lì, sbalordita.

I suoi occhi fissano dritto nella mia anima. Giuro che mi ha rubato il respiro, e sbatto rapidamente le palpebre prima di rendermi conto che devo inspirare ed espirare, o potrei svenire. Il microfono si allontana dalle sue labbra, facendo sì che di nuovo solo io possa sentirlo.

«Ho bisogno che tu dica sì.» Mi fissa, il suo sguardo penetra i miei occhi.

La mia testa è tra le nuvole come in una nebbia fitta, e il momento sembra incredibilmente surreale. «Cosa?» sussurro, cercando di comprendere quello che sta dicendo perché la mia mente e il mio cuore sono completamente confusi.

«Quando te lo chiederò. Devi dire di sì.» È come una serie di istruzioni, un manuale che devo seguire, e non sono nemmeno sicura di cosa diavolo sto costruendo. Ma in realtò, lo so. Il mio stomaco si tende e le mie mani tremano perché non c'è altra ragione per cui un giocatore dell'NHL si dovrebbe mettere in ginocchio durante l'intervallo e tenere la mano di una bella ragazza a meno che non le stia facendo *quella* domanda.

Porta il microfono alle labbra. Tutti probabilmente pensavano che mi avesse fatto un dolce discorso privato. Invece, era un elenco delle sue richieste. Devi dire di sì. Okay, in realtà, solo una richiesta.

Avrei dovuto chiedere più soldi se devo sopportare queste buffonate.

Kyler parla nel microfono forte e chiaro, assicurandosi che tutti lo sentano. «Emerson Ryan, vuoi sposarmi?»

IL PIANO È ANDATO ESATTAMENTE COME VOLEVO, e poi è imploso. Non la proposta. Almeno non pubblicamente.

Em ha detto sì, proprio come le avevo chiesto prima di fare una proposta formale davanti a tutti. Volevo che fosse nei titoli dei telegiornali e sui giornali.

Non sono rimasto deluso dalla sua risposta. E sono sicuro che domani, i canali di informazione ne parleranno dappertutto. Sono abbastanza certo che, se accendessi la televisione su uno dei canali sportivi, ne starebbero già parlando.

È quello che è successo dopo la proposta che mi ha lasciato sconcertato.

È rimasta per il resto della partita, ha insistito per tornare al suo posto, e poi Emerson è scappata dall'arena nel momento in cui la partita è finita.

Nemmeno un saluto. Sono uscito dal ghiaccio verso la panchina, e lei era sparita. Nello spogliatoio, ho mandato un messaggio a Mitchell, e lui mi ha assicurato che la stava riportando a casa.

Non volevo farmi troppe idee. Il traffico è sempre terribile dopo una partita. Forse voleva andarsene prima che i giornalisti cercassero di assillarla con domande.

Ma quando ho varcato la soglia di casa, non l'ho trovata da nessuna parte. Non risponde ai miei messaggi, e ora si è chiusa in camera, rifiutandosi di parlarmi.

«Non puoi ignorarmi per sempre. Sono il tuo capo.» Busso ancora una volta alla porta della sua camera.

La ragazza è praticamente fumante quando finalmente spalanca la porta. Em incrocia le braccia sul petto. «È stata una mossa da stronzo, persino per te, Greyson.»

Quindi, siamo tornati ai cognomi. Non è esattamente un buon segno, ma i ragazzi della squadra mi chiamano Greyson, quindi forse non è del tutto negativo. Sto cercando di vedere il lato positivo.

«Chiederti di sposarmi?» So che è finto, e mentre i miei sentimenti per lei stanno lentamente diventando reali, ho spinto le cose troppo oltre.

«Avremmo dovuto discuterne prima!»

«Mi piaci...»

«Ti piace la tua carriera,» mi sputa contro. «Io sono solo al terzo posto.» Mi sbatte la porta in faccia.

Lascerò che le passi dormendoci sopra. Forse domani, potremo avere una conversazione sincera, e potrò scusarmi per averla colta alla sprovvista e averla messa a disagio con questi accordi. Ma lei ha accettato di essere la mia finta fidanzata. È solo un altro passo per dimostrare che stiamo insieme.

E dopo averla vista oggi alla partita, la voglio accanto a me tutto il tempo. Non ho nulla da ridire sul fatto che abbia portato Bristol nello spogliatoio oggi, ma non avrebbe dovuto farlo se i ragazzi avessero saputo che faccio sul serio con Em.

Non è stata ancora invitata nella sala delle mogli. È riservata alle mogli e alle fidanzate ufficiali della squadra in modo che stiano insieme. C'è persino un posto dove i bambini possono giocare, che sarebbe perfetto per Bristol.

Ma non posso semplicemente darle un invito.

È un luogo sacro tra le mogli dell'hockey, anche se sono il capitano della squadra.

Con un po' di fortuna, con la proposta, le signore vedranno quanto sono serio con Emerson e la inviteranno nel loro circolo intimo. Non credo che nessuna di loro sia dietro le minacce alla sicurezza di Bristol, ma forse hanno visto o sentito qualcosa.

Il gruppo, mi è stato detto, è pettegolo ma anche incredibilmente unito e protettivo del loro circolo interno. E ottenere un invito per Emerson non è un'impresa facile. Non posso semplicemente chiedere loro di invitarla. Non funziona così.

Vado a letto, decidendo che far arrabbiare ulteriormente Em non aiuterà. È stanca. Io sono distrutto. Una buona notte di sonno potrebbe sistemare le cose.

Sarò davvero così fortunato?

Mi spoglio fino ai boxer e mi infilo sotto le coperte calde. Cerco di non immaginarla rannicchiata tra le mie braccia, ma è impossibile. Sento ancora il suo profumo su di me, anche dopo la partita e la doccia nello spogliatoio.

Il suo profumo è inebriante e ha invaso i miei sensi dall'interno verso l'esterno.

Il bacio sul ghiaccio, i fan che esultano e le sue braccia avvolte intorno al mio collo sono impressi in me per sempre. Potrei morire da uomo felice.

Se solo fosse stato reale.

Se solo quel bacio avesse significato per lei ciò che significava per me. La proposta può essere finta, ma i sentimenti dietro l'attrazione sono al cento per cento reali.

Non sono ancora pronto per il matrimonio con Em o con chiunque altra. Ma la voglio esclusivamente nella mia vita. Senza vincoli e senza altri attaccamenti. Il pensiero che lei possa anche solo guardare un altro uomo mi riempie di un'intensa rabbia di gelosia.

Mi rigiro nel letto, incapace di dormire.

E parlare con Em non mi aiuterà a prendere sonno per la notte.

È arrabbiata, o per lo meno, delusa da me, il che mi fa sentire mille volte peggio, perché lei mi piace davvero.

E non solo come amica.

Sto cercando di seppellire questi sentimenti, ma più tempo passiamo insieme, flirtando e parlando, più la vedo per chi è, e mi piace. Lei mi piace.

Cazzo.

Ho fatto un casino spingendo la finta relazione verso una finta proposta?

Il sonno mi sfugge. L'orologio sul comodino mi prende in giro.

I miei pensieri sono interamente rivolti a Em.

Il suo corpo, la sua bocca. La sua lingua che stuzzica il mio cazzo.

Cazzo, è passato troppo tempo dall'ultima volta che ho fatto sesso. Avere Emerson sotto il mio tetto è stata una distrazione. La perfetta distrazione eccitante che mi ha fatto il miglior pompino della mia vita fino a quando i ragazzi non ci hanno interrotto.

La desidero da quella notte, ma lei è stata distante, e io ho dovuto concentrarmi sulla mia carriera e proteggere mia figlia, il che significava tenere Emerson a distanza. Lei è qui per Bristol, non per me.

Parlando di complicazioni.

Perché una parte di me la vuole qui per me, e non è una piccola parte. È il mio cazzo, e sta agendo in base al mio cuore, il che non è per niente logico per me.

Mi piace Em, e non voglio rovinare le cose perché, come ha detto lei, sono il suo capo. Ma con lei è più di questo. Non è solo la guardia del corpo privata di mia figlia. Per me significa molto di più, e lei non ha la minima idea di come mi senta.

Perché non gliel'ho detto.

Come posso farlo, senza peggiorare ulteriormente le cose? Ho già fatto un pasticcio con quello che sta succedendo tra noi.

L'orologio segna le tre e mezza, e non riesco a dormire da irrequieto e con Emerson nei pensieri.

C'è solo un modo per uscire da questo pasticcio. E i miei boxer tesi mi stanno indicando la risposta ovvia.

Cerco di respirare il più silenziosamente possibile mentre mi infilo la mano dentro e accarezzo la mia lunghezza. È difficile non immaginare Emerson quando eravamo insieme sul ghiaccio. Solo che questa volta sono io a controllare la fantasia, e lei indossa solo la mia maglia.

E intendo proprio nient'altro.

Si solleva appena, coprendo a malapena quel suo piccolo sedere perfetto, e voglio rubare un assaggio, spingerla contro il vetro e mettermi in ginocchio per scoparla con la lingua. Le mostrerei cosa significa stare con un vero uomo. Un uomo che venera ogni centimetro del suo corpo e la porta ripetutamente al limite.

È questo che merita, niente di meno.

Immagino sia la sua mano sul mio cazzo mentre pompo più forte e più veloce. Il suo nome mi sfugge dalle labbra mentre cerco di soffocare l'impulso di controllarmi.

Il mio respiro è affaticato e pesante. Dovrei accendere il ventilatore a soffitto e fare qualcosa per coprire i suoni che emetto nel silenzio della notte. Ma non m'importa.

Che mi senta pure.

Il calore scorre nelle mie vene, e vorrei che fosse la sua lingua umida sul mio cazzo o la sua stretta fica a tremare intorno a me.

La immagino intrufolarsi nel mio letto, finendo il lavoro.

«Emerson,» grugnisco, afferrando un fazzoletto dal comodino mentre sento l'ondata di calore che fuoriesce da me.

Ma è solo la mia immaginazione e mi ritrovare a cercare di riprendere fiato. Le mie palpebre sono pesanti e finalmente il sonno ha la meglio, ma per quanto tempo?

Il leggero rumore di passi mi sveglia, insieme alla luce che filtra attraverso le tende. È evidentemente mattina. La mia sveglia non è ancora suonata, ma sono certo che lo farà presto. Mi giro per assicurarmi che sia spenta prima che spaventi me o chiunque altro.

Barcollando, mi alzo dal letto, vado in bagno, mi tiro su i boxer e poi entro nel corridoio per preparare del caffè.

Lo sguardo di Emerson scende lungo il mio corpo. Ho dimenticato di mettermi qualcos'altro, mezzo addormentato e troppo esausto per preoccuparmene. «Sei in mutande,» dice lei, e le sue guance arrossiscono mentre distoglie lo sguardo.

«Pigiama,» la correggo, ma non ha torto. Non indosso una maglietta, e se fosse stato chiunque altro, non avrei girato in boxer in modo che il mondo potesse vedere.

Ma è solo Em.

Bristol sta dormendo, e la tata non è rimasta per la notte. Deve essere andata a casa quando Emerson è rientrata dopo la partita.

«Quelli non sono un pigiama.» Ride sottovoce. «Hai l'abitudine di andare in giro in mutande?»

Em fa un buon lavoro nel sostenere il mio sguardo, senza fissare il mio petto nudo o i miei boxer abbassati. Non riesco a leggerla bene stamattina, il che mi lascia ancora più confuso. Avrebbe potuto semplicemente andarsene o ignorarmi, ma sono contento che non l'abbia fatto.

Le sue guance arrossiscono mentre sostiene il mio sguardo, e io non le ho ancora risposto. Voglio che guardi, che si prenda tutto. Sono orgoglioso di ciò che ho da offrirle. E non è che non abbia già visto la merce.

Diamine, l'ha anche provata un po'.

Il mio cazzo inizia a muoversi ai ricordi ardenti delle sue labbra intorno alla mia asta. Cazzo, non posso eccitarmi mentre lei mi sta fissando e le cose stanno finalmente tornando alla normalità dopo ieri sera.

Hockey.

Dischi.

Risse sul ghiaccio.

Cerco di riempirmi la testa di pensieri randomar sull'hockey per tenere a bada il mio cazzo.

«Non avresti dovuto chiedermi di sposarti sul ghiaccio, non senza prima parlarne.»

C'è gelo nell'aria, e viene completamente da Emerson. Ecco un modo per schiacciare l'ego di un uomo e la sua erezione.

Non che pensassi fosse una proposta vera o che lei fosse innamorata di me. Ma il bacio sul ghiaccio era stato spettacolare.

«Vuoi sposarmi?» chiedo, tenendo il microfono con una mano e stringendo la sua, guardandola negli occhi.

Lei sorride e annuisce, e per un momento, sembra reale. La felicità nel suo sguardo appare genuina al cento per cento, e se non sapessi meglio, penserei che sia entusiasta quanto me.

Le infilo l'anello al dito. È una semplice fascia d'oro e troppo grande, ma lei non dice nulla a riguardo.

Mi alzo e le circondo la vita con le braccia, schiacciando le mie labbra contro le sue. Il mio cuore batte forte contro il petto, il rumore della folla attutito dal calore che cresce tra noi.

Lei apre la bocca, le sue dita giocano con la parte

posteriore del mio collo, intrecciandosi nei miei capelli mentre approfondisco il bacio.

Il mondo svanisce, è come se ci fossimo solo noi due, e la stringo più forte, più vicina. I miei vestiti sono spessi e duri tra noi, rendendo quasi impossibile sentire il suo corpo contro il mio.

Ma sembra non importarle o non accorgersene. La sua lingua scivola oltre le mie labbra, e voglio esplorare ogni centimetro del suo corpo, dalla testa ai piedi sul ghiaccio.

Un forte tonfo ci separa bruscamente, e mi rendo conto di aver lasciato cadere il microfono, dimenticando che era tra le mie dita con il suo corpo stretto contro il mio.

Emerson mi sta fissando, aspettando una risposta sul perché le ho fatto la proposta senza prima parlarne con lei.

Perché sapevo che non avrebbe mai accettato.

«Stavo solo enfatizzando la nostra finta relazione.»

«Non si enfatizza con una proposta di matrimonio,» dice lei. «O gemendo il mio nome nel cuore della notte. Stavi sul serio fantasticando su di me mentre ti masturbavi?»

«Papà, cos'è masturbarsi?»

Nessuno di noi due ha sentito Bristol alzarsi dal letto e sgattaiolare nel corridoio con noi.

SIXTEEN
EMERSON

POTREI MORIRE DI VERGOGNA. Non è un'esagerazione. E se gli sguardi potessero uccidere, sarei già morta per le occhiate mortali che Kyler mi lancia.

Prendo l'iniziativa di rispondere, cercando di minimizzare i danni. «È quando rimbalzi sul letto e salti giù.»

Gli occhi di Bristol si spalancano. «Stavi saltando sul letto senza di me, papà? Non mi permetti mai di saltare sul letto.»

Non riesco a capire se è sollevato o ancora più agitato dalla mia risposta.

«E non inizierai a saltare sul letto. Emerson non intendeva letteralmente saltare sul letto.»

«Allora cosa intendeva?» chiede Bristol con occhi grandi e curiosi.

Lui geme e si passa una mano tra i capelli. «Devo fare la doccia prima dell'allenamento. Puoi tenerla d'occhio finché non arriva Lia?»

Mi sforzo di sorridere, sfilandomi l'anello dal pollice. Era decisamente troppo grande per il mio anulare, e chiunque ne fosse il proprietario, probabilmente lo rivuole indietro. «Certo. Dai, andiamo a farti la colazione. Vai giù,» dico.

Bristol si precipita giù per le scale. «Vieni?»

«Solo un attimo,» le rispondo.

Porgo l'anello a Kyler. «La prossima volta, meglio non usare il tuo dito per misurare un anello di fidanzamento.»

«Grazie,» dice lui prendendo l'anello nel palmo della mano. «Appartiene all'allenatore.»

«L'avevo un po' immaginato che non fosse per me.» Scendo le scale, non riuscendo a sopportare il dolore di guardare lui, l'anello, tutto quanto, senza provare più di quanto dovrei.

Perché mi sento così lacerata dentro quando so che è tutta una recita?

Lui ha sempre chiarito le sue intenzioni: questa è una relazione finta. Probabilmente ho solo bisogno di spazio per schiarirmi le idee e raccogliere i miei pensieri il più lontano possibile da Kyler Greyson.

Correndo giù in cucina, sistemo Bristol con la colazione e preparo una caffettiera. Il sistema di sorveglianza indica che Lia è appena arrivata e sta entrando dal cancello principale.

La porta d'ingresso cigola. «Ciao!» esclama Lia, annunciando il suo arrivo.

«Ciao, siamo in cucina,» dico, prendendo una tazza e aspettando che il caffè finisca di prepararsi prima di versarlo.

Mezz'ora dopo, il mio tablet emette un suono, ma non è perché Kyler se ne è andato. È un avviso che qualcuno è al cancello d'ingresso. Lui si sta ancora allacciando le scarpe da ginnastica vicino alla porta.

Non è Mitchell perché è già all'interno della proprietà, in attesa.

Prendo il tablet e apro l'applicazione per controllare le immagini di sorveglianza. È una donna con i capelli scuri, che indossa un cappello da baseball e occhiali da sole. È quasi come se stesse cercando di passare inosservata, ma non le sta riuscendo molto bene.

«Tutto a posto?» Greyson alza lo sguardo verso di me quando mi vede studiare il tablet. Ha un aspetto impassibile, calmo e raccolto. Come se non fosse preoccupato, e non sono sicura se sia perché si fida di me o perché pensa che la minaccia non possa raggiungerlo tra queste quattro mura.

Beh, si sbaglia.

La sorveglianza non è infallibile. È utile come sistema d'allarme, ma non può sparare a qualcuno o lanciargli pietre se viola la proprietà.

Il mio compito è proteggere Bristol e Kyler. Sì, può avermi assunta esclusivamente per proteggere sua figlia, ma se ci sono entrambi, intendo tenerli al sicuro.

«La conosci?» chiedo, mostrando lo schermo a Kyler.

Lei abbassa gli occhiali da sole e preme il campanello.

«Sì, puoi farla entrare.»

È tutto ciò che dice. Kyler si dirige verso la porta d'ingresso e la spalanca. «Non c'è partita stasera. Solo allenamento.»

Bristol si affretta verso di lui per dargli un abbraccio e un bacio di addio. «Ciao, papà!» dice, salutando con la mano mentre lui esce dalla porta principale e si dirige verso Mitchell.

È fuori dalla porta prima che io abbia il tempo di chiedere chi diavolo sia lei. Beh, sto per scoprirlo.

Esco sul portico, non volendo che questa donna strana si avvicini a Bristol. Anche se Kyler non sembra preoccupato, non ha risposto a nessuna delle mie domande su chi sia e cosa stia facendo qui.

Lei percorre il vialetto privato sui tacchi. La donna è tutta classe, ma... perché diavolo non è entrata in auto oltre i cancelli?

Allunga il collo, osservando completamente la proprietà prima di posare gli occhi su di me. La bruna sorride, ma sembra un sorriso forzato.

«Emerson, giusto?» chiede, squadrandomi da capo a piedi. Sembra un po' delusa da ciò che vede. Sono ancora in pigiama. Non mi aspettavo visite.

«Sì, sono io. Posso aiutarti?» La mia schiena è rivolta verso la casa, impedendole l'accesso all'ingresso principale, facendo da scudo a Bristol e Lia all'interno.

Nella sua mano destra c'è una busta, sigillata con la ceralacca, e in calligrafia, il mio nome. Me la porge e stringe le labbra. «Se decidi di venire, è obbligatorio indossare la maglia del tuo fidanzato.»

Senza aggiungere altro, si volta e torna giù per la strada.

Non ho nemmeno scoperto il suo nome. Aspetto finché non è fuori dalla proprietà e il cancello metallico si chiude prima di rientrare in casa.

«Era Kate James?» Lia sta ancora sbirciando dalla finestra quando entro. «È la moglie di Asher. Lui è l'enforcer della squadra.»

Sua moglie non mi è familiare, ma conosco Asher. È mia responsabilità conoscere tutti i giocatori, ma le loro mogli non le ho studiate perché non le consideravo sospette. Forse dovrei.

«Cosa ti ha portato?» chiede Lia, guardando la busta che ho in mano.

È formale. Elegante. Apro con cura la spessa busta per rivelare un invito a un evento privato organizzato dalle mogli dei giocatori di hockey.

«Devi assolutamente andarci,» dice Lia. «E raccontarmi tutto dopo.»

«Pensavo che non ti interessasse l'hockey?» Aggrotto la fronte, rimettendo l'invito nella busta.

«Il mio ragazzo del liceo non faceva che parlare di questo sport. Non ne so molto, ma lei ha fatto un servizio completo in una di quelle riviste con pochi vestiti, e mi ricordo di averlo sorpreso...»

Accenno vagamente verso Bristol, che sta osservando entrambe con curiosità.

Gli occhi di Lia si spalancano e sbatte ripetutamente le palpebre, chiudendo la bocca, forse rendendosi conto che la conversazione dovrebbe finire qui, e in fretta.

«Prepariamoti per una giornata divertente allo zoo,» dice Lia.

«Di cosa stavate parlando voi due?» chiede Bristol.

«È ora di portarti di sopra e vestirti,» dico, cambiando argomento e cercando di distrarre Bristol. La bambina è sveglia, e non ho bisogno che vada a spifferare a Kyler qualsiasi cosa senta per caso.

Mando un messaggio a Kyler mentre è in viaggio verso l'allenamento con i ragazzi.

Invito ricevuto. Ha menzionato di indossare la tua maglia. Dovrei comprarne una al negozio?

Risponde immediatamente via messaggio.

Assolutamente no. Non è accettabile. Ti porterò una delle mie da indossare. Quando è il ritrovo?

Non mi sento pronta per un evento con le mogli dei giocatori di hockey, ma dovrò cavarmela se voglio essere invitata nella stanza delle mogli, dove le signore spettegolano prima della partita e durante l'intervallo.

Domani. Gli rispondo.

Raccolta alimentare?

Come lo sapevi?

Non mi risponde più. Non è particolarmente importante, probabilmente è arrivato all'allenamento con i ragazzi, ma un "a dopo" o "ciao" sarebbe stato carino.

Metto via il telefono e mi affretto a salire per farmi la doccia e vestirmi così da poter accompagnare Lia e Bristol nella loro gita.

«Non devi venire con noi,» dice Lia. «Ti prometto che posso occuparmi di Bristol da sola per un giorno.»

È questo che pensa? Che sto spiando la tata o qualcosa del genere? Certo, questo implicherebbe che non sa che mi unirò a loro, e io non ho l'abitudine di seguire Lia e Bristol di nascosto.

«Lo so, ma mi piace passare del tempo con voi.» Sono sicura che Mitchell potrebbe gestire qualsiasi situazione con Bristol, ma lui le sta solo portando allo zoo, non le accompagnerà per tutto il parco. «Non è un disturbo.»

«Non hai del lavoro da fare?» chiede Lia, con la fronte corrugata.

Sta facendo troppe domande, e sono grata quando il mio cellulare ci interrompe. Tranne che è mia sorella. E non le ho parlato da prima che iniziassi a lavorare per Kyler.

«Ehi, Amber,» dico, e posso già sentire il calore pungente dell'elettricità provenire dall'altro capo della linea.

«Non mi hai detto che stavi frequentando qualcuno! E ora sei fidanzata?»

Trattengo bruscamente il respiro. Questa non è una conversazione che voglio avere davanti a Bristol, anche se prima o poi lo scoprirà. Lei e la tata potrebbero essersi perse il grande annuncio di Kyler sul ghiaccio quando si è inginocchiato, ma le notizie viaggiano velocemente in questa città.

E nel momento in cui Lia sentirà la notizia, sicuramente la commenterà. Il che significa che dovrei soffocarla ben prima che lo venga a sapere in altro modo. Ma non dovrebbe sapere comunque che quello tra Kyler e me è finto.

Gemo. Questa situazione è sfuggita di mano ed è diventata troppo complicata. Non voglio deludere Bristol o metterla in mezzo, facendole credere che un giorno sarò sua madre. Non è giusto nei suoi confronti.

Ma Kyler non avrebbe mai dovuto suggerirlo.

La colpa è di entrambi. Non è completamente sua. Ho accettato anch'io.

«È una cosa piuttosto recente,» dico, sentendo lo sguardo di Lia su di me. È pronta per andare, e ora stanno aspettando me. «Posso richiamarti?»

«Va bene, ma mi devi i dettagli. Anche quelli succosi e piccanti!»

Chiudo la chiamata con mia sorella e seguo le ragazze fino al veicolo. Mitchell è già tornato a casa dopo aver portato Kyler all'allenamento questa mattina.

«Dove andiamo?» chiede Mitchell mentre Bristol sale sul sedile posteriore, e mi assicuro che sia allacciata prima di allacciare la mia cintura. Lascio che la tata si sieda davanti. Per qualche motivo, mi sembra naturale stare seduta accanto a Bristol, come se fosse mia figlia.

È anche il modo migliore per proteggerla, tenerla vicina.

Passiamo gran parte della giornata ad esplorare lo zoo, riempiendoci di popcorn e dolci prima di tornare a casa per preparare la cena. Mitchell passa a prendere Kyler sulla strada del ritorno dallo zoo.

Apre con uno strattone la portiera posteriore, sorpreso di vederci tutte stipate all'interno. Mi sposto, stringendomi contro Kyler. Non che mi dispiaccia.

«Cosa avete fatto oggi?» chiede Kyler, allacciandosi la cintura mentre Mitchell riparte attraverso il parcheggio e si immette nel traffico.

«Siamo andati allo zoo,» proclama Bristol, spingendo il suo pinguino peluche attraverso le mie ginocchia perché suo padre lo veda. Non lo lascia però nelle sue mani, stringendolo forte prima di riportarlo a sé per strofinare i loro nasi.

«Scommetto che voi due avete viziato la mia piccola Bristol.»

«Non sono piccola,» dice Bristol, guardandolo con aria decisa.

«Certo. Mi dispiace. Errore mio,» dice Kyler con un sorriso ironico. Si sposta sul sedile posteriore per mettersi comodo, ma è alto, e le sue gambe arrivano alle ginocchia. Il sedile anteriore di solito è spinto completamente in avanti quando entriamo, costringendo Lia a spingerlo indietro. Suppongo di capire ora il perché.

«Com'è andata la tua giornata?» chiedo, dandogli una leggera gomitata.

«Bene. L'allenamento è andato bene. Niente di troppo eccitante. E la tua?» Mi guarda con un sorriso sincero, e il mio stomaco sobbalza. È difficile tenere a bada i sentimenti, quelli che in teoria non sarebbero reali, quando mi guarda come se nient'altro avesse importanza, e i suoi occhi guardano dritto nella mia anima.

Mi si blocca il respiro in gola. «Solo un'ordinaria giornata allo zoo.» Voglio parlargli della chiamata di Amber e di come Lia potrebbe sentire i pettegolezzi. Dobbiamo affrontare la questione prima che Bristol lo venga a sapere.

Deve percepire la mia esitazione perché aggrotta la fronte e prende la mia mano, intrecciando le nostre dita.

Non siamo in pubblico. Lia non ci sta guardando, e siamo lontani dallo stadio, dai suoi compagni di squadra e dalle mogli dei giocatori di hockey.

«Mia sorella ha chiamato questa mattina,» sussurro, tenendo la voce bassa. La radio ci aiuta a darci un accenno di privacy, anche se Bristol è seduta accanto a me.

«Sì? Qualcosa di speciale?» chiede Kyler.

«Guarda la televisione,» dico, sperando che sia un indicatore sufficiente di ciò di cui dobbiamo discutere quando torniamo a casa sua.

Alza le spalle con noncuranza. «Era inevitabile. Qualcuno che conosci avrebbe scoperto di noi, *tesoro*.» Mi stringe la mano. «Rilassati.»

Come posso rilassarmi quando sono stata troppo ingenua da non pensare all'accordo così a lungo termine? Cioè, certo, immaginavo che sarei potuta apparire in qualche foto con Kyler, ma non avevo mai pensato che mia sorella avrebbe visto il titolo di giornale. Non avevo mai nemmeno considerato che Kyler mi avrebbe fatto una proposta di matrimonio a una partita di hockey davanti a tutti.

Mitchell si ferma davanti alla casa, e scendiamo tutti dall'auto.

Entro per prima, assicurandomi che la casa sia

ancora sicura. Kyler mi segue a ruota, con Lia e Bristol che vengono dietro.

Mi sfilo le scarpe e salgo le scale.

«Dove stai andando?» chiede Kyler.

«Stavo solo per iniziare a preparare la cena,» dice Lia mentre aiuta Bristol a togliersi le scarpe da ginnastica. «Devo fare qualcos'altro prima?»

«Stavo parlando con la mia fidanzata.» Kyler mi inchioda con lo sguardo.

L'aria mi esce dai polmoni di colpo, e gli occhi di Lia si spalancano. «Voi due siete fidanzati?» Non sembra capire che Kyler è completamente concentrato su di me, e per la prima volta, questo mi spaventa.

«Cosa significa?» chiede Bristol, guardandoci dal basso mentre è seduta sulla panca accanto alla porta d'ingresso. Agita selvaggiamente i piedi e muove le dita, libere dalle scarpe. I suoi calzini sono spaiati, ma alla bambina non sembra importare. Conoscendo Bristol, probabilmente ha insistito per indossare un calzino con gli unicorni e uno con i coniglietti.

Lia si chiude rapidamente la bocca e accompagna Bristol in cucina. «Che ne dici di aiutarmi con la cena?»

«Non voglio cucinare,» si lamenta Bristol. «È il tuo lavoro.»

«Puoi farmi un disegno mentre cucino?» suggerisce Lia mentre la guida fuori dal corridoio e in cucina, concedendoci un minimo di privacy.

«Stavo cercando di evitare questo,» dico indicando la cucina con Lia e Bristol.

«Di sopra.» Kyler è secco e controllato. Mi prende la mano mentre saliamo le scale, e sarei quasi tentata di allontanarlo, ma non lo faccio.

Non sono sicura a che gioco stia giocando e, ancora peggio, odio il fatto che potrebbe persino piacermi.

Beh, non i giochi. Mi piace Kyler. Almeno, credo sia questo il motivo delle farfalle nel mio stomaco annodato. Mi mordo il labbro inferiore mentre lui mi trascina nella sua camera da letto.

Profuma di Kyler. Caldo, legnoso e intenso. Cerco di non inspirare, ma è come se stessi facendo una boccata. Kyler Greyson, la nuova droga sul mercato. E voglio portarmela alle labbra e respirarla tutta.

«Siediti.» La sua unica parola è un comando, e scioglie le nostre mani, indicandomi di avvicinarmi al suo letto.

Questa non è decisamente una buona idea.

«Resto in piedi,» dico. La mia bocca diventa secca, e la lingua scorre fuori, cercando di salvarmi dall'imbarazzo quando parlo.

Kyler alza le spalle come se non gli importasse davvero se sto seduta o in piedi. Sta cercando di mettermi a mio agio. Beh, niente di questa conversazione sta per essere confortevole.

«Abbiamo appena detto a tua figlia che siamo fidanzati. In realtà, tecnicamente, l'hai fatto tu,» dico. Di solito non sono una che dà la colpa, ma questa volta è stata tutta sua.

«E le spiegherò tutto più tardi. Ma ho avuto una buona giornata e volevo festeggiarla con te.»

La mia voce mi tradisce, uscendo più come uno squittio. «Nella tua camera da letto?» Sono sicura che le mie guance siano arrossate, e indietreggio cercando di mantenere un'ampia distanza tra noi. Non perché non mi fidi di Kyler. La verità è che non mi fido di me stessa.

Come potrei, quando l'ho sentito ieri sera?

Stava gemendo il mio nome.

E ho pensato che forse fosse nel sonno. Poteva essere un brutto sogno, ma poi ho aperto silenziosamente la porta, e di certo non stava dormendo.

Per fortuna, non mi ha vista.

Sorprendere il tuo capo mentre fa *quello* e geme il tuo nome è inaccettabile. Se mi avesse sorpresa a guardare, avrei dovuto dimettermi.

Non è che non abbia fantasticato su Kyler. Ma c'è il mondo della fantasia chiuso a chiave nella mia testa e il mondo reale. I due non possono scontrarsi.

«Sembri terrorizzata,» dice Kyler, e il sorriso svanisce dal suo viso. «Merda. Non ho pensato... Mi dispiace.» Si allontana da me, lasciando molto spazio tra noi.

Aggrottando la fronte, scuoto la testa. «Di cosa stai parlando?»

«Non voglio che tu pensi che sono come quel viscido di Clemens, che...»

Lo interrompo. So cosa ha fatto. Non voglio un promemoria o che lui si dispiaccia per me. Incrocio le braccia sul petto in modo difensivo. «Quel pensiero non mi ha sfiorato la mente, Greyson.» Sembra ferito. Pensavo che sarebbe stato sollevato. «Cosa?» chiedo, chiedendomi perché mi stia fissando.

«Mi chiami Greyson quando cerchi di mettere distanza tra noi.»

«Non l'avevo notato.» Probabilmente ha ragione. «Tu mi chiami Ryan.»

«Raramente,» ribatte.

Non discuto, perché questa battaglia l'ha vinta lui. Mi fermo vicino alla finestra accanto al suo letto. «Quindi, e adesso?» chiedo.

«Dimmi la verità, Em. Provi qualcosa per me?»

Emetto un respiro pesante. «Questa è una domanda complicata,» dico.

«Non lo è affatto. Provi qualcosa per me, Em?» chiede di nuovo.

«Sei il mio capo.» Evito di rispondere alla domanda. «Siamo in una finta relazione. È facile che sembri reale.» Sposto i piedi e distolgo lo sguardo. «Perché? Tu provi qualcosa per me?»

Kyler non si tira indietro. Giuro che quell'uomo non ha paura, né senso di terrore né tantomeno la consapevolezza che il modo in cui risponde potrebbe rovinare tutto. «Come potrei non provarlo? Sei splendida, divertente e bravissima con Bristol.»

Queste potrebbero facilmente essere caratteristiche tra amici. Faccio un sospiro di sollievo. Almeno non sta tirando fuori la parola che inizia per "A".

Sarebbe da pazzi. No?

«Sono anche la guardia del corpo di tua figlia,» gli ricordo.

Kyler alza le spalle. «Sì, ti ho assunta io. Lo so. Non significa che non provi qualcosa per te, Em. Ma se tu non ricambi questi sentimenti, dillo e basta. Compartimenterò quello che abbiamo e manterrò un atteggiamento professionale finché non saremo sotto i riflettori.»

«Mi stai mettendo sotto molta pressione,» dico.

«Capito.» Annuisce e apre la porta della camera da letto, uscendo.

Emetto un respiro pesante e mi guardo intorno nella stanza. Che diavolo è appena successo?

SEVENTEEN
KYLER

EMERSON È STATA distante da quando l'ho messa alle strette nella mia camera da letto. Forse avrei dovuto scegliere una stanza diversa, ma dubito che l'esito sarebbe cambiato.

Non le stavo chiedendo di sposarmi veramente, solo di ammettere se provasse qualcosa per me.

La sua risposta evasiva è stata un colpo sufficiente a farmi capire che questa relazione è completamente finta, proprio come le avevo chiesto che fosse.

Me la sono cercata, al cento per cento, suggerendo che facessimo finta di stare insieme per poi coglierla di sorpresa con una finta proposta.

Non è stato il mio momento migliore, in termini di comunicazione, ma almeno mi rivolge ancora la parola. Insomma, mi manda messaggi per dirmi che va tutto bene con la casa, nessuna nuova minaccia, nessun sospetto.

Non ho ricevuto un'altra lettera all'arena, ma è solo questione di tempo. Dubito che la minaccia sia finita quando lui può così facilmente manipolarmi a fare ciò che vuole perché farei qualsiasi cosa per proteggere Bristol.

Oggi c'è la raccolta alimentare, e ho gettato una delle mie maglie nella stanza di Em dopo il nostro scontro. Non che sia stata una grande litigata. È stato più un punto morto. Due passi avanti, mille passi indietro.

A cena mi ha trattato con freddezza, concentrandosi interamente su Bristol, e poi ha detto di essere stanca ed è andata a letto presto. So che era una bugia. La luce della sua camera è rimasta accesa fino a dopo mezzanotte.

Potevo vedere che era connessa a internet e stava lavorando sul tablet, nascondendosi da me.

E dovrei dare spazio a Em. Chiaramente, deve averne bisogno se mi sta evitando, ma non mi piace nemmeno che ce l'abbia con me.

Mi vesto e scendo per una tazza di caffè.

Em è in piedi in cucina, di spalle. Indossa la mia maglia con un paio di leggings neri, e non posso fare a meno di sentire un moto d'orgoglio dentro di me.

Questo era ciò che volevo quando è venuta alla partita. Non commetterò lo stesso errore due volte. Terrà la maglia e la indosserà a ogni partita a cui parteciperà, così tutti sugli spalti e nella squadra sapranno che appartiene a me.

Mi avvicino a lei e prendo una tazza dall'armadio, versandomi una tazza di caffè fumante. «Stai bene con la mia maglia.»

Lei ride nervosamente e si gira, alzando un sopracciglio.

«Indossala alla prossima partita a cui vieni. E a quella dopo ancora. E così via.»

«Vuoi dire che non vuoi che indossi la maglia con scritto "cazzo"?» chiede con una risata e si nasconde il viso tra le mani. «Non posso credere di averla indossata. C'erano giornalisti che hanno scattato foto?»

Per fortuna, non sapevano chi fosse fino a dopo la proposta, e a quel punto, le avevo già fatto indossare una delle mie magliette bianche.

«Siamo stati fortunati. Di chi è stata veramente l'idea di indossarla?» chiedo. Non credo che Em mi mentirebbe mai. Aveva pensato che sarebbe stato uno scherzo divertente come quando i ragazzi me l'hanno regalata?

«Tua figlia,» dice. «Giuro che ha insistito perché la indossassi, e non mi sono nemmeno preoccupata di controllare il retro. Non ero nemmeno sicura che fosse la squadra per cui giochi, ma Lia ha supposto che lo fosse e che fosse una di quelle maglie vecchio stile.»

«Vintage?» chiedo con una risata. «Sì, probabilmente ne ho una da qualche parte che andrebbe bene a Bristol. Di solito non tengo una pila di maglie a portata di mano a casa.»

«Dovresti. Per i visitatori,» dice Emerson e si prende una tazza di caffè. «O per potenziali appuntamenti.»

«Non sto uscendo con nessun'altra. Sembrerebbe strano, dato che siamo finti fidanzati.» Le sorrido, sperando che si rilassi.

Lei sorseggia il caffè e annuisce. «Giusto. Dovrei prepararmi e andare. Non voglio far aspettare le mogli degli hockeisti. Sei sicuro che Bristol stia bene con Lia oggi? Mitchell può tenerle d'occhio visto che devo coprire questo evento?»

«Ho tutto sotto controllo. Preoccupati di te stessa. Ricorda, siamo follemente innamorati.» Le circondo la vita con le braccia e lei si blocca. Il suo corpo si irrigidisce sotto il mio tocco.

Almeno, oggi non dobbiamo fingere davanti agli altri. Anche se, ad essere sincero, vorrei proprio farlo con lei. Forse mi presenterò dopo un paio d'ore per vedere come trattano la mia fidanzata. Poi potrò rubarle un bacio.

«Giusto, follemente innamorati,» dice con un profondo sospiro. «Dovrei andare.» Em scivola via dal mio abbraccio, ed è come se la stanza avesse perso diversi gradi. Il calore del suo corpo e l'essere premuto contro di lei mi aveva riscaldato dall'interno.

Quando diavolo sono diventato un uomo ossessionato da una donna? Per giunta la guardia del corpo di mia figlia?

Mi passo una mano tra i capelli e bevo in fretta il resto del caffè nella mia tazza. Dovrei evitare la caffeina con l'effetto che lei mi fa, ma forse una piccola dose non è così male. Dopotutto, la vedrò per solo un paio d'ore.

Bristol scende le scale correndo, per niente silenziosa. La tata oggi è libera, dato che non posso pretendere che lavori sette giorni su sette. Anche se fosse disposta a fare gli straordinari, non voglio che si esaurisca.

Probabilmente dovrei dare più tempo libero anche a Em.

«Papà!» strilla Bristol mentre scivola attraverso la cucina nei suoi soffici calzini rosa. «Possiamo andare a pattinare oggi?» chiede.

«Fammi pensare,» dico scherzosamente e le regalo un enorme sorriso. «Sì!»

La bambina adora il ghiaccio, ma non sono sicuro se stia solo cercando di seguire le mie orme perché pensa che sia quello che dovrebbe fare. L'anno scorso, si è unita a una squadra di hockey per bambini, ma non le piaceva molto inseguire il disco o essere competitiva.

Potrebbe avere a che fare con il fatto che una delle altre ragazze l'ha colpita con il bastone. Non è stato di proposito, ma l'hockey è un po' più aggressivo di quanto Bristol sia abituata.

Dopo quella partita, ha preferito ballare con il bastone da hockey sul ghiaccio, il che ha reso scontento il suo allenatore, che in qualche modo ha pensato fosse colpa mia.

Quando l'hockey non ha avuto successo, ho suggerito il pattinaggio sul ghiaccio con altri bambini o il pattinaggio artistico competitivo, e lei mi ha mostrato la lingua dicendomi di no.

Non credo nel forzarla troppo. Per alcuni bambini funziona, ma non per Bristol.

«Può venire anche Emmie con noi?» chiede Bristol. Si siede al bancone della cucina, aspettando la colazione.

Preparo alcuni pancake, prendendomela con calma questa mattina, godendomi un po' di tempo di qualità con mia figlia. Non è così frequente che siamo solo noi due ultimamente. Non che mi stia lamentando. Mi piace molto avere Em intorno, ed è bello che Lia possa aiutare con parte dello stress aggiuntivo e del lavoro che deve essere fatto.

«Emmie ha dei programmi per oggi» dico, mescolando la pastella per i pancake mentre Bristol mi interroga.

Il sorriso sul suo viso si allarga. «Che cosa fa? È un appuntamento?»

Lo stomaco mi si stringe alla domanda di mia figlia. «Cosa te lo fa pensare?»

«È carina» dice Bristol con una scrollata di spalle. «Ma non stai uscendo con lei, papà?»

Mi mordo la lingua. Non è il momento di rivelare a Bristol che io ed Em stiamo solo fingendo questa relazione davanti al mondo. Ma prima o poi, dovrò dirglielo. Mi viene la nausea solo a pensare alla delusione che proverà quando capirà che l'unico motivo per cui Em è qui è perché l'ho pagata.

«Liam, a scuola, ha detto che Emmie è mia madre. Gli ho detto che si sbaglia, che i papà possono avere delle fidanzate.»

«Liam, come Liam Moretti?» Non è il bambino con i cui genitori dovremmo cenare, un invito che ho evitato? Per fortuna, i miei impegni sono stati una buona scusa per non organizzare nulla, ma non sono sicuro quanto a lungo potrà durare.

Bristol continua a chiacchierare. «È quel bambino stupido della scuola, quello che ha fatto il bullo. Pensa che siccome suo padre è grande e forte può dire quello che vuole. Gli ho detto che è un bugiardo. Emmie non è mia madre, ma lui continua a dire che l'ha sentito dai suoi genitori.»

Emetto un respiro pesante e accendo il fornello, riscaldando la padella per fare i pancake. Come posso spiegare questo alla mia bambina senza mentirle apertamente? Sono un padre di merda per averle già nascosto la verità su Em?

Al diavolo.

Potrei non volerla spaventare riguardo alle minacce, ma non posso continuare con questa farsa. «Em non è veramente la mia fidanzata» dico, sperando che Bristol possa capire.

La sua fronte si corruga. «È la mia mamma?»

«No, tesoro. Tua madre vive in un'altra città, lontano da New York» dico. «Ma potremmo aver detto ai genitori di Liam che Emerson è tua madre.»

Gli occhi di Bristol si spalancano, e lei sussulta, coprendosi la bocca con entrambe le mani. «Hai mentito!»

Non sembra particolarmente turbata dal fatto che Em non sia la mia fidanzata. È più ossessionata dalla bugia che ho detto.

«Hai ragione. Non avrei dovuto farlo. Mentire è sbagliato.» Non voglio che Bristol pensi che sia giusto dire bugie.

Bristol indica il fornello per ricordarmi di occuparmi dei pancake. Metto un po' di burro sulla padella e poi lo guardo sfrigolare prima di aggiungere qualche mestolo di pastella. «Em può essere la mia mamma? Mi piace averla intorno. È davvero gentile. Mi piace anche tata Lia, ma Em è così divertente. Mi fa ridere fino a farmi fare la pipì addosso.»

Ridacchio sotto i baffi. «È per questo che Lia ha fatto così tante lavatrici in più?»

«Sto scherzando, papà. Non sono una bambina.»

Finiamo la colazione e porto Bristol alla pista di pattinaggio. Pattina da sola da quando aveva tre anni, e ha già imparato a pattinare all'indietro e a girare su se stessa con facilità. È avvolta in una sciarpa, un cappello e un parka pesante. Non fa davvero così freddo, ma insiste per vestirsi adeguatamente per il clima della pista.

«Em sa pattinare?» chiede Bristol mentre mi dà le mani e vuole che la faccia girare in cerchio il più velocemente possibile.

Come fa a non avere le vertigini?

«Non lo so» ammetto. Le avevo fatto questa domanda e poi l'avevo portata sul ghiaccio per una proposta. Non mi ha mai davvero risposto quando continuavo a dirle che doveva dire di sì. «Puoi chiederglielo dopo che avremo finito. Faremo un salto alla raccolta alimentare.»

Lei ridacchia mentre l'aiuto a girare in cerchio finché finalmente mi fermo. C'è uno strillo di gioia, e le sue guance sono rosse per il freddo. Lascia la mia mano e pattina in cerchi, guardando il soffitto, con le braccia ben distese.

La bambina sembra assolutamente libera e felice.

Alla fine, pattina verso di me e mette le mani sui fianchi. Ha uno sguardo deciso sul viso. «Perché mi hai detto che Emmie era la tua fidanzata?» chiede Bristol.

Non sono del tutto sicuro da dove venga questo atteggiamento, ma sorrido, sorpreso che abbia finalmente deciso di affrontare la questione. Per un minuto, ho pensato che fosse passata oltre quando si era concentrata interamente sull'altra bugia che avevo raccontato.

Nulla sfugge alla mia bambina.

«È perché ti piace?» ipotizza Bristol.

Sì, mi piace, ma questo è successo dopo il nostro piccolo accordo. E come spieghi alla tua figlia di sei anni che ha una guardia del corpo senza farla preoccupare? Questo è un segreto che non voglio condividere. Mi preoccupa quello che potrebbe farle, la paura e l'ansia che la farebbero continuamente guardare alle spalle.

«Sì, mi piace» dico. «Ma ti ricordi come il proprietario della squadra è una grande e puzzolente cacca?»

Bristol ridacchia e annuisce, guardandomi con occhi luminosi. «Queste sono le mie parole.» Sorride orgogliosa.

«Non gli piace l'idea che tu non abbia una mamma intorno. Crede in una famiglia tradizionale, con ruoli tradizionali.»

Bristol si stringe nelle spalle. Non sono sicuro che stia comprendendo tutto quello che le sto dicendo. «È stupido» dice.

Di solito, la correggerei perché non è educato da dire, ma Brent Fitzgerald *è* stupido. È uno stronzo. «Sì, quindi Em mi ha promesso che avrebbe fatto finta per un po' fino a quando Fitzgerald non ci lascerà in pace.»

«Come quando giochiamo alla casetta?» chiede Bristol. «Significa che Emmie se ne andrà un giorno?»

Emetto un pesante sospiro. «Non lo so, tesoro. Concentriamoci su un giorno alla volta, va bene?»

«Mi piace Emmie.» Bristol prende le mie mani e pattina all'indietro, portandomi con lei. «È gentile con me. E mi fa sorridere. Anche tu sembri felice, papà. Quando sei con lei, ti rende felice.»

«Tu mi rendi felice» dico, guardando Bristol.

«Non è la stessa cosa.»

La bambina è saggia, molto più di quanto dovrebbe alla sua età.

«Puoi tenere questa piccola chiacchierata solo tra noi due?» chiedo. Odio farle mantenere segreti, ma non voglio che dica nulla ai bambini a scuola o anche alla tata.

Bristol sorride maliziosamente. «Niente promesse.»

Le lancio uno sguardo deciso, dicendole che faccio sul serio.

«Va bene, ma solo se rispondi a questa domanda, papà. La ami?»

EIGHTEEN
EMERSON

NEL MOMENTO in cui indosso la maglia di Kyler, sono avvolta dal suo profumo. La maglia non puzza, almeno non come se l'avesse indossata per diverse partite senza lavarla, ma ha decisamente l'odore caratteristico di Greyson.

È muschiato, legnoso e intenso. Cerco di non respirare profondamente, come se mi stessi drogando indossando la sua maglia.

Ma che diavolo mi prende?

Per fortuna, non c'è nessuno nei paraggi che possa notarlo. Esco di casa il più velocemente possibile, e Mitchell mi accompagna alla raccolta alimentare con le mogli dei giocatori di hockey.

Dire che sono nervosa è un eufemismo.

Non dovrebbe essere un grosso problema. È solo un altro incarico per avvicinarmi a queste donne, scoprire cosa sanno e chi potrebbe star minacciando Kyler e Bristol.

Ma appena arrivo all'evento, le vedo fuori che indossano le maglie dei loro mariti, e alcune di loro, nient'altro sotto. Forse pantaloncini o boxer. È difficile dirlo. Alcune indossano jeans, e mi sento stranamente vestita, con la maglia di Greyson addosso.

Si presume sia il mio fidanzato, ma è tutta una recita, e non sono sicura di quanto a lungo potrò mantenere questa farsa.

Non fraintendetemi. I soldi in questo momento sono oro. Avendo lavorato per quasi due mesi con Greyson, ho un bel gruzzolo sul mio conto corrente.

Non ho pensato molto a cosa farò con l'intero milione di dollari dopo che ci separeremo. E non credo che sia maledetto. È pura superstizione.

Le donne hanno scarpe e borse firmate. Il loro trucco è impeccabile, e i capelli sembrano aver richiesto tutta la mattinata a un professionista prima di partecipare alla raccolta alimentare.

Mi sento fuori posto, a parte la maglia che indosso. L'aria esterna è fresca e gradevole. È ancora presto, e anche se il sole è alto, non ha ancora colpito la giornata con il suo calore.

Indossare la maglia di Kyler è come un caldo abbraccio. Se potessi dormirci e lui non mi prendesse in giro, lo farei senza dubbio.

Ma si aspetterà di riavere la maglia quando torniamo a casa.

La sto solo prendendo in prestito, ed è impregnata del suo profumo. Giuro che se lo imbottigliasse come fragranza, sarebbe l'uomo più ricco del mondo.

Ma conoscendo Kyler, vorrebbe regalare tutto perché non se lo merita, o almeno così dice.

Non gli credo, almeno sulla parte del non meritarselo. Credo che darebbe tutto in beneficenza, ma non penso che dovrebbe. Donare è bello, ma non a spese di regalare tutta la propria ricchezza.

È follia.

O forse la vedo semplicemente da una prospettiva diversa perché non ho accumulato la ricchezza che il signor Greyson ha acquisito. Non sono mai stata in grado di spendere soldi per fidanzamenti e gala per aiutare le persone. C'è qualcosa di liberatorio e stranamente affascinante nella sua generosità e filantropia.

Anche se... a che prezzo?

«Emerson, sei venuta,» dice Kate, e ha quel sorriso falso che aveva quando mi ha consegnato l'invito. È carina e alta, e non riesco a distinguere quasi nulla del suo corpo perché nuota nella maglia del marito. Ha anche delle gambe stupende che mette in mostra non indossando pantaloni.

«Certo, grazie per avermi invitata.»

Vengo rapidamente presentata alle altre mogli dei giocatori di hockey, ed è un cortese interrogatorio mentre mi fanno centouno domande su come Kyler e io ci siamo conosciuti e cosa penso del fatto che lui giochi a hockey professionistico.

«Non sposi solo il tuo uomo,» dice Ava. «La tua vita diventerà vivere e respirare tutto ciò che è hockey. Stai sposando lui e lo sport.» È la moglie di Parker Montgomery, che non ho ancora incontrato fuori dal ghiaccio. L'ho intravisto durante la partita, ed era bravo, ma lo era tutta la squadra.

Non è che io sappia molto altro di questo sport, oltre al fatto che lanciano un disco e lo colpiscono fino a fare goal. Tuttavia, sto attenta a non rivelare questo segreto alle mogli.

Passo l'ora successiva a chiacchierare mentre impacchettiamo insieme scatole per la raccolta alimentare e le distribuiamo. C'è una troupe della stampa che si ferma per qualche minuto per scattare foto per il loro articolo.

Stanno annotando i nomi di tutti, assicurandosi di avere l'ortografia corretta, quando Kyler arriva da dietro, avvolgendomi con le sue braccia. Il suo respiro mi fa il solletico sul collo mentre mi sfiora la pelle, inviando caldi brividi in tutto il mio corpo.

«Mi piace la maglia su di te,» sussurra Kyler abbastanza forte perché le altre mogli dei giocatori possano sentire.

Immagino che lo stia facendo apposta, mettendo in scena uno spettacolo per tutti.

La donna della stampa scatta qualche foto in più di noi due, sorridendo luminosamente, come se avessimo appena rallegrato la sua giornata.

Meraviglioso.

Solo che non mi sento entusiasta, perché temo che la nostra foto sarà il punto forte in cima all'articolo. L'ultima cosa che voglio è che queste altre mogli diventino gelose o inizino una lite tra gatte.

«Sorridete per la fotocamera,» dice Ava con un sorriso e si toglie dall'inquadratura.

Kyler mi fa girare tra le sue braccia e mi piega all'indietro, baciandomi appassionatamente, togliendomi il respiro.

Sento il *click, click, click* della macchina fotografica che ci osserva. Non esiste un momento privato quando il tuo finto fidanzato è un giocatore di hockey professionista.

«Non eri costretto a farlo,» dico, lanciando uno sguardo ad Ava.

La fotografa fa un passo indietro, controllando il suo lavoro con la fotocamera digitale prima di allontanarsi, avendo chiaramente finito per la giornata. Ha ottenuto lo scatto di cui aveva bisogno.

Ava sorride genuinamente ed è felice di averci lasciato essere al centro dell'attenzione per la foto. «Oh, per favore. Farà buona pubblicità per la squadra, e questa è una cosa che dovresti sapere di noi. Siamo sorelle. Ci proteggiamo a vicenda e vegliamo sulle nostre famiglie. Non siamo mai competitive tra noi. C'è già abbastanza competizione sul ghiaccio con le altre squadre.»

«Buono a sapersi» dico, lasciandomi andare in una risata sollevata. Vorrei rilassarmi, ma essere avvolta nelle braccia di Kyler fa solo prendere il volo alle farfalle nel mio stomaco.

«Ciao, Emmie» cinguetta Bristol dall'altro lato del tavolo. Non l'avevo vista, con Kyler che aveva catturato tutta la mia attenzione. Indossa la maglia degli Ice Dragons, ma invece di avere scritto Greyson sul retro, c'è scritto Papà. Si appoggia al tavolo e posa il mento sulle mani con un sorriso malizioso. «Papà dice che hai fatto finta con lui.»

Tossisco, scioccata dalle parole uscite dalle labbra di Bristol.

Non posso sprofondare nel terreno?

Non sono pronta ad affrontare Bristol e i suoi piccoli commenti impertinenti. E sa almeno cosa ha detto o come suona?

Ha sei anni. Ovviamente non sa cosa significa *fare finta* in quel senso. Ma tutte le mogli dei giocatori di hockey mi stanno fissando, a bocca aperta, con occhi spalancati.

E io vorrei solo morire.

Kyler stacca le braccia da me e scavalca il tavolo, senza preoccuparsi di girarci intorno per raggiungere l'altro lato.

«Non ho fatto finta di nulla» dico alle signore. Forzando un sorriso, l'unico sollievo che trovo è che la giornalista non sia più qui perché, che Dio mi aiuti, l'immagine di Kyler sarebbe probabilmente rovinata.

Non so nemmeno come rispondere alla piccola uscita di Bristol. Pensa che quello che ha detto sia divertente? Qualcuno l'ha istigata? Chi?

Kyler afferra Bristol e la solletica senza pietà, ricambiando il sentimento di tortura che stiamo entrambi subendo a causa delle sue parole.

«Papà, no!» strilla lei ridendo e contorcendosi nella sua stretta.

Le mogli dei giocatori non sembrano turbate dal solletico infinito a Bristol, solo dalle parole uscite dalle labbra della bambina.

«Non preoccuparti» dice Ava, sorridendo, e posso vedere che sta cercando di non ridere. «Quello che ho detto vale ancora. Non sparliamo l'una dell'altra. Una volta che sei invitata nella sala delle mogli, sei una di noi per sempre.»

Ma io non ho ancora ricevuto *quell'*invito. Sono stata invitata solo alla raccolta alimentare organizzata dalle mogli dei giocatori, non all'evento principale.

Kate ridacchia sottovoce. «Come se tutte noi non avessimo finto prima di incontrare i nostri mariti.» Si morde il labbro inferiore e arriccia il naso. «Per favore, dimmi che ti ha portata all'...—»

«Oh, per favore, basta» dico, volendo che questa conversazione finisca. Apprezzo che stiano cercando di essere amichevoli, ma non stanno aiutando. Almeno, Kate no. Se sta cercando di offrire consigli o altro, forse non è il caso di farlo durante la raccolta alimentare quando ci sono ospiti che si avvicinano al tavolo per prendere scatole da portare alle loro auto.

Kyler finalmente libera Bristol dalla sua presa, rimettendola a terra. «Basta mettermi in imbarazzo. Capito?» dice alla sua bambina.

Lei gli fa una linguaccia. «Papà, non hai risposto alla mia domanda al palazzo del ghiaccio. Questa è stata la mia vendetta.»

Ha cresciuto un adorabile piccolo mostro, e se tutto questo non facesse parte del lavoro, me la riderei. Ma nessuno può scoprire che il nostro fidanzamento è falso quanto la nostra relazione.

Terminiamo la raccolta alimentare, e Ava mi prende da parte mentre Kyler e Bristol si dirigono verso l'auto. Mitchell ci sta aspettando.

«Alla prossima partita a cui assisterai, ti unirai a noi nella sala delle mogli» dice Ava.

«Wow, grazie.» Non mi aspettavo l'invito oggi. Pensavo che forse le signore ne avrebbero discusso alla prossima partita o evento sociale in cui si sarebbero riunite. «Mi piacerebbe molto.»

«Porta Bristol con te. C'è una sala giochi per i bambini durante l'intervallo e un bagno. Abbiamo sentito cosa è successo durante l'ultima partita.» Ava ridacchia e mi abbraccia. «E non preoccuparti di Greyson e di dover fingere. Ne parleremo la prossima volta quando lui non ci sarà. Andremo a fondo della questione.»

«Ti prometto che la nostra vita sessuale è perfetta» dico. Beh, immagino che lo sarebbe con lui. Non è che abbiamo effettivamente fatto qualcosa ancora.

«Va bene anche se non lo fosse. Non devi mentire. E prometto che rimarrà tra noi ragazze.» Mi lascia andare e mi saluta con la mano prima di dirigersi verso il veicolo che l'aspetta. Nessuna delle signore ha guidato personalmente. Tutte hanno autisti che le accompagnano all'evento.

«Ma non ho mentito» mormoro a me stessa.

Mi dirigo verso il veicolo, e Greyson scende, lasciandomi salire nel sedile centrale accanto a sua figlia. «Sta mettendo alla prova la mia pazienza» borbotta sottovoce.

«E questa è una novità?» Scivolo nel sedile posteriore

e cerco di attenuare un po' della tensione tra padre e figlia.

«Ami il mio papà?» chiede Bristol non appena mi siedo accanto a lei nel retro. Mi allaccio la cintura e guardo Kyler.

«Amo molte cose di lui, come il fatto che è bravo con te. Ed è gentile. Ha anche un ottimo senso della moda» dico, indicando la maglia che indosso.

Bristol ha la testa inclinata mentre mi fissa. «Papà mi ha detto che stai fingendo.»

Kyler si rilassa nel sedile posteriore accanto a noi. «Finta relazione» corregge sua figlia. Non sembra turbato dall'affrontare l'argomento davanti a Mitchell.

Era già al corrente, o Kyler non vuole che il suo ego subisca un altro colpo?

«È quello che ho detto.» Bristol punta un dito verso suo padre, lanciandogli uno sguardo accigliato e un broncio giocoso.

«Gliel'hai detto?» chiedo, guardando Kyler.

«Sì, e ha anche scoperto da Liam che abbiamo detto ai suoi genitori che tu sei sua madre.»

«Oh.» Inspiro bruscamente. Quella è stata interamente colpa mia.

«Va bene. Cioè, penso che sappia di tenerlo tra noi in famiglia» dice Kyler, «ma le ho anche detto di non parlare della nostra finta relazione.»

Bristol scuote la testa. «No. Ho promesso solo se avessi risposto alla mia domanda, e non hai risposto.»

«Quale domanda?» chiedo, guardando tra i due. Non riesco nemmeno a immaginare come si sia svolta questa conversazione tra loro.

Kyler sta fissando sua figlia, avvertendola silenziosamente di non rispondere alla mia domanda.

«Ho chiesto a papà se ti amava.»

Kyler esala un respiro pesante, e io provo esattamente la stessa sensazione. Beh, forse non la stessa. Non so cosa provi per me. So solo che Bristol ha fatto una domanda molto delicata che nessuno di noi è pronto ad affrontare.

Lui non può amarmi perché quello che abbiamo non è reale.

Questa è la verità, ma non voglio dirla ad alta voce. Non so perché mi punga e mi renda triste, ma è così.

«Metterò un po' di musica,» propone Mitchell, e non riesco a capire se stia cercando di aiutare la situazione o semplicemente di darci un po' di privacy nei sedili posteriori.

«Ottima scelta,» mormora Kyler.

————

Lia è libera per oggi, quindi Kyler prepara la cena, e io tengo d'occhio Bristol per assicurarmi che non si metta nei guai.

Entro in cucina per prendere dell'acqua per entrambe quando vedo Kyler che scruta nel frigorifero, distratto. Non sembra accorgersi di me.

«Puoi prendere due bottiglie d'acqua?» chiedo.

«Non ti ho sentita entrare.» Prende le bottiglie d'acqua dal frigorifero e me le porge, chiudendo lo sportello.

«Va tutto bene?» chiedo. L'aria tra noi sembra pesante e troppo complicata. Non che nessuno di noi abbia fatto qualcosa di sbagliato per renderla così. È stata una giornata difficile. Domani andrà meglio, ne sono sicura.

«Sì, stavo solo pensando.» Dà un'occhiata al forno dove ha messo la cena, e continua a bazzicare in cucina.

Mi sta evitando?

«Non fare qualcosa che potrebbe far troppo male,» scherzo.

Lui sbuffa e incrocia le braccia sul petto, appoggiandosi contro il bancone della cucina. «Ti ho fatta lavorare sodo. Dovresti prenderti più tempo libero.»

Il suo commento mi sorprende. «Cosa?»

«Lavori sette giorni su sette, Em. Dovresti prenderti del tempo per te stessa. Uscire. Allontanarti da Bristol e da me per qualche ora.»

Aggrotto le sopracciglia. «Anche se volessi farlo, non posso uscire senza essere vista. La gente sa chi sono,» gli ricordo. Ogni paparazzo e tabloid avrebbe la mia faccia in copertina se mi mostrassi in pubblico.

Ho sorpreso alcuni fotografi che cercavano di fare foto a Bristol, e l'ho protetta dai riflettori il più possibile, portandola velocemente in un negozio e persino uscendo dall'uscita posteriore per evitare di essere importunate.

«Ti dà fastidio?» mi chiede, e apre il frigorifero, prendendo una birra. Stappa la bottiglia e beve un sorso.

La cucina è un po' afosa, e il suo sguardo acceso non fa nulla per rinfrescarmi. Anzi, tutto il contrario.

«Non mi dispiace l'attenzione. Non è che la desideri, ma non mi infastidisce.»

«L'altro giorno, quando ha chiamato tua sorella, sembrava di sì.» Mi ricorda il mio disagio quando Amber mi ha contattata per dirmi che aveva sentito parlare del nostro fidanzamento.

Ha ragione. «Non mi piace mentire a mia sorella. E non è solo una piccola bugia innocente.»

«Altri familiari?» chiede bevendo un altro sorso di birra.

«Non sapevo ci sarebbe stato un altro interrogatorio,» dico. Faccio una smorfia, rendendomi conto che il mio tono è troppo duro. Non lo merita.

«Sono solo curioso di sapere come gestirai la situazione quando tutti verranno a sapere del fidanzamento. Hai parlato con tua sorella, ma non hai chiamato nessun altro per spiegare.»

«Non devo spiegare niente a nessuno.»

Il suo sguardo si fa più intenso. «No, immagino di no. Pensavo solo che, se volessi uscire a fare shopping o incontrarti con tua sorella, ti sto dando la serata libera.»

Con poco preavviso. «Non credo che Amber sia disponibile stasera.» Apro la bocca e la richiudo subito. È difficile non far scorrere lo sguardo su ogni centimetro di lui. È stupendo, e odio che il mio corpo stia iniziando a rendersi conto dell'attrazione tra noi.

«Che c'è?» chiede, notando la mia esitazione.

«Vuoi che me ne vada per un paio d'ore. Hai un appuntamento galante?»

«Con la mia mano.»

I miei occhi si spalancano, e Kyler ride sommessamente. «È uno scherzo. Rilassati. Con chi potrei uscire, Em? La stampa è ossessionata dal nostro finto fidanzamento. La mia agenda sociale non è esattamente piena.» Beve un sorso dalla sua birra.

«Ma potrebbe esserlo,» dico. «Sei una merce pregiata nel mondo degli appuntamenti.» Dovrei tenere la bocca chiusa. Non mi sto facendo nessun favore dicendogli quello che penso. Complicherà solo le cose tra noi.

«Come fai a dirlo?» inclina la testa, e il suo sguardo non lascia mai il mio. È come se stesse guardando dritto dentro di me, e mi fa sentire calda e debole. Come se nient'altro al mondo importasse tranne me, proprio in quel momento.

«Vuoi davvero che ti elenchi tutte le ragioni?» Le mie guance si scaldano al pensiero di rivelargli i miei pensieri più intimi. Sa di essere attraente, ma le vere ragioni per cui sono attratta da lui vanno oltre il suo sex appeal.

L'angolo delle sue labbra si solleva. «In un certo senso, sì,» ammette. «Per come la vedo io, questa merce pregiata ha una carriera che assorbe tutta la sua attenzione ed è seconda solo a sua figlia. Le signore non sono interessate ai padri single.»

«Ti sorprenderesti.»

Ride sotto i baffi. «Mi sorprenderei.» Si avvicina, e sento l'aria venir risucchiata dai miei polmoni. Il suo sguardo è su di me. È caldo e primordiale.

C'è un ronzio di elettricità tra noi, che carica l'aria, facendo formicolare le mie viscere mentre si avvicina, entrando nel mio spazio personale.

È il motivo per cui l'ho evitato, e lui ha evitato me, dopo i nostri piccoli incontri romantici. Almeno, suppongo che sia per questo, e non ha nulla a che fare con il fatto che lui non sia attratto da me. Posso sentire la sua attrazione, il suo desiderio che mi punge, e ansimo piano.

«Mi elenchi le ragioni?» chiede, con la voce roca e sexy.

Il mio corpo reagisce a lui. Come una calamita, sono attratta verso di lui. Anche se non vorrei esserlo, la forza gravitazionale è innegabile. E dallo sguardo intenso nei suoi occhi, lo vuole anche lui.

«I motivi per cui mi piaci?» dico, e non sono sicura che fosse esattamente quello che stava chiedendo, ma in qualche modo la mia bocca ha corso rapidamente per conto suo, e dovrei chiuderla di scatto.

«Potremmo andare con quelli» dice Kyler. «Mi hai definito un articolo molto richiesto.»

Sono sicura di essere arrossita, perché la stanza è diventata più calda di diversi gradi, e la sua attenzione non mi ha lasciata. Non credo che lo farà finché non gli risponderò.

«Proprio così» dico.

«Stai evitando la domanda.» Mi spinge delicatamente a rispondergli e fa un passo più vicino. Le sue mani circondano la mia vita, e mi fa indietreggiare contro la parete.

Sono grata per il muro. Praticamente mi sta sostenendo in questo momento. «In effetti» dico con un sorrisetto.

Le sue labbra scendono al mio orecchio, succhiando il lobo, il suo respiro mi solletica il collo. I miei occhi si chiudono, assaporando la sensazione che mi regala, il calore che inonda il mio corpo e i miei sensi. «Rispondi alla domanda, M&M.»

Ridacchio al suo soprannome. Pensavo l'avessimo superato, ma non discuto. Forse è il suo termine affettuoso per me? «Sei gentile» sussurro mentre mi bacia dall'orecchio al collo. «Generoso.»

«Mmh-mm.» Mi strofina il collo mentre le sue labbra si muovono sulla mia clavicola.

Le mie dita sfiorano il suo collo e la sua schiena, desiderando averlo più vicino.

Sento un formicolio dentro. Sono calda e rilassata, mentre le sue dita sfiorano i miei fianchi, scivolando sotto la mia maglietta. I polpastrelli delle sue dita stuzzicano la mia pelle, accarezzando la parte bassa della schiena. «Metti tua figlia al primo posto. Alcune donne lo trovano attraente.»

«Cos'altro?» sussurra, lasciando scivolare le dita sul mio stomaco mentre le sue labbra continuano a stuzzicare il mio collo.

Voglio che mi baci più in basso, che mi tolga la maglietta e i pantaloni e che esplori ogni centimetro di me.

I miei occhi si chiudono, e mi delizio nelle sensazioni calde che formicolano attraverso il mio corpo. Non incontrare il suo sguardo intenso mi rende più facile esprimere i miei sentimenti.

«Sei appassionato in tutto quello che fai» dico, e lui guida le mie cosce ad aprirsi, spingendo la sua gamba tra le mie.

La mia bocca si schiude, e sussulto quando la frizione del suo membro sfrega contro il mio centro.

«Appassionato?» mormora contro il mio orecchio, il suo respiro caldo e solleticante. Non mi ha baciata, ma strusciarsi contro di me premuta sulla parete è sicuramente il massimo.

Ogni parola esce rauca. Mi ritrovo già senza fiato mentre parlo, rispondendo alla sua domanda. «Con l'hockey, tua figlia, tutto.» Sta diventando più difficile parlare mentre la mia testa si annebbia.

Mi mordicchia il collo, strusciandosi contro di me, e le mie mani cadono sul suo sedere, stringendolo attraverso i jeans mentre spinge contro di me.

La mia testa cade in avanti mentre il calore si diffonde dentro di me, facendo dolere e pulsare le mie viscere. «Cazzo» mormoro sottovoce.

«Non ancora» sussurra Kyler, strusciandosi e spingendo con ancora i vestiti addosso. Con una mano, le mie unghie si conficcano nella sua spalla, l'altra sul suo sedere, stringendolo più forte.

Gemo piano, e non sono sicura se sia perché intende che non stiamo andando in camera da letto proprio ora o perché non vuole lasciarmi venire ancora. In ogni caso, è una tortura: mi trovo deliziosamente sul limite con lui, e mi sta portando più vicina all'oblio.

«Vuoi venire?» Strofina il naso contro il mio collo, il suo respiro nel mio orecchio.

Sto annuendo e ansimando. I suoi fianchi ruotano e mi stuzzicano.

«Guardami» comanda.

I miei occhi si aprono pigramente. È una lotta per mettere a fuoco, per vedere cosa c'è proprio davanti a me, quando sono vicina al limite e lui sta spingendo con il suo membro duro premuto contro la mia intimità.

Ci vuole tutta la mia forza di volontà per lasciare che le mie palpebre si aprano, guardando verso di lui. «Sei mia» sussurra, coprendo le mie labbra, catturando la mia bocca, la mia lingua, spingendo in me come fosse il suo cazzo mentre la sua lingua mi scopa.

I suoi fianchi spingono, e la frizione tra noi è come fuochi d'artificio mentre il mio corpo trema e le mie pareti interne si stringono, cercando il suo membro. «Ti voglio, dentro di me» dico con voce rauca tra i baci.

Lui grugnisce e si tende, e il mondo intorno a noi scompare.

«È la cosa più eccitante che qualcuno mi abbia mai detto» sussurra Kyler, premendo un bacio sul mio collo, sulla guancia e infine sulle mie labbra.

Non voglio dubitare delle sue parole, ma nessuno gli ha mai detto niente di più eccitante. Davvero? È un giocatore professionista di hockey. Sono sicura che possa avere qualsiasi ragazza voglia. E anche se vuole me, sono certa che abbia più esperienza.

Libera il suo ginocchio, che aveva infilato tra le mie cosce, ma non mi lascia andare. Non sono sicura se sia preoccupato che possa scappare o se voglia assaporare tutto un po' più a lungo.

Kyler muove il dito verso il mio mento, sollevando il mio sguardo per incontrare il suo. Il suo respiro è pesante e denso mentre mi bacia pigramente e senza riprendere fiato.

«Dovremmo darci una sistemata» sussurro, appoggiando la fronte contro la sua. «La cena sarà pronta a breve.» I miei occhi si chiudono mentre assorbo il suo odore, il suo tocco, il bagliore successivo all'orgasmo con lui.

«Papà.» Bristol saltella in cucina, il suo tablet in mano. «Si è bloccato.»

Mentre si stacca dal mio abbraccio, non si allontana. «Fammelo vedere» dice Kyler.

Bristol gli porge il dispositivo, e lui fa un riavvio forzato quando il pulsante di accensione non funziona.

Sua figlia mi fissa, inclinando la testa con curiosità mentre aspetta di riavere il suo tablet. «Stavi baciando il mio papà?»

Colpevole. Mi mordo il labbro inferiore.

Devo rispondere? Mi sta fissando, aspettando che io risponda, e le parole sono scomparse dal mio vocabolario. Non riesco nemmeno ad annuire. Sono come quel tablet: bloccata.

NINETEEN
KYLER

MIA FIGLIA HA un tempismo impeccabile, anche se siamo fortunati che non sia entrata un po' prima. Tengo la schiena rivolta verso Bristol il più possibile perché non sono sicuro che i miei pantaloni non possano fare effettivamente da prova di quello che abbiamo appena fatto.

«Papà stava baciando Em,» dico, rispondendo alla domanda di mia figlia. Ho smesso di mentirle, e anche se non so cosa ci sia tra me ed Emerson, la scintilla è reale. Non posso semplicemente voltarle le spalle.

Non quando fingiamo di essere fidanzati.

Avrei mille rimpianti se non provassi a costruire qualcosa con lei.

Consegno a mia figlia il tablet, che è stato riavviato ed è ora pronto per lei. «Vai a giocare. La cena sarà pronta tra meno di un'ora.»

Corre via con il suo tablet. Ultimamente è fissata con diverse nuove app, cosa che normalmente non incoraggerei, ma la tata mi ha assicurato che sono molto educative, e la sua insegnante ha chiesto ai bambini di scaricarle per esercitarsi a casa.

«Ora, dove eravamo rimasti?» dico, rivolgendo nuovamente la mia attenzione a Em.

«Stavo per andare in bagno e sistemarmi un po',» dice. Arriccia il naso e mi lascia un bacio sulle labbra prima di svicolare via.

Aspetto che Em sia di sopra a cambiarsi e che mia figlia sia impegnata prima di dirigermi nella lavanderia. Prendo un paio di pantaloni della tuta puliti dall'asciugatrice. Sono di spalle alla porta quando questa si spalanca, ed Em mi fissa.

«Scusa!» dice, scusandosi rapidamente,, e sbatte la porta della lavanderia.

Apro la porta, mezzo nudo, e le afferro il braccio. «Vieni qui,» ringhio, tirandola dentro con me e chiudendo la porta alle nostre spalle. Non c'è serratura, ma c'è meno probabilità che Bristol ci trovi nella lavanderia rispetto a qualsiasi altro posto della casa.

Non che Em non mi abbia mai visto nudo. Il mio cazzo ha avuto quelle dolci, succose labbra avvolte attorno, ma è stato troppo tempo fa.

«Cosa stai...»

La interrompo quando le mie labbra schiacciano le sue in un altro bacio ardente. Lei lascia cadere sul pavimento i vestiti sporchi che stava tenendo in mano. Le sue braccia mi avvolgono, tirandomi più vicino, più stretto.

«Mi fai sentire come se fossi un adolescente,» sussurro al suo orecchio.

Abbassa lo sguardo sul mio membro che si sta rapidamente gonfiando. «Già?»

«Che posso dire?» sogghigno. «Mi fai eccitare.»

«È proprio quello che ogni ragazza vuole sentirsi dire.» Em mi prende in giro e si allontana, lasciandomi un bacio sulle labbra. «Sono venuta qui per fare il bucato.»

«Sei sicura che non mi stavi seguendo?»

Lei ride e si china, raccogliendo i suoi vestiti sporchi e i miei dal pavimento e gettandoli nella lavatrice. Non posso fare a meno di fissarle il sedere per tutto il tempo. Accende la lavatrice prima di girarsi verso di me.

«Mi hai scoperta. Ti ho seguito qui per poter fare di te ciò che volevo,» dice Em.

«Donna,» ringhio, con il cuore che martella contro il mio petto.

«Cosa?» Indossa quel sorriso con orgoglio mentre si avvicina, colmando la distanza tra noi. Le sue labbra sono socchiuse e il suo respiro delicato mi stuzzica mentre alza lo sguardo verso il mio.

Ha idea di quanto mi ecciti? I sentimenti che risveglia sono come un fuoco ardente che sta bruciando un'intera città.

Le mie dita tirano la sua vita, attirandola contro di me.

«Mettiti dei pantaloni,» mi prende in giro, lanciandomi i pantaloni della tuta che ha preso dalla cima dell'asciugatrice.

Allento la presa su di lei e indosso i pantaloni neri, scegliendo di non mettere niente sotto.

Lei osserva ed emette un respiro pesante. «Ho bisogno di una doccia fredda,» confessa. «Devo superare la cena con tua figlia seduta al tavolo ignara di questo.» Em gesticola tra noi.

«Penso che in qualche modo lo sappia già.»

«Che ci siamo baciati,» dice Em. «Certo. Ma il fatto che io voglia saltarti addosso?»

So già la risposta, ma mi piace sentirla dire. «Vuoi fare sesso con me?» chiedo.

Le sue guance diventano cremisi mentre annuisce. «Sì. Non mi farai aspettare fino al matrimonio, vero?»

Il finto fidanzamento.

Per un momento, tutto sembrava reale, e ciò che avevamo condiviso non una messinscena. Ma le sue parole mi riportano bruscamente alla realtà.

Il sorriso svanisce mentre scuoto la testa. «No, Em. Non ti farei mai aspettare. Non vorrei mai negarti alcun tipo di piacere, mai.»

«È una promessa?» Muove i piedi con incertezza, e mentre mi sta guardando, posso percepire l'esitazione che si insinua come una fitta nebbia.

Sono stato abbastanza con Em negli ultimi due mesi da saperla leggere. È un libro aperto, anche se non se ne rende conto. «Dopo che Bristol sarà a letto, ti dimostrerò quanto ti desidero.»

«Mi piacerebbe,» sussurra. «Molto.»

———

La cena sembra trascinarsi per ore, e Bristol si rifiuta di andare a letto. Giuro che è come se mia figlia ce l'avesse con me e voglia impedirmi di fare sesso.

In passato, quando volevo andare a letto con una donna, mi assicuravo che Bristol non fosse a casa, o scopavo a casa della ragazza.

Nessuna di queste è un'opzione, e la seconda non mi attira più.

«Non sono stanca. Voglio giocare a un videogioco,» dice Bristol. «C'è questo gioco di paintball che sembra davvero divertente. Possiamo scaricarlo?»

«Assolutamente no!» Non posso credere alla proposta di Bristol a quest'ora.

«Per favore, papà. È quasi il mio compleanno. Potrebbe essere un regalo di compleanno.»

«Il tuo compleanno è fra sei mesi.» Non riesco a credere a questa bambina. Giuro, sta solo cercando di farmi innervosire stasera. Ha forse un radar che rileva quando voglio del tempo da adulto?

«Di sopra, adesso!» le dico bruscamente.

Lei borbotta e sale le scale pestando i piedi fino alla sua camera da letto.

«Lavati i denti!» le grido su per le scale.

Em sta leggendo un libro, o almeno finge di interessarsene. Non credo di averla vista girare pagina negli ultimi venti minuti, ma sono stato anche distratto da un mostriciattolo di un metro e venti.

Alza lo sguardo dal libro. «Vuoi che ti aiuti?» chiede.

Non è sua responsabilità disciplinare mia figlia, ma in questo momento Bristol non vuole darmi retta. Non sono sicuro se stia testando i suoi limiti o solo la mia pazienza.

«No, dammi solo qualche minuto.» Seguo Bristol al piano di sopra, controllando che sia in bagno a fare quanto le ho detto.

«Altri cinque minuti, papà?» chiede, battendo quelle belle ciglia e i suoi occhioni azzurri.

«È già passata la tua ora di andare a letto.» Non scendo a patti con lei, e alla fine mi ascolta. La metto sotto le coperte e chiudo la porta della camera prima di tornare silenziosamente al piano di sotto.

Em è ancora accoccolata sul divano con il suo libro.

«Bristol è finalmente a letto,» dico, avvicinandomi a Em.

Lei solleva un dito, indicando che vuole che aspetti un secondo. Gira la pagina e poi la piega all'angolo, cosa che mi fa rabbrividire.

«Sei una di *quelle* persone.»

«E tu no?» Em chiude il libro, tenendolo stretto al petto.

La fisso, cercando di non sorridere. «Non credo di poter andare a letto con qualcuno che piega gli angoli delle pagine di un...» Cerco di vedere il titolo, ma lei lo stringe al petto.

«Davvero? Ti prometto che non è il tuo libro quello a cui ho piegato l'angolo.»

Ha le gambe raccolte attorno a sé, e io le tiro fuori da sotto di lei, costringendola a sdraiarsi sul divano mentre mi metto a cavalcioni su di lei. «Fammi vedere cosa stai leggendo,» dico, tirando indietro il libro di qualche centimetro, ma posso riconoscere il genere dalla copertina con un uomo seminudo. «Sembra piccante.»

Lei ridacchia, e posso capire che è nervosa. Non deve esserlo con me. Lancio il suo libro sul pavimento, e lei sussulta per come ho trattato il suo romanzo. Lo stesso libro di cui ha piegato l'angolo. I miei fianchi spingono i suoi contro il divano, inchiodandola sotto il mio peso. Adoro la sensazione del suo corpo sotto di me.

Il suo viso è arrossato e i suoi occhi sono spalancati mentre mi guarda. «Sei un mostro,» ride. «Non posso credere che hai lanciato il mio libro!» Il sorriso che le copre il volto mi fa desiderare le sue labbra sulle mie.

Mi chino, baciandola, assaporandola. Assaporo ogni momento da solo con Em. È come una droga, e lentamente sto diventando dipendente da ogni dose che prendo quando le mie labbra sfiorano la sua pelle calda.

Procediamo lentamente, esplorando i corpi l'uno dell'altra. Non voglio affrettare nulla con Em. Non c'è motivo di farlo, dato che voglio passare il resto della mia vita con lei.

Non è solo una ragazza con cui cerco un buon momento o una scappatella tra le lenzuola. Voglio sapere tutto di lei.

Em geme mentre le mie labbra scendono lungo il suo collo e il suo corpo, poi alza e si sfila la maglia che indossa, una delle mie, offrendomi una vista completa dei suoi splendidi seni. Non indossava nemmeno un reggiseno.

Gemo. Giuro che non avevo intenzione di scoparla stasera, ma il mio corpo ha altre idee. Abbassando la bocca su un seno, la mia altra mano gioca con il suo capezzolo.

Lei geme e ansima. I suoi dolci suoni riempiono l'aria notturna. Forse faremmo meglio a dovremmo spostarci in camera da letto, ma mia figlia probabilmente sta ancora cercando di addormentarsi.

Almeno al piano di sotto c'è più spazio per attutire il rumore. Ed Em non è proprio silenziosa in questo momento.

Non me ne lamento, certo. Le abbasso i leggings insieme alle mutandine, ammirandola come fosse un'opera d'arte.

«Smettila di fissarmi,» dice con un sorriso. «Spogliati o te la farò pagare.»

Non posso fare a meno di sorriderle. «È una minaccia?» Inclino la testa, curioso di sapere cosa potrebbe fare se non mi spogliassi velocemente. «Offerta allettante, M&M.»

Lei si protende verso di me e mi morde il labbro giocosamente, lottando per ribaltare le posizioni. Le lascio prendere il sopravvento; mi piace vedere questo lato dominante di Em. C'è qualcosa di estremamente eccitante nel vedere una donna prendere il controllo. Specialmente, una di cui mi sto innamorando.

Gemo mentre lei cattura la mia bocca e lascia andare il mio labbro inferiore. Mi cavalca e tira la mia maglietta, liberandola, lanciandola dall'altra parte della stanza.

«Occhio per occhio,» dice con un sorrisetto. «Tu hai visto le mie tette.»

Gemo. «Adoro quando parli così,» sussurro, guardandola. Le mie dita si muovono verso i suoi seni, e lei afferra i miei palmi, spingendoli contro il divano.

«Non prima di aver assaggiato il tuo cazzo.»

Ancora una volta, gemo, e solo sentirla parlare in modo così sporco me lo fa diventare ancora più duro. «Mi stai torturando,» piagnucolo.

«Ne dubito.» Sorride e solleva i fianchi, aiutandomi a togliere pantaloni e boxer, liberando la mia erezione.

Em passa la lingua sulle labbra prima di piegarsi e portare la bocca sul mio cazzo.

«Cazzo,» mormoro, e la mia testa si inclina all'indietro. Le mie dita si intrecciano tra i suoi capelli. Avevo dimenticato quanto fosse incredibile sentire la bocca e la lingua di una donna avvolgere il mio cazzo.

Giuro che Emerson fa i migliori pompini che abbia mai ricevuto in vita mia. Stuzzica la punta con la lingua, leccando e succhiando nel modo giusto, con la perfetta quantità di pressione.

Perdo le parole mentre prende il mio cazzo più in profondità, e le sue dita giocano con i miei testicoli. Sto cercando di resistere, di impedire che questo momento finisca troppo presto.

«Em,» le ringhio mentre la sensazione di oblio si avvicina. «Sto per... devi fermarti,» la avverto.

Non voglio che si fermi, ma non sono ancora pronto a concludere la nostra serata. L'ultima cosa che voglio è la sua delusione o che racconti alle mogli dei giocatori di hockey che non ha nemmeno dovuto fingere perché io sono venuto per primo, lasciandola insoddisfatta.

Libera la bocca dal mio cazzo e risale sul mio corpo, provocandomi, rimanendo sospesa e facendomi desiderare di affondare dentro di lei.

Faccio scivolare le dita tra di noi, separando delicatamente le sue pieghe. È completamente bagnata e pronta, ma non ho intenzione di privarla di nulla ancora.

Em mi sorride, le palpebre socchiuse mentre fatica a mettere a fuoco. «Kyler, è fantastico,» sussurra e mi bacia. «Ma voglio il tuo cazzo dentro di me.»

«Lo voglio anch'io,» sussurro.

«Preservativo?»

Mi alzo da sotto di lei sul divano e mi affretto a prendere un preservativo dall'altra stanza. Non avevo pianificato nulla di tutto ciò. Averne uno disponibile al piano di sotto non era neanche un pensiero questa mattina. Strappo la bustina e infilo il preservativo sul mio cazzo.

Questa volta, prendo l'iniziativa, le mie labbra sulle sue, spingendola giù sul divano, le nostre fronti premute insieme, già ansimanti.

«Sei sicura?» chiedo, non volendo spingerla troppo oltre se non fosse pronta. Dopo tutto quello che ha passato, non vorrei mai forzarla a fare qualcosa.

«Sono sicura di volere che tu mi scopi e basta,» dice Em. Allarga le gambe e si sporge in avanti, cercando il mio corpo.

Passo due dita sulla sua fessura. È fradicia, e le immergo dentro la sua umidità, assicurandomi che sia pronta.

«Ti prego,» sussurra, e suona quasi come se mi stesse implorando di scoparla.

Faccio scivolare lentamente il mio cazzo nel suo calore. È stretta, ed Em fa una smorfia. «Continua,» dice quando mi fermo.

«Non voglio farti male.»

«Tu non potresti mai farmi male,» dice Em.

Le schiaccio le labbra e spingo più forte, più in profondità dentro di lei.

Mi avvolge con le gambe, prendendo ogni centimetro di me dentro il suo calore.

Il mio cuore batte forte solo sentendo la connessione, la vicinanza con lei. Mi sto innamorando di questa donna.

Lentamente, mi ritiro prima di sbattere di nuovo nella sua fica, riempiendola completamente di me. Le sue unghie mi graffiano la schiena, la spalla, le natiche. Mi sta afferrando, tirando e attirandomi più in profondità.

«Di più.» I suoi dolci sussurri mi incoraggiano.

Ogni respiro è forte e vocale. Copro le sue labbra con le mie, zittendola mentre entrambi ci avviciniamo al limite. Dobbiamo essere silenziosi. Non siamo gli unici in casa.

Le sue pareti interne tremano e si stringe sul mio cazzo, gemendo nella mia bocca mentre spingo più a fondo e la sento lasciarsi andare.

Sono proprio con lei, che precipito nell'oblio, mentre vengo dentro la mia donna.

———

Ci addormentiamo sul divano, intrecciati nelle braccia l'uno dell'altra.

La luce del mattino mi sveglia, così come il mio telefono che vibra nella tasca dei pantaloni sul pavimento. Districo il mio corpo da quello di Em.

«Mi dispiace,» mi scuso, detestando doverla svegliare. Dovremmo vestirci ed essere presentabili per quando Lia entrerà o Bristol scenderà le scale facendo un baccano.

Prendo il telefono e mi schiarisco la gola, cercando di sembrare il più sveglio possibile quando leggo il nome del chiamante. È Fitzgerald.

Che diavolo vuole a quest'ora?

«Pronto?» La mia voce esce roca mentre rispondo alla chiamata.

«Non dirmi che ti ho svegliato, Greyson.» Non sembra contento, e non sono sorpreso. Non è mai di buon umore. Quell'uomo si porta addosso il suo cattivo atteggiamento come se fosse parte del suo guardaroba. Sempre nero.

«Cosa posso fare per te?» chiedo. Non ho intenzione di ammettere che, sì, mi ha svegliato. Normalmente, sarei già in piedi a fare una corsa prima dell'alba o ad allenarmi con i pesi per far pompare il sangue. Ma la notte scorsa con Em è stata sufficiente a far battere selvaggiamente il mio cuore, e stavo recuperando un po' di sonno di cui avevo molto bisogno.

«Ho bisogno di te nel mio ufficio tra trenta minuti. Puoi farcela?»

Mitchell non è in servizio fino a più tardi, e non sono sicuro di potergli chiedere di venirmi a prendere in tempo. Dovrò prendere le chiavi e guidare uno dei veicoli nel garage. «Sì, posso farcela.»

Non chiedo di cosa si tratti. Onestamente, non ne ho idea. Potrebbe riguardare il contratto. Spero che mi stia offrendo almeno un altro anno, anche se preferirei un accordo solido di tre anni. Non mi sono mai preoccupato di avere un agente. Sono probabilmente l'unico giocatore che ha scelto di rinunciare a un agente perché io e l'ultimo che avevo assunto non eravamo sulla stessa lunghezza d'onda.

Stava cercando di ottenere per me un contratto per più soldi. Io volevo solo giocare a hockey con gli Ice Dragons. Era semplice. Non voleva ascoltare il cliente, cioè me, e così l'ho licenziato.

Sono perfettamente in grado di negoziare il contratto da solo. Ma quella è stata la prima volta che ho dovuto farlo. L'ultima volta, l'offerta è arrivata e abbiamo discusso dell'accordo finché non sono andato da Fitzgerald da solo e ho firmato alle spalle del mio agente.

Non l'aveva presa bene.

E ripensandoci, potrebbe essere stato l'inizio dell'astio tra Fitzgerald e me. Non cedo sotto la pressione dell'autorità. Traccio io il mio percorso.

Riattacco e afferro i boxer dal pavimento, infilandoli mentre prendo i miei vestiti e lancio quelli di Em verso di lei, che intanto si sta mettendo seduta. La coperta dal divano copre il suo corpo nudo.

«Hai fretta stamattina,» dice, osservandomi curiosa.

«Fitzgerald vuole incontrarmi tra trenta minuti.»

«Riesci ad arrivare all'arena così in fretta? È dall'altra parte della città.»

Faccio una smorfia, e non ho nemmeno il tempo di rispondere alla sua domanda mentre mi dirigo di sopra per cambiarmi.

Lei spalanca la porta della mia camera mentre mi infilo i jeans. Avrei optato per un completo se avessi saputo con certezza che si trattasse di un incontro per il contratto, ma abbiamo anche allenamento tra un paio d'ore. E quando finisco con l'allenamento, preferisco indossare qualcosa di comodo.

«Dovrei contattare Mitchell? O forse dovrei venire con te e assicurarmi che Fitzgerald non stia tramando qualcosa di sinistro,» dice Em.

«Tu resterai qui con Bristol.» Afferro una maglietta nera e me la infilo prima di sedermi sul bordo del letto per indossare i calzini. «Prenderò il pick-up e andrò da solo all'arena.»

Lei mi osserva, silenziosa e curiosa.

«Che c'è?» chiedo, alzandomi e passandomi una mano tra i capelli. Faccio un salto veloce in bagno per lavarmi i denti e assicurarmi di non sembrare uno che si è appena alzato dal letto o dal divano.

«Ho lo stomaco annodato,» dice Em.

«Perché?» Spengo la luce in bagno, passandole rapidamente accanto.

«Probabilmente non è niente, ma non credo sia normale che ti chiami nel suo ufficio alle sei del mattino.» Guarda l'orologio sul mio comodino.

Esco dalla camera da letto a passo svelto, scendo le scale e prendo le mie scarpe da ginnastica. «Va tutto bene. Sono sicuro che fa parte della sua solita routine da stronzo.»

«Ci sarà qualcun altro?» chiede Em.

La guardo mentre prendo le chiavi appese al muro vicino al garage. «È l'arena del ghiaccio. Ci sono molte persone, anche alle sei del mattino. Starò bene.» Le do un rapido bacio sulle labbra. «Rilassati. Bada a Bristol e ti chiamerò quando avrò capito che diavolo sta succedendo. D'accordo?»

Mi affretto a uscire nel garage, premendo il pulsante per aprire le porte.

Em mi osserva dallo stipite della porta. È appoggiata alla cornice, con le braccia incrociate sul petto. Non sembra contenta.

Sì, nemmeno io. Avrei preferito restare accoccolato contro di lei questa mattina.

Salto sul pick-up e mi dirigo verso il cancello principale, filando a tutta velocità verso l'arena. Sarò fortunato se riuscirò ad arrivare lì in trenta minuti.

Parcheggio nel garage privato e, sebbene di solito non utilizzi questo spazio, ho una tessera di accesso che mi fa entrare. Il mio passo è più simile a una corsa quando attraverso velocemente il garage ed entro. Uso il mio badge per accedere all'edificio e mi affretto lungo il corridoio e attraverso diversi passaggi fino a raggiungere l'ufficio di Fitzgerald.

Il mio passo rallenta solo quando sono a due porte di distanza, così da non sembrare uno che ha corso per i corridoi. Si tratta di mantenere la compostezza e apparire calmo e controllato. Non mi sento assolutamente in quel modo, ma mi rifiuto di lasciargli vedere attraverso la mia facciata.

La porta di Fitzgerald è aperta, e busso mentre mi fermo sulla soglia. «Signore,» dico, e le parole sono amare sulla mia lingua, mentre cerco di mascherare il disgusto che provo per quell'uomo.

«Chiudi la porta, entra e siediti.» Mi indica la sedia vuota di fronte alla sua scrivania.

Chiudo silenziosamente la porta dell'ufficio. Non mi ringrazia per essere venuto così rapidamente o in generale. Non che mi aspettassi di sentire le parole "grazie" dalle sue labbra.

«Sai perché ti ho convocato nel mio ufficio, Greyson?»

Il suo tono mi fa sentire come se fossi nell'ufficio del preside. È condiscendente, e sono pronto a ricevere un rimprovero da quell'uomo.

Non fingo di sapere perché. «No, signore.» Mi sforzo di pronunciare quelle parole, cercando di dargli il rispetto che vuole, anche se non lo merita.

«Ti va di spiegare questo?» chiede, e spinge un foglio di carta bianca attraverso la scrivania. È scarabocchiato con la stessa calligrafia di prima.

Un'altra minaccia.

Perdi la partita, o Bristol muore.

TWENTY
EMERSON

LIA MI MANDA un messaggio dicendo che è in ritardo e bloccata nel traffico.

Non è un problema. Il mio compito è tenere Bristol al sicuro, quindi non sono particolarmente preoccupata. Bristol ha il giorno libero, e sto cercando di capire cosa fare con lei questo pomeriggio.

Forse, quando Lia arriverà, avrà qualche suggerimento. Recentemente siamo state allo zoo, al museo d'arte e al parco. Con il bel tempo che ci permette di godere di qualche attività all'aperto, stiamo cercando di approfittarne il più possibile.

Sono occupata in cucina a preparare i pancake per Bristol quando squilla il mio telefono.

«È la tata Lia?» chiede Bristol con occhi pieni di speranza. Non le piacciono molto i miei pancake, ma giuro che seguo le istruzioni sulla scatola quando li preparo. Solo che non sono croccanti come quelli di Lia.

«È tuo padre.» Accetto la chiamata sul cellulare. «Pronto?»

«Em, sono io.» C'è molto rumore e confusione in sottofondo. È nello spogliatoio?

«Che succede?» chiedo, sentendo un senso di urgenza nella sua chiamata. Se non fosse niente d'importante, mi avrebbe mandato un messaggio per dirmi che Fitzgerald è uno stronzo.

Altri rumori di sottofondo e chiacchiere seguono prima che io possa sentire chiaramente le sue parole, e il rumore alle sue spalle si attenua. Dev'essere andato in un'altra stanza per fare la chiamata. «Ho bisogno che veniate all'arena.»

«Sì, certo. Posso chiamare Mitchell e farmi portare lì questa mattina appena arriva Lia. È in ritardo.»

«A questo punto, porta Bristol con te. E ho anche bisogno che porti quel biglietto.»

«*Il* biglietto?» ripeto, guardando Bristol, cercando di mantenere la conversazione il più discreta possibile per non spaventare la bambina.

«Sì.»

Un respiro pesante mi sfugge dalle labbra. «C'è stata un'altra minaccia?» chiedo. Il mio stomaco si contrae a quel terribile pensiero.

«Sì.» È un uomo di poche parole questa mattina.

«Sto preparando i pancake per Bristol. Sono quasi pronti...»

«Spegni il fornello e lascia stare. Lia pulirà tutto. Darò io qualcosa da mangiare a Bristol quando arrivate qui.»

L'urgenza nel suo tono è inconfondibile. «Va bene.»

Chiude la chiamata prima che io possa chiedere altro.

I pancake sono cotti a metà. «Vai di sopra a vestirti. Tuo padre ha bisogno di noi all'arena questa mattina.»

«Perché?» chiede Bristol.

Scuoto la testa. «Non lo so.»

«E la colazione?» chiede.

«Se ti sbrighi a vestirti, finisco questi e ne puoi portare uno con te.»

Bristol non sembra convinta, ma si precipita su per le scale, con il rumore dei suoi passi che rimbomba sulla scalinata. Alzo la fiamma del fornello. Dovrò correre a vestirmi quando i pancake saranno pronti, ma non voglio lasciare il fornello incustodito. E so che Kyler mi ha detto di spegnerlo, ma ascoltare Bristol lamentarsi di quanto ha fame durante il viaggio verso l'arena non è un buon piano.

L'ingresso principale suona, e il tablet indica un ospite che apre il cancello frontale. Afferro il tablet e controllo la sorveglianza per vedere chi è arrivato.

Mitchell.

Probabilmente, è meglio così. Posso mandare un messaggio a Lia per spiegarle cosa sta succedendo quando partiremo con Mitchell.

Giro i pancake che stanno iniziando a bruciarsi, e Bristol viene giù dalle scale di corsa. «Sono pronta!»

esclama orgogliosamente. Si affretta in cucina indossando una maglietta a pois e pantaloni leopardati.

Bristol stringe in mano i suoi calzini con gli unicorni che si mette seduta al tavolo della cucina. Prendo dei tovaglioli e una bottiglia d'acqua per lei e mando un messaggio a Mitchell.

Puoi entrare?

La porta d'ingresso scatta. «Tutto a posto?» chiede Mitchell.

«Devo vestirmi, e i pancake hanno bisogno di un altro minuto sul fornello.»

Mitchell trova la strada per la cucina. «Me ne occupo io.» Mi guarda. «Vai a prepararti. Greyson ci sta aspettando.»

Corro fuori dalla cucina, e Bristol ridacchia. Mi affretto su per le scale ed entro in camera mia, togliendomi il pigiama e mettendomi un paio di leggins neri e una maglietta oversize.

Dovevo fare il bucato, che avevo in programma di fare oggi. Prendo il biglietto che Kyler mi ha chiesto di portare, che è racchiuso in una busta di plastica trasparente. L'avevo mandato al team dell'Eagle Tactical per controllare se ci fossero impronte digitali o DNA sulla carta.

Era pulito. Nemmeno un'impronta parziale. Mi hanno restituito l'originale, nel caso avessi bisogno di confrontarlo con un altro campione.

Dev'essere per quello che Greyson vuole che lo porti all'arena.

Avrei pensato che ne avremmo parlato a casa tra di noi, a meno che qualcuno non abbia visto qualcosa. È possibile che ci sia Fitzgerald dietro le minacce?

Getto la busta nella mia borsa, tenendola lontana dalla vista di Bristol. È abbastanza grande da saper leggere, e non voglio spaventarla.

Kyler ha fatto di tutto per tenere questa cosa nascosta a sua figlia, e sono d'accordo con lui. Non ha bisogno di sapere che c'è un mostro là fuori che minaccia la sua vita.

Scendo di corsa le scale, e Mitchell sta accompagnando Bristol nel corridoio. Ha in mano i suoi pancake e una bottiglia d'acqua mentre lei si mette le scarpe da ginnastica.

«È pronta, signora?» chiede Mitchell mentre scendo le scale due gradini alla volta.

Non sono entusiasta di essere chiamata signora, ma non discuto. Non sono una vecchia signora. «Sì.»

Devo solo mettermi le scarpe. Mi metto la borsa a tracolla e prendo le scarpe, infilandole e allargandole mentre ci affrettiamo verso l'auto.

Una volta seduti sul sedile posteriore, mando un messaggio a Lia per farle sapere che abbiamo cambiato programma e che ci incontreremo al palazzetto del ghiaccio. Forse può venire a prendere Bristol dallo stadio e passare la giornata con lei esplorando la città.

Il traffico è intenso e lento sulla strada per l'arena. Questo dà a Bristol il tempo di finire i suoi pancake, anche se si lamenta ripetutamente che sono più buoni con lo sciroppo e quando li fa la tata Lia.

Ci fermiamo all'ingresso posteriore dello stadio, l'entrata privata, e quando entriamo, c'è una guardia di sicurezza e un agente di polizia che ci osservano. «Siamo qui per Kyler Greyson.»

La guardia di sicurezza dà un'occhiata al suo foglio. «Nomi.»

«Sono Emerson Ryan, e questa è Bristol Greyson, sua figlia.»

«Devo vedere un documento d'identità, signorina Ryan,» dice l'agente.

Mitchell sta aspettando in macchina. Non è ancora andato via, assicurandosi che entriamo prima di partire.

Frugando nella mia borsa, prendo il portafoglio e mostro la patente all'agente di polizia. «Relazione con il signor Greyson?» chiede.

«Sono con me,» dice Kyler, arrivando alle spalle dell'agente.

«Facciamo solo il nostro dovere.» L'agente si fa da parte, lasciandoci entrare nell'edificio.

«Cosa sta succedendo?» chiedo, mantenendo la voce bassa. Lui prende Bristol in braccio, portandola protettivamente mentre camminiamo uno accanto all'altro lungo il corridoio.

«Bristol, tesoro, voglio che tu tenga compagnia allo zio Jasper. Puoi farlo?» chiede Kyler mentre ci avviciniamo allo spogliatoio.

«Certo, papà.» La conduce nello spogliatoio e io rimango all'ingresso della porta. I ragazzi sono seduti sparsi in giro a chiacchierare, ma nessuno di loro si sta spogliando o cambiando per la partita.

Fiducioso che Bristol sia al sicuro, prende la mia mano e mi guida lungo il corridoio. «Cosa sta succedendo?» chiedo, sollevata di averlo da solo per un minuto.

«Fitzgerald ha trovato un'altra lettera.»

L'aria mi viene risucchiata dai polmoni. Avevo sospettato che ci potesse essere stata un'altra minaccia. Quale altro motivo ci sarebbe stato per chiedermi di portare la prima lettera? Ma non mi era passato per la mente che qualcun altro potesse averla trovata per primo.

«Cosa ha detto?»

«Non molto. Ha coinvolto la lega e la polizia.»

Impreco a bassa voce. «Cosa significa questo per la tua carriera?»

«Quando scopriranno che ho truccato una delle mie precedenti partite per proteggere mia figlia, mi costerà tutto.»

«E hai detto loro che questa non è la prima minaccia che hai ricevuto?» Una piccola parte di me vorrebbe che avesse mentito, per il suo bene.

«Ho raccontato tutto, Em. Di come ho assunto una guardia del corpo per proteggere mia figlia. La lega, la polizia, Fitzgerald, vorranno tutti parlare con te.»

Non ho molte nuove informazioni da dare loro. Mi siedo prima con Fitzgerald nel suo ufficio. È disponibile e pronto a inondarmi di domande come se fossi un portiere, sparando colpo dopo colpo contro di me.

«Perché non sei andata alla polizia?» chiede Fitzgerald.

Kyler è fuori nel corridoio, ancora intento a parlare con la polizia, mostrando loro la lettera che ho portato.

Siamo solo io e Fitzgerald nel suo ufficio. Finora, è stato meno disgustoso e orribile di quanto pensassi, considerando il modo in cui Greyson parla dell'uomo.

«Faccio anche parte di un team che si occupa di indagini private. Mi sono formata a Quantico. Chiamare la polizia avrebbe messo Bristol in maggior pericolo. Non era quello che Kyler voleva, signore.»

«Non spettava a te decidere,» dice bruscamente. Mi fissa come se stesse aspettando che io riveli qualche altro segreto.

Non ho intenzione di discutere del nostro finto fidanzamento con lui. Non sono affari suoi. E che l'abbia capito o meno, è irrilevante riguardo alle minacce.

Finalmente, Fitzgerald apre la bocca. «Ho visto chi ha consegnato la minaccia nella cassetta delle lettere di Greyson.»

«Cosa?» I miei occhi si spalancano, lo shock è evidente nei miei lineamenti. Ci sono momenti in cui posso mantenere la calma, fingere di non essere sorpresa dalle notizie, ma questa rivelazione mi fa saltare dalla sedia.

Sono in piedi, a fissarlo come se avesse perso la testa.

«Hai informato Greyson? La polizia? Qualcuno?» chiedo.

«Non l'ho fatto perché mi mette in una situazione complicata. Torna a sederti,» dice

Fitzgerald indicando con il dito la sedia. I capelli dell'uomo sono tirati all'indietro, unti, e il suo completo troppo costoso gli sta stretto di una taglia. Come se stesse cercando di compensare qualcosa.

Non voglio sedermi, ma voglio anche conoscere ogni dettaglio, e preferirei che anche Greyson lo sentisse. O almeno un altro testimone, perché se lui lo negasse in seguito, mi ritroverei fregata.

Non posso registrare la nostra conversazione con il cellulare. Sarebbe illegale.

«Chi ha consegnato il biglietto minaccioso?» chiedo, pendendo dalle sue labbra.

Un sorriso viscido gli incurva gli angoli delle labbra. «Ti piacerebbe saperlo, vero?»

Mi si stringe lo stomaco. «È quello che ho chiesto.»

Tamburella le dita, rilassandosi sulla sua poltrona. La presunzione che emana è come una nebbia, e mi nausea ancora prima di sentire la sua richiesta.

«Chi ha consegnato il biglietto?» Non ho intenzione di giocare. È il futuro di Greyson che è in gioco, e la vita di sua figlia è minacciata.

Sposta indietro la sedia. «Vieni a sederti sulle mie ginocchia,» dice Fitzgerald.

«Scusa?»

«Non ti sto chiedendo un pompino. Solo di sederti sulle mie ginocchia.»

«Preferirei di no.» Che viscido!

«Andiamo. Te la fai con Greyson regolarmente. Non puoi dirmi che sia una cosa seria. Io posso farti divertire. Senza impegno. A meno che non ti piaccia essere legata, piccola.»

Mi alzo, non disposta a sopportare le sue molestie sessuali un attimo di più.

«Rimetti giù quel bel culetto se vuoi che salvi la carriera di Greyson.»

La mia bocca rimane spalancata, e rimetto il sedere sulla sedia.

«Brava ragazza. Mi piace che segui i miei ordini.»

«Sei un maledetto porco.» Non ho intenzione di stare a questi giochetti mentali con lui, tanto meno a quelli sessuali. Qualunque cosa voglia, non ho intenzione di assecondare le sue disgustose fantasie.

Fitzgerald si stringe nelle spalle, per nulla turbato dalla mia affermazione. «Starai seduta e non muoverai quel bel culetto se vuoi che Greyson giochi per gli Ice Dragons il prossimo anno.»

Si sbottona i pantaloni e tira fuori il pene.

«Mettilo via,» ordino. Se si avvicina a me con quel coso, afferrerò il tagliacarte e lo pugnalerò dove fa più male.

Ma non si muove se non con la mano, con la quale si masturba mentre mi fissa.

Non posso tollerare questo livello di schifezza. Mi alzo e mi dirigo verso la porta. «Se lasci questa stanza, Greyson non giocherà più a hockey per nessuna squadra.» Il suo respiro esce affannoso mentre continua a masturbarsi.

«Ti denuncerò per molestie sessuali,» dico, e tiro fuori il telefono dalla borsa, scattando una foto alla sua mano sul pene.

«È la tua parola contro la mia. Dirò che mi hai provocato e hai supplicato di guardarmi mentre mi davo piacere. Una nullità con la reputazione di gridare al lupo durante il sesso,» mi provoca. «Ho letto della tua piccola messinscena con Clemens.»

Mi si gela il sangue e mi irrigidisco.

«Vedo che ho toccato un nervo scoperto,» dice Fitzgerald e sorride. I suoi occhi sono su di me mentre continua a masturbarsi. «Posso distruggere la carriera di Greyson. La lega lo intervisterà oggi e poi farà lo stesso con me. Basta che io dica loro che ha truccato anche una sola partita, e sarebbe fuori per sempre.»

Grugnisce, e io distolgo lo sguardo, rifiutandomi di assistere al suo patetico atto di molestia sessuale.

«Ti ho ripreso con la fotocamera,» dico, agitando il telefono nella mano. «La tua parola contro la mia o meno, sarebbe comunque un gran titolo. Il General Manager NHL degli Ice Dragons viene sorpreso con la mano sul cazzo mentre discute di minacce a una bambina di sei anni.»

«Non sono un fottuto pervertito,» ringhia.

«No, sei solo un predatore sessuale. Perché è molto meglio,» dico sarcasticamente. Scatto un'altra foto. «Goditi la notorietà al telegiornale, perché la tua carriera è finita.»

Mi dirigo verso la porta, con le spalle rivolte a lui, la mano sulla maniglia.

«Aspetta!» mi urla.

Faccio una smorfia, desiderando davvero andarmene dal suo ufficio.

«È stato mio fratello.»

«Cosa?» Mi volto di scatto e faccio una smorfia quando vedo che ha ancora la mano intorno al pene, ma è diventato flaccido. «Metti via quel cetriolino.» Indico verso il suo pene.

Ringhia e lo rimette nei pantaloni. «La minaccia. È stata fatta da mio fratello, James Fitzgerald.»

TWENTY-ONE
KYLER

HO FINITO di parlare per l'ennesima volta con la polizia. I membri della lega arriveranno a mezzogiorno per discutere completamente della situazione.

Sono stati informati delle minacce a mia figlia, ma questo è tutto ciò che sanno per il momento. Il resto verrà discusso nei dettagli.

Emerson esce furiosa dall'ufficio di Fitzgerald.

È più o meno quello che succede sempre con lui quando sono costretto a incontrare quel cretino.

Non ero entusiasta di lasciarla sola nella stanza con lui, ma è per lo più innocuo.

Sbatte la porta del suo ufficio quando esce, e ha le guance in fiamme. La osservo attentamente. Le sue mani tremano, e le incrocia sul petto.

«Mostrami dov'è il bagno,» dice. Suona più come un ordine, e non sono sicuro che non stia per sentirsi male.

«Da questa parte,» dico, affrettandomi lungo il corridoio, e lei è subito al mio fianco. Anche con le sue gambe più corte e i suoi passi più piccoli, tiene facilmente il mio ritmo. È chiaro che ha fretta.

La accompagno fino alla porta del bagno delle donne, e lei si precipita dentro. L'aspetto, chiedendomi cosa stia succedendo. Le do qualche minuto di privacy prima di bussare alla porta.

«Em?»

Nessuna risposta.

Busso di nuovo e sporgo la testa all'interno. Non ho visto entrare altre donne.

Lei tira su col naso e fissa il suo riflesso nello specchio.

«Che è successo?» chiedo, percependo la sua esitazione.

I suoi occhi hanno un tic, e la sua mascella è tesa. Non mi risponde, e non sono sicuro che il suo silenzio sia un bene. Perché ora, non riesco a smettere di pensare a cosa Fitzgerald potrebbe averle detto.

«Ti ha molestata?» chiedo, entrando completamente nel bagno delle donne e lasciando che la porta si chiuda dietro di me.

Em mi guarda, e il suo silenzio mi dice di sì.

C'è dolore nei suoi occhi, una sofferenza che emana a ondate e che mi fa capire chiaramente che è successo qualcosa di brutto nell'ufficio di quel bastardo. «Ti ha toccata?» ringhio, avvicinandomi a Em, e lei si immobilizza.

Il suo corpo diventa rigido, e vedo lo shock e la paura sul suo viso.

«Lo ammazzo, cazzo,» ringhio e giro sui miei talloni, uscendo dal bagno e dirigendomi lungo il corridoio.

«Aspetta.» La voce di Em è morbida e fragile mentre corre per raggiungermi. «Per favore, non fare niente di stupido.»

«Stupido?» ripeto. Mi fermo e la fisso. «Cosa ti ha fatto, Em?» Posso vedere che mi sta nascondendo qualcosa, e la rabbia brucia intensamente dentro di me, col bisogno di proteggerla. È come famiglia per me.

«Non mi ha toccata,» dice.

«Ci mancherebbe altro!» Non riesco a tenere bassa la voce o a contenere la rabbia che scorre nelle mie vene. Continuo a camminare, i miei passi pesanti mentre avanzo nel corridoio.

«Per favore, non farlo. Rovinerà la tua carriera!»

«Non me ne frega un cazzo della mia carriera, Em. Mi importa di te!»

Lei afferra il mio braccio. Il suo tocco è dolce e confortante mentre mi costringe a fermarmi e a guardarla. Sto fissando profondamente il suo sguardo, ipnotizzato e calmato dalla sua presenza. Ma basta un fugace pensiero a Fitzgerald e sono di nuovo al cento per cento pronto a picchiarlo.

E non so nemmeno cosa abbia fatto, se non che ha superato il limite dell'accettabile. Non ho mai visto Em apparire così devastata e fragile. E non era così prima di entrare nel suo ufficio.

«Non andare da lui,» dice Em, con voce dolce. Ci sono alcuni agenti alla fine del corridoio. La nostra privacy sta svanendo più a lungo rimaniamo nel corridoio, a diverse porte di distanza dall'ufficio di Fitzgerald.

Lei prende con cura il cellulare dalla sua borsa. «Se ti mostro questo, non voglio che tu dia di matto.»

«Dare di matto?» Ora mi sta davvero spaventando. «Cos'è?» esigo, strappandole il cellulare dalle mani.

«Fitzgerald ha fatto qualcosa di inappropriato mentre ero nel suo ufficio,» dice. Em sembra nervosa e stringe le labbra. «Posso portarlo alla polizia, sporgere denuncia. Ma se gli metti un dito addosso, ti arresteranno,» mi avverte.

«Non devi preoccuparti per me,» dico. «So badare a me stesso.» Il suo cellulare è bloccato, e glielo mostro, aspettando che lo sblocchi.

«Promettimi che non lo aggredirai e non gli metterai un dito addosso quando vedrai la foto,» dice.

Non farò una promessa che non posso mantenere. «Qual è il codice per sbloccare il tuo telefono?»

«Promettimelo, Greyson.» I suoi occhi sono pieni di dolore mentre mi fissa, e il mio cuore si frantuma in mille piccoli pezzi.

«Ti amo, Em. Non prometto nulla che non manterrò.»

Il suo respiro si blocca in gola. «Mi ami?» chiede.

Non mi ero nemmeno reso conto delle parole che avevo detto finché lei non le ha ripetute. Mi strofino nervosamente il collo. È vero che i miei sentimenti per lei sono più forti che per chiunque altro, a parte Bristol, e quello è un tipo di amore completamente diverso.

Sorrido ed evito la domanda. Non sono pronto a dirlo di nuovo. «Qual è il codice di sblocco del tuo telefono?»

Lei mi offre un sorriso stanco attraverso il dolore nel suo sguardo e scuote la testa. «Non voglio che tu attacchi briga con Fitzgerald.»

«Se è così grave, allora dimmelo e basta.» Odio essere tenuto all'oscuro. La fisso, spingendo una ciocca dei suoi capelli dietro l'orecchio. «Dimmi semplicemente cosa è successo.»

«Non voglio,» dice, e le sue guance si arrossano ancora di più. «So chi è stato.»

Em si allontana dalla mia presa e si affretta lungo il corridoio nella direzione opposta rispetto all'ufficio di Fitzgerald e agli agenti di polizia che stanno indagando sulla recente minaccia.

«Cosa?» Non capisco bene la sua affermazione a meno che non abbia a che fare con Fitzgerald, ed è per questo che è così scossa. «Chi?» Ho bisogno di una conferma da parte sua prima di impazzire.

«Il fratello di Fitzgerald.»

La bile mi sale nello stomaco, rendendomi nauseato mentre continua a ribollire. Sono grato di non aver messo altro nello stomaco questa mattina. Non ho nemmeno ancora preso il caffè. Questa giornata continua a migliorare.

«Che diavolo vuoi dire? Suo fratello era dietro le minacce a Bristol?» chiedo, fissando Em.

«James Fitzgerald.»

Lo stomaco mi crolla al nome di *quel* tizio. Avrei dovuto rendermi conto della connessione. Forse non volevo vederla? «Gioca per i Bruisers,» ringhio, disgustato dall'uomo che pensa sia accettabile minacciare una bambina di sei anni.

Certo, noi giocatori di hockey ci facciamo diverse minacce sul ghiaccio, attacchiamo briga durante una partita, ma non prendiamo mai di mira i figli di qualcuno.

Quella è una linea che non dovrebbe mai essere superata.

«Chi cazzo farebbe una cosa del genere?» ringhio, «Minacciare una bambina?» Sono furioso e voglio prendere a pugni qualcuno. Ora come ora, il bersaglio più vicino è il proprietario nonché suo fratello, Brent Fitzgerald.

Emerson non mi lascia passare nel corridoio. È piccola ma potente mentre mi blocca con decisione, non permettendomi di passare. «Te ne pentirai,» dice. «Ci sono mezza dozzina di poliziotti pronti a farti arrestare se tenti qualcosa.»

«È colpa sua! Fitzgerald ha dato accesso a suo fratello,» sibilo tra i denti stretti. Il mio labbro superiore si contrae in un ringhio, e le mie mani si chiudono a pugno lungo i fianchi.

«Andiamo a fare una passeggiata,» dice Emerson, e mi afferra il braccio, trascinandomi nella direzione opposta lungo il corridoio.

«Lasciami,» scatto e mi libero dalla sua presa. «Lui merita...»

«Cosa merita, Kyler?» chiede, i suoi occhi incontrano i miei, senza mai vacillare. «Vuoi prenderlo a pugni? È questo? Picchiarlo a sangue? E poi?»

La mia mascella si contrae, ma il mio silenzio è tutto ciò che posso darle senza urlare e oltrepassarla per raggiungere l'ufficio di Fitzgerald.

«Voglio ucciderlo,» ringhio, senza paura di esprimere la mia rabbia. Lei conosce la paura che mi ha scosso negli ultimi mesi mentre ero preoccupato per mia figlia.

«Non sei l'unico,» dice, ma la sua voce è più dolce, più calma. Mi prende la mano, intrecciando le nostre dita. Il suo tocco è calmante, ed esalo un respiro irregolare, la rabbia che lentamente si dissipa solo grazie al suo tocco.

Maledizione.

«La polizia vorrà parlare con te,» dice.

«Lo so. Ho già detto loro tutto quello che so.» Mi appoggio al muro e chiudo gli occhi. «La lega mi caccerà.»

«Cosa?» Le dita di Em mi sfiorano la guancia, e le mie palpebre si aprono lentamente, guardandola dall'alto. Il suo corpo è a pochi centimetri dal mio, che mi intrappola contro il muro.

«È contro le regole della lega truccare una partita,» dico.

«Non avevi scelta.»

«Certo che l'avevo. Avrei potuto andare dalla polizia mesi fa quando è arrivata la prima minaccia. Invece, ho assunto una guardia del corpo e ho seguito quello che le note mi chiedevano.»

Il suo sguardo si fa più intenso, e preme le labbra insieme. «Ma tu ami l'hockey. Cosa farai se la lega non ti lascerà più giocare?»

MI DIRIGO verso lo spogliatoio per trovare Bristol mentre la lega sta intervistando Kyler. Busso con decisione. «È meglio che siate presentabili,» dico, spingendo la porta.

Bristol è seduta sulla panchina e ridacchia quando mi vede entrare con gli occhi mezzi coperti. Sbircio attraverso le dita, assicurandomi di non imbattermi in qualcosa che non potrò più dimenticare.

Ma considerando che c'è una bambina di sei anni nello spogliatoio, presumo che sia accettabile che io entri.

«Com'è andata?» chiede Jasper. È seduto accanto a

sua nipote, e sono immersi in una partita aguerrita di schiaffetti sulle mani.

La piccola appoggia le mani sulle sue, e non appena lui cerca di girarle, lei le ritira velocemente. Lui le sta chiaramente concedendo un vantaggio, muovendosi abbastanza lentamente da assicurarsi che vinca.

«È il mio turno.» Lei sorride maliziosamente, e Jasper geme.

«Di nuovo?» Mette le mani sopra e le allontana troppo lentamente, beccandosi continuamente degli schiaffi da Bristol.

Alzo un sopracciglio. «Non mi sembra un gioco molto gentile, Bristol.»

«Non lo è,» mormora Jasper.

Bristol sorride. «Ma è divertente!»

«Colpire tuo zio è divertente?» Jasper geme mentre cerca di allontanare le mani. Ma è troppo lento. «Forse dovrei indossare i guanti da hockey per questo gioco. Mi lascerai dei lividi.»

«Non fare il bambino,» dice Bristol. Gli fa la linguaccia e poi salta giù dalla panchina, correndo lungo il corridoio dello spogliatoio.

«Dove stai andando?» le grido.

«In bagno!»

Jasper scuote le mani. «La stavo lasciando vincere finché non ho realizzato che la piccola colpisce forte come suo padre. Kyler ed io giocavamo a questo gioco da bambini, e lui vinceva sempre. Come sta?»

«Si sta controllando. È con la lega adesso, sta spiegando tutto. Tu quanto sai?» chiedo.

«Sapevo che c'era una minaccia contro sua figlia, ed era per questo che ti aveva assunta, ma ha tenuto segreta la vera minaccia. Non voleva dirmi cosa stesse succedendo, e ho supposto avesse a che fare con Ashleigh. Non mi è mai piaciuta.»

«Perché?»

Jasper si stiracchia e guarda nella direzione del bagno. Probabilmente non vuole che sua nipote ascolti la nostra conversazione. «Era un po' troppo giudicante per i miei gusti. Ma non avrei mai pensato che potesse essere una sospettata.»

«La buona notizia è che abbiamo effettivamente un sospetto,» dico.

«Sospetto di cosa?» chiede Bristol, saltellando di nuovo verso la panchina.

Scambio un'occhiata rapida con Jasper. Questa conversazione deve cambiare in fretta. «Per il nostro gioco di mistero e omicidio,» dice Jasper. «Ricordi quel gioco che ti ho comprato per Natale l'anno scorso.»

«L'hai comprato per papà,» dice Bristol. «E io sono troppo piccola per giocare.»

«Giusto. Giusto,» dice Jasper con un cenno. «Forse tra qualche anno, piccola.» Le scompiglia i capelli e si alza. «Vado a prepararmi per pattinare. Vuoi unirti a me?»

Gli occhi di Bristol si illuminano. «Sì!»

«E tu?» chiede Jasper. «Vuoi unirti a noi?»

Inspiro nervosamente, e il respiro mi si blocca in gola. «Ho pattinato sul ghiaccio solo una volta, quando ero piccola, e non ero granché.»

«Posso insegnarti io,» dice Bristol. «È facile.»

«Che numero porti?» chiede Jasper.

«Trentanove,» rispondo.

Fa mentalmente il calcolo e torna con un pattino da uomo per me e un paio anche per Bristol. I suoi hanno degli adesivi e sono color lavanda. I miei sono neri con lacci bianchi.

Ci allacciamo i pattini, e Jasper mi lancia una felpa dall'armadietto di legno di Kyler, lanciandomela. «Potresti avere freddo sul ghiaccio,» dice.

Non credo che a Kyler dispiacerà se prendo in prestito una sua felpa. La indosso, e il suo profumo mi avvolge. È calda e mi avvolge mentre seguo con attenzione Bristol e Jasper fuori dallo spogliatoio verso la pista di ghiaccio.

La discussione con Jasper sul sospetto dovrà aspettare.

Jasper mi prende la mano, aiutandomi a mantenere l'equilibrio mentre mi aggrappo a qualsiasi cosa nelle vicinanze. Non voglio cadere sul sedere e fare la figura dell'idiota.

«Ce la puoi fare,» dice Jasper.

«Davvero?» Rido, per nulla sicura di quello che stiamo facendo. Dovrei sorvegliare e proteggere Bristol, non procurarmi una commozione cerebrale cadendo sul ghiaccio, cosa che è inevitabile.

«Sì,» dice Bristol con il sorriso più largo che abbia mai visto. «Segui solo quello che faccio io.» Scivola sul ghiaccio con facilità e fa una piroetta prima di pattinare all'indietro.

Col cavolo che posso seguire questo. Ci vuole concentrazione per scivolare con un piede e poi con l'altro sul ghiaccio.

«Accidenti, se avessi saputo che non sai pattinare,» dice Jasper, «ti avrei offerto lezioni molto prima. Avremmo potuto sorprendere mio fratello con un numero sul ghiaccio e farlo davvero ingelosire.» C'è un tono scherzoso nella sua voce, e mentre immagino che gli piaccia stuzzicare suo fratello, non ho l'impressione che litighino per le ragazze.

«Non sa quanto sia pessima sul ghiaccio. Ma una volta mi ha chiesto se sapessi pattinare» dico.

«E gli hai detto la verità?» chiede Jasper. Mi trascina più verso il centro della pista e mi aiuta a mantenere l'equilibrio e a concentrarmi sui miei movimenti.

«Non stavo per mentirgli.»

«Piccole bugie bianche non sono necessariamente menzogne» dice Jasper. «E sono onestamente scioccato che abbia accettato di frequentarti. Aveva giurato che non avrebbe mai posato gli occhi su una donna che non sapesse pattinare sul ghiaccio e non amasse l'hockey.»

Ridacchio. «Non so nulla di hockey e faccio schifo a pattinare sul ghiaccio. Un'accoppiata perfetta» scherzo.

«Entrambe le cose sono risolvibili.» Lascia la mia mano ma pattina accanto a me, assicurandosi che sia stabile.

Sono lenta, ma non sono ancora caduta sul ghiaccio...

Bristol pattina verso di noi e mi osserva. «Sei lenta» dice.

«Grazie, piccola» mormoro, mentre si allontana pattinando e fa diverse piroette, girando rapidamente. «Kyler ha mai pensato di farla partecipare a competizioni di pattinaggio?» chiedo.

«Odia praticare sport a livello agonistico. La pressione è troppa per lei e finisce per fare di testa sua. Bristol è un po' uno spirito libero.»

La osservo sul ghiaccio, e non sembra preoccuparsi

che noi siamo dalla parte opposta della pista. «L'ho notato.»

C'è più movimento e rumore mentre diversi altri compagni di squadra entrano sul ghiaccio con i loro bastoni da hockey e un disco, allenandosi per la prossima partita. Jasper dovrebbe fare lo stesso invece di fare da babysitter a me e Bristol sul ghiaccio, ma apprezzo la sua pazienza.

«Dovremmo lasciare spazio ai ragazzi» dico. Le mie caviglie fanno male e non voglio interferire con l'allenamento. Faccio un cenno a Bristol, cercando di farle segno di venire da me, ma lei si limita a ricambiare il saluto e continua a danzare seguendo il ritmo nella sua testa.

È carino ma anche un po' snervante cercare di attirare la sua attenzione ma non essere abbastanza brava sui pattini da poterla rincorrere.

«Va tutto bene. Possiamo condividere la pista per un paio d'ore. Sarà utile insegnare ai ragazzi un po' di disciplina su come non litigare con ogni giocatore che li fa inciampare o intralcia il loro cammino.»

Socchiudo gli occhi. «Non è un problema. Bristol ed io possiamo aspettare sulla panchina.»

Jasper scuote la testa. «Potete, ma non lo farete. Mia nipote è felice e non voglio che ciò che è successo oggi la influenzi» dice. «È probabile che senta i ragazzi parlare, o Kyler quando avrà finito con l'intervista della lega.»

Passiamo un'altra ora sul ghiaccio, e ormai le mie caviglie sono molto doloranti, ma non voglio lamentarmi. I ragazzi hanno sbattuto contro il vetro almeno una dozzina di volte. Indossano la loro attrezzatura completa, ma anche così, deve far male più del mio piccolo fastidio alle caviglie.

«Ryan! Jasper!» grida Kyler, e aggrotto la fronte, non capendo perché stia usando il mio cognome. Ho il terribile presentimento che stia creando distanza tra noi, e non abbiamo nemmeno parlato di ciò che è successo con la lega.

«Sembra che il tuo fidanzato abbia finito» dice Jasper.

«Papà!» strilla Bristol e pattina verso la panchina. Lui apre la porta, permettendole di uscire dalla pista di ghiaccio.

Mi ci vogliono alcuni minuti in più per arrivarci, e Jasper è accanto a me, assicurandosi che, nel caso cada a terra, ci sia qualcuno ad aiutarmi a rimettermi in piedi.

«Stai imparando a pattinare?» chiede Kyler mentre scendo dal ghiaccio.

«Qualcosa del genere.»

Ci conduce verso lo spogliatoio, e appena entriamo, mi siedo sulla panchina, slacciandomi i pattini.

«Com'è andata?» chiedo, cercando di non far preoccupare Bristol, ma voglio sapere cosa sta succedendo.

«Sono stato sospeso per il resto della stagione.» La sua mascella è tesa mentre aiuta Bristol a togliersi i pattini. «La NHL non vuole rendere pubblico il motivo della mia sospensione perché potrebbe compromettere l'integrità del gioco. La squadra ha programmato una conferenza stampa per questo pomeriggio, e mi aspettano per rilasciare una dichiarazione alla stampa e dire loro che mi prendo il resto della stagione per concentrarmi sulla mia famiglia.»

«Aspetta» dice Jasper mentre indossa la sua attrezzatura. «Sei fuori per il resto della stagione?»

Kyler annuisce. «Mancano solo poche partite. Non abbiamo alcuna possibilità di arrivare ai playoff. Vado a farmi una doccia e a prepararmi per la conferenza stampa. Vorrei che tu e Bristol foste lì» dice, fissandomi.

«Vuoi che io venga alla tua conferenza stampa?» Sono sorpresa, e sono abbastanza sicura che sia evidente dalla mia espressione. Cerco di mantenere la calma, perché non c'è motivo per cui dovrei essere lì se non per sostegno.

Cambio le scarpe mettendo le mie sneakers, e Bristol fa lo stesso, seduta accanto a me. Guardo da lei a Kyler.

Ho così tante domande sull'uomo che minacciava Bristol, ma devo aspettare finché non saremo soli per potergliele fare.

E, cosa più importante, cosa succederà ora che sua figlia non è più in pericolo?

Si aspetterà che raccolga le mie cose a casa sua e me ne vada. Non c'è motivo per me di continuare a vivere con lui sotto il suo tetto. La mia responsabilità come guardia del corpo di Bristol è finita.

Più tardi, quel pomeriggio, sono in piedi accanto a Bristol, con la sua mano nella mia. Mitchell ha portato dei vestiti per tutti noi da indossare per la conferenza stampa. Bristol indossa un abito a quadretti. Io indosso una gonna nera e una camicetta abbinata. Kyler indossa un completo.

Lei stringe la mia mano e si agita, a disagio. «Possiamo andare a casa?» sussurra Bristol, guardandomi.

Siamo in secondo piano, di lato, per le foto e per far sembrare alla stampa che siamo una famiglia durante l'intervista. Lui è in piedi al podio, rispondendo alle domande sparate da numerosi giornalisti.

Quando è uscito, eravamo accanto a lui, ma ora è da solo mentre noi aspettiamo pazientemente che finisca il suo discorso.

«Grazie a tutti per essere venuti oggi,» dice Kyler al microfono. «So che potrebbe sembrare una sorpresa, ma prenderò il resto della stagione libera per concentrarmi sulla mia famiglia. Come forse avrete sentito, ci sono state alcune recenti minacce alla sicurezza della mia famiglia e, sebbene la polizia abbia trovato il sospetto, lo abbia arrestato e lo stia accusando di numerosi crimini, ritengo che sia nel miglior interesse della mia famiglia prendermi del tempo a casa.»

C'è un chiacchiericcio tra la folla, e poi un reporter prende il microfono. «Che tipo di minacce ci sono state?» chiede un giornalista.

La mascella di Kyler si irrigidisce. «Il genere di minacce che prendono di mira una bambina,» dice.

Bristol mi stringe la mano. «Di cosa sta parlando papà?»

Le faccio segno di abbassare la voce. Perché diavolo io e Bristol siamo qui se Kyler deve parlare delle minacce? Stavamo cercando di proteggerla da tutto questo.

Altre chiacchiere scoppiano tra i giornalisti.

Il microfono passa a un altro signore. «Ci sono altri motivi per cui ha deciso di rinviare la sua carriera proprio prima dei playoff?»

Kyler ride. «Mi piacerebbe dire che gli Ice Dragons parteciperanno ai playoff questa stagione, ma abbiamo zero possibilità, dato il nostro record.»

Una leggera risata si diffonde tra la folla.

«Posso assicurarvi che tornerò la prossima stagione,» dice Kyler.

Scoppia altro rumore e lui fa cenno al pubblico di calmarsi. È difficile capire se ha sentito la domanda o se ha deciso di rispondere prima che un reporter la facesse specificamente. Ci sono molte voci che competono per attirare l'attenzione.

«No, non ho ancora ricevuto un contratto, ma sono in trattativa con l'attuale proprietario degli Ice Dragons.»

È davvero in trattativa o quello che sta facendo è una tattica per aiutare la sua carriera per il prossimo anno? Vorrà davvero tornare con gli Ice Dragons dopo quello che è successo con il fratello di Fitzgerald?

Fitzgerald è uno stronzo certificato, che ha tirato fuori il cazzo e cercato di molestarmi. È riuscito a fare quest'ultima cosa, ma non voglio che influisca sulle possibilità di Kyler di far parte della squadra in cui vuole stare, dove gioca suo fratello.

«Altre domande?» chiede Kyler.

Scoppia altro chiacchiericcio, e poi lui copre il microfono e fa cenno a me e Bristol di raggiungerlo.

Suppongo sia per una foto, che stia cercando di sfruttare al meglio la situazione. La lega gli sta dando l'opportunità di proteggere la sua carriera, anche se stanno pensando a se stessi.

«Ho un annuncio da fare,» dice Kyler. «Come molti di voi sapranno, questa è la mia fidanzata e questa mia figlia.» Ci presenta alla stampa.

Kyler prende una domanda in prima fila da una delle giornaliste. «È risaputo che lei è un miliardario benestante e non ha bisogno dei soldi della NHL per praticare questo sport. Ha mai considerato l'acquisto di una squadra nella lega?»

Sorride, e le sue spalle sembrano rilassarsi a questa domanda. «Se lo facessi, non potrei più giocare, stando al regolamento della lega.»

«Quindi, quando si ritirerà?» chiede lei, sondando ulteriormente.

Si sporge verso il microfono. «Non ho piani di ritirarmi, né ora né in un futuro prossimo,» dice, chiarendo assolutamente la sua posizione. «Questa è solo una breve pausa. Un paio di settimane per concentrarmi sulla mia famiglia che cresce.»

«Famiglia che cresce?» chiede la donna. «Significa che state aspettando un altro bambino?»

Gli occhi di Bristol si spalancano e, se a volte non prestava completa attenzione a ciò che accadeva, questa volta coglie ogni parola. «Diventerò una sorella maggiore?» chiede con un gridolino eccitato.

Senza dubbio, ogni reporter ha sentito il suo entusiasmo, e alcuni sono persino riusciti a riprenderlo in video.

«Nessun commento,» dice Kyler, ma è troppo tardi. La voce è scappata e non c'è possibilità di mettere al guinzaglio questa mostruosità.

TWENTY-THREE
KYLER

FINISCO PER PAGARE Lia per la giornata ma la lascio tornare a casa prima. Con Bristol al sicuro all'arena ed Em che la tiene d'occhio, non c'è davvero motivo di far venire la tata a prenderla. Ma ora, mi pento di non aver tenuto Lia a casa per prepararci una bella cena o per badare a Bristol durante la serata.

Mi servirebbe un po' di tempo da solo per parlare con Em. Non voglio che pensi che quella di ieri sera sia stata solo un'avventura di una notte.

Non voglio sesso senza impegno. Con Em, voglio il pacchetto completo.

Finisco per ordinare la cena, e Mitchell è abbastanza gentile da passare a prendere Em e portarla a casa prima di andarsene per la serata.

Bristol aiuta ad apparecchiare la tavola e, una volta arrivata la cena, salgo di sopra per cercare Em, che sembra essersi nascosta da me da quando siamo tornati dall'arena.

Busso con decisione alla porta della sua camera, che si apre cigolando. Il chiavistello non era fissato bene. Lei è in piedi accanto al letto, con la valigia aperta e i cassetti del comò spalancati mentre piega i vestiti e prepara i suoi effetti personali.

«Stai pianificando un viaggio?» chiedo. Non aveva menzionato di andare da qualche parte, ma certamente ha i soldi per farlo, dopo gli ultimi mesi in cui le ho pagato uno stipendio a sei cifre.

Lei alza lo sguardo verso di me, e il suo sguardo vacilla. «Non esattamente.»

«Cosa significa?» chiedo, entrando nella sua camera. Do un'occhiata alla sua borsa, curioso di sapere se stia preparando vestiti estivi per la spiaggia o se stia pianificando di andare in montagna e ha bisogno di abiti più pesanti per il clima.

Ha infilato tutto in una sola borsa, dai costumi da bagno in cima, ai maglioni che spuntano da sotto.

«Il contratto è finito, Kyler. Ho terminato il mio lavoro ora che James Fitzgerald è stato arrestato ed è dietro le sbarre. Tu e tua figlia siete al sicuro.»

«È questo il problema? Non devi andartene.»

«No?» Ride nervosamente e si morde il labbro inferiore. «Per chi stiamo continuando questa finzione adesso?»

«La squadra pensa che siamo fidanzati.»

«E allora?» Ha tra le mani il suo reggiseno di pizzo nero, lo piega a metà, ma non lo mette nella valigia. Ci giocherella con le dita. «Sapevamo che questa storia aveva una data di scadenza. Solo che nessuno di noi sapeva quando sarebbe stata.»

Vorrei poterle dire che si sbaglia, ma non è così. Non le ho chiesto di sposarmi per amore; era tutto parte di una farsa per convincere Fitzgerald a rinnovarmi il contratto.

E non ha funzionato.

Sto ancora aspettando una telefonata da lui, ma

quello che ha detto il giornalista mi frulla in testa da quando ho lasciato l'arena. *Proprietario*.

Potrei possedere una squadra NHL.

Il mio corpo freme al pensiero di essere a capo della squadra, cacciare Fitzgerald e assumere un nuovo general manager mentre io sarei nel consiglio.

Potrei anche semplicemente farlo licenziare per aver molestato Emerson. Non sono sicuro di cosa abbia fatto, lei non mi ha mostrato le foto, ma conoscendo la sua reputazione, è stato volgare, offensivo e non professionale.

Ma amo giocare sul ghiaccio, e dovrei stare a guardare da dietro il vetro o dalla panchina. Non sono ancora pronto ad appendere i pattini al chiodo. Tra un paio d'anni, potrebbe non essere un cattivo investimento. E ho sempre sentito che quei soldi fossero maledetti. Almeno li investirei in qualcosa che amo.

E se non ne ricavassi mai più un centesimo, non m'importerebbe, perché amo l'hockey.

«E se non volessi che la nostra relazione avesse una data di scadenza?» dico, avvicinandomi a Em.

«La scorsa notte è stata fantastica, ma quello che abbiamo non è reale,» dice, ricordandomi il nostro accordo. Quello per cui verso montagne di denaro sul suo conto.

«I miei sentimenti per te sono reali.»

Mette il reggiseno nero nella valigia e incrocia le braccia sul petto. «Tu non vuoi che me ne vada solo perché sarai libero da ora fino alla prossima stagione, e ti piace la mia compagnia.»

Sorrido. «Mi piace la tua compagnia,» dico e appoggio le mani sui suoi fianchi. «Mi piace anche tutto di te. Dal modo in cui sorridi e come la tua allegria illumina i tuoi occhi e il tuo viso, al modo provocante in cui ancheggi quando cammini. Sei la donna più onesta e genuina che conosca. Dici sempre quello che pensi e sai sempre ciò che vuoi.»

«Io non...» La bacio per zittire la sua protesta. È dolce e caldo, e le mie dita le accarezzano i fianchi mentre la tiro più vicino al mio corpo. «Tu non mi vuoi,» sussurra.

«Ti voglio. Ti ho voluta,» dico. «La scorsa notte non è stata solo una bella avventura con la guardia del corpo.»

Lei abbassa lo sguardo, evita il mio sguardo e sorride timidamente.

La sto mettendo in imbarazzo?

«Mi sono divertita ieri sera,» sussurra, e il mio stomaco si contrae, aspettando che mi respinga. Non ha significato nulla per lei? Forse voleva solo divertirsi un po' visto che è passato del tempo.

«Ma...?»

Scuote la testa. «Nessun *ma*. Solo che mi sono divertita.»

«E questo è tutto ciò che vuoi?» ipotizzo.

I suoi occhi si restringono. «Non ho detto questo. Mi stai mettendo parole in bocca.»

«Perché non comunichi con me,» dico. Mi passo una mano tra i capelli, facendo un passo indietro. Com'è possibile che questa donna, per cui provo sentimenti così forti, mi irriti in questo modo?

«Sei un giocatore professionista di hockey, Greyson. La nostra relazione è finta.»

«Il sesso di ieri sera sul divano era dannatamente reale,» dico. «Come l'orgasmo che ti ho dato.»

Arrossisce, e so per certo che non ha finto un solo gemito ieri sera. «Questo non c'entra.»

«Davvero?» Insisto, non volendo che lei si allontani da me. Mi avvicino, e questa volta è lei a fare un passo indietro mentre la intrappolo tra me e il muro. «Avrei potuto dire a tutti durante la conferenza stampa che aspetti un figlio da me.»

I suoi occhi si restringono come due pugnali affilati. «Non l'avresti mai fatto.»

«Mi è passato per la mente dopo il commento di Bristol» dico.

«Sarebbe stato crudele.»

«O forse sto manifestando ciò che desidero.» Mi avvicino e il suo respiro si blocca in gola. «Avrai un figlio da me, Em. Ci sposeremo. E mi permetterai di venerare il tuo corpo e mi darai il tuo cuore perché mi ami.»

I suoi occhi sono scuri. Le sue labbra si socchiudono mentre esala un respiro leggero. Un rossore si è diffuso sulle sue guance e sul petto. Il desiderio è scritto ovunque sul suo volto, e il modo in cui mi guarda dice che mi vuole, che vuole questa vita che le ho descritto.

«Cos'altro?» sussurra Em, e il suo respiro è caldo contro la mia guancia. «Che altro vedi accadere per noi?»

Il mio sguardo si intensifica, e vedo il desiderio e l'eccitazione mentre mi fissa con tanto calore e affetto. «Dovrai aspettare e vedere, Em.»

Si sporge e preme dolcemente le sue labbra sulle mie. Il bacio è delicato, casto, un punto di domanda su cosa siamo, pieno di incertezza. Non voglio che abbia dubbi su di noi, sui miei sentimenti per lei.

Approfondisco il bacio, tirandola più vicino, più stretta, lasciandole sentire la mia erezione attraverso i pantaloni. «Sei l'unica donna che voglio» sussurro contro le sue labbra. «E penso davvero che dovresti trasferirti qui» dico.

La sua fronte si corruga e il suo labbro inferiore sporge in avanti. È l'espressione più adorabile del mondo, e vorrei baciarle via quella preoccupazione dalle labbra.

«Lascia la tua camera e trasferisciti nella mia.»

———

Stiamo ufficialmente insieme.

Lia ha promesso di fare da babysitter a Bristol mentre porto Em fuori per un vero appuntamento.

«Non posso prometterti che non ci saranno paparazzi a seguirci» le ricordo, sporgendo la testa nella nostra camera mentre si sta preparando.

«Fuori!» grida indicando la porta. «Non dovresti vedermi così.»

«Non è un matrimonio» dico, alzando le spalle. Ma cavolo, se è bella. L'abito nero e rosso le avvolge il corpo nel miglior modo possibile.

Mi muovo a disagio quando sento il mio membro fremere nei pantaloni. *Non adesso, ragazzo. Ci sarà tutto il tempo per quello più tardi.*

Voglio viziarla con vino e cena. Merita un vero appuntamento. Uno in cui non ci stiamo tenendo per mano e forzando sorrisi perché gli ospiti stanno cercando di decifrare lo stato della nostra relazione. Questo non è uno spettacolo che stiamo mettendo in scena per impressionare qualcun altro.

Beh, c'è una persona che vorrei impressionare, ed è Emerson. È una richiesta difficile, considerando che sono un miliardario, ma mi ha fatto promettere niente di stravagante. Niente voli a Parigi per una colazione all'alba o ad Aruba per una passeggiata sulla spiaggia a mezzanotte.

Dannazione. Entrambe queste cose erano nella mia lista "appuntamenti da fare Em".

Quindi, sto cercando di fare qualcosa di normale. Non sono minimamente normale quando si tratta di uscire con le donne. Ho una figlia. E diciamocelo: Em vive con me.

Abbiamo fatto questo percorso di conoscenza reciproca completamente al contrario, e mi sento un vero idiota, a dirla tutta. Ma non mi dispiace, perché ho già assaggiato la merce e mi piace da matti.

Voglio di più da lei.

Più di questa storia d'amore selvaggia con Em, quindi stasera si tratta di due persone normali che escono a New York City per un classico appuntamento. Mi ha fatto rispettare un budget.

Cento dollari.

Sono tentato di infilare qualche banconota da cento dollari in più nel portafoglio perché il suo budget è irrealistico per me. Diciamocelo, una bottiglia di vino costa almeno il doppio. Più antipasti, cena, e supponiamo di andare in qualsiasi posto che richieda un biglietto d'ingresso, come una passeggiata allo zoo o una visita al museo, e il mio budget è già sfondato.

Cento dollari coprirebbero a malapena la cena.

Voglio rendere questa serata speciale con Em, e mentre sono assolutamente d'accordo nel mantenere le cose non eccentriche, voglio anche viziarla con vino e cena.

La ragazza non è interessata ai miei soldi. Voglio dire, certo, le ho pagato sei cifre al mese per fingere di essere la mia ragazza, ma si è guadagnata ogni centesimo. Soprattutto quando le ho fatto la proposta sul ghiaccio, e lei non aveva idea di cosa stessi facendo.

I media pensano ancora che siamo fidanzati. Ci sono voci che siamo in attesa di un bambino, ma non abbiamo affrontato queste domande con i giornalisti. Lasciamoli parlare. Ho evitato le loro domande, e ora che non sono più sul filo del rasoio con la lega, fuori dai giochi, i media non sono interessati a importunarmi. Hanno ottenuto la loro intervista e sono andati avanti.

Il loro focus più recente è stato su James Fitzgerald, che ha ripetuto una sola frase alla stampa: «Nessun commento.» Da allora, è stato arrestato per aver minacciato mia figlia, tra una serie di altre accuse penali.

Successivamente è venuto fuori che non er l'unico giocatore di hockey che ha ricattato e che aveva un figlio. E la lega ha silenziosamente sospeso anche quegli altri giocatori. Tutti si sono presi del tempo libero per stare con le loro famiglie e sostenere i propri figli. Soprattutto, perché abbiamo tutti una cosa in comune: siamo padri single.

Il mio telefono vibra nella tasca, ed esco nel corridoio, lasciando che Em finisca di prepararsi. È Fitzgerald, il viscido proprietario che, almeno, ha fatto una cosa decente nella sua vita: ha ammesso che c'era suo fratello dietro le minacce.

«Greyson» dico, rispondendo al telefono.

«Non ero sicuro che avresti risposto alla mia chiamata» dice Brent.

«Perché? Perché hai molestato sessualmente la mia

fidanzata o perché tuo fratello ha minacciato mia figlia?»

Cala il silenzio dall'altra parte della linea. Sembra che l'abbia lasciato senza parole. Una novità.

«Ti ha fatto vedere la foto sul suo telefono?» dice Fitzgerald, e sbuffa sottovoce. «Mi sorprende che non l'abbiate ancora portata alla lega.»

Em non mi ha mai mostrato alcuna foto, ma so bluffare come si deve. «Forse dovrei. Considerando che tuo fratello mi ha fregato, e tu stai cercando di fregare la mia...»

«Va bene. Lo farò.»

«Cosa?» Non sono sicuro a cosa stia acconsentendo.

«Vuoi un contratto con gli Ice Dragons per il prossimo anno. Lo farò» dice Fitzgerald.

Sposto il peso sui piedi e mi appoggio al muro del corridoio. Non così. Non è così che avevo immaginato le mie trattative per il nuovo contratto con Fitzgerald. Non sono tipo da ricatti e accordi loschi. Non è il mio modo di giocare, e non voglio sia quello a farmi ottenere un altro anno con gli Ice Dragons.

«Voglio che ti dimetta» dico.

«Col cavolo, Greyson.» Ride come se avessi fatto la proposta più ridicola del mondo.

«Anche con le foto che la mia fidanzata ha sul telefono?»

Si schiarisce la gola. «Le foto? Ne ha scattate più di una?»

«Certo» dico, con un tono fermo e sicuro nel mio bluff. «Ne ha diverse e un video.»

«Cazzo» mormora Fitzgerald a se stesso, un po' troppo forte.

La porta della camera si spalanca, ed Em appare, splendida con quel vestito nero e rosso lungo gino al ginocchio che la fascia nei punti giusti. Il rosso mette in risalto il suo seno, e non riesco a smettere di guardarla, stupito da quanto sia bella.

«Chi è?» sussurra, indicando il mio telefono.

«Devo andare» dico a Fitzgerald, mantenendo il controllo della conversazione. «Mi manderai il contratto e poi presenterai le dimissioni con effetto dalla fine della stagione.»

«E se dico di no?»

Em mi strappa il telefono dalle mani con un sorrisetto. «Manderò alla stampa le foto e il video del tuo cazzo tra le mani mentre ti masturb...»

I miei occhi si spalancano e lei chiude la chiamata. Non sono sicuro se sia stato intenzionale o se abbia accidentalmente riattaccato, ma grazie al cielo l'ha fatto, altrimenti il mio bluff sarebbe stato rovinato.

«Ha fatto cosa?» Sono pronto a guidare fino all'arena e prenderlo a calci.

Em appoggia una mano sul mio avambraccio. «Va tutto bene. L'ho superato.»

«Io no!» Mi libero dal suo tocco e scendo le scale furioso.

«Kyler, aspetta» mi chiama. I passi di Em sono leggeri e delicati quando scende le scale, mentre io mi infilo rapidamente le scarpe e mi dirigo verso il garage.

Non sopporto l'idea di ciò che quel viscido ha fatto a Em. Forse non c'ero per lei quando Clemens l'ha molestata, ma di certo non permetterò a Fitzgerald di farla franca dopo aver molestato sessualmente Em o chiunque altra.

Em afferra la sua borsetta e i tacchi, seguendomi di corsa fuori dalla porta. Salta sul sedile anteriore accanto a me prima che possa uscire in retromarcia dal vialetto.

«Non stai per rovinare il nostro appuntamento fermandoti all'arena» dice Em. Si infila le scarpe una volta seduta sul lato passeggero del SUV.

Le sue parole mi trafiggono. Ho dato la serata libera a Mitchell in modo che Em ed io potessimo avere una serata da soli. E ora sto per rovinare la nostra serata speciale concentrandomi su Fitzgerald.

Le mie mani stringono con forza il volante mentre premo il pulsante del garage. La porta del garage si alza lentamente.

«Cosa dovrei fare? Lasciare che molesti altre donne? Fammi vedere il video. Le foto. Devo vederle, Em.»

«Non credo sia una buona idea.» Stringe la borsa in grembo. «Usciamo, ceniamo insieme come avevamo programmato, per favore.»

Mi strofino la fronte, con lo stomaco in subbuglio. «Meriti di essere protetta, Em.»

«Non voglio che combatti contro Fitzgerald.» È ferma nella sua risposta, e non allenta la presa sulla borsa.

Emetto un pesante sospiro. «Forse potrei suggerire di fare una partita sul ghiaccio insieme. Sono sicuro che ha ancora i pattini dei suoi anni migliori.»

«Perché? Così puoi picchiarlo lealmente sul ghiaccio?» Em sorride mentre mi fissa, scuotendo la testa. «No significa no. Non combatterai le mie battaglie per me. So gestire quel cretino. Infatti, l'ho già fatto quando ero nel suo ufficio. Devi lasciar perdere.»

«Come posso lasciar perdere? Ha ammesso di essersi masturbato con te nella stanza!»

«È un pervertito» dice Em. «Il karma gliela farà pagare. Ma ha fatto una cosa giusta.»

Mi rifiuto di vedere il suo punto di vista. «È un pervertito schifoso.»

«E ha ammesso di aver visto suo fratello mettere il biglietto di minacce nella tua cassetta delle lettere» dice Em, con voce dolce e calma. Appoggia la mano sul mio braccio e la fa scivolare fino alle mie dita, intrecciando le nostre mani.

Il suo tocco è morbido e calmante, come una droga che placa la mia rabbia e la mia adrenalina. Come diavolo ci riesce?

«Lo odio» sibilo tra i denti serrati.

«Non sprecare energie per lui. Non ne vale la pena, tesoro.»

«Tesoro?» La guardo, sorpreso dal suo termine affettuoso.

Em si stringe nelle spalle. «Sto solo provando» dice. Mi stringe la mano e poi lascia andare le dita dalla mia presa, proteggendo la sua borsa. «Ora, dove mi porti in questo appuntamento economico?»

Ridacchio e scuoto la testa. «Dovrai aspettare e scoprirlo.»

LA CENA È ASSOLUTAMENTE DELIZIOSA. Seduta di fronte a Kyler, non posso credere che abbia trovato questo grazioso ristorantino italiano nascosto.

I prezzi sono accessibili, il che soddisfa i requisiti che gli ho imposto di non spendere più di cento dollari per il nostro appuntamento. Che è comunque una bella somma, ma per lui non è niente. Si è lamentato del mio budget per diversi giorni prima del nostro appuntamento.

Mi aspettavo quasi che pagasse in anticipo per la cena o mi portasse in un posto elegante facendo pagare il conto al ristorante perché è amico dello chef. Non ha fatto nessuna delle due cose.

Sono impressionata.

Sono anche innamorata persa, il che mi rende nervosa ed eccitata quando sono con lui. Sto facendo del mio meglio per mantenere la calma. È Kyler Greyson, l'uomo per cui lavoravo come guardia del corpo di sua figlia e con cui ho avuto una finta storia d'amore, ma ora è reale.

La pressione si fa sentire, almeno per me. Voglio essere all'altezza delle sue aspettative. Ed è difficile, dato che giuro che ogni ragazza per strada si volta a guardarlo, o ci sono bisbigli e occhiate all'interno quando le persone lo riconoscono.

Sembra che a Kyler non importi minimamente, o forse semplicemente non ci fa più caso. È sotto i pubblici riflettori da anni.

Kyler ordina un dolce da condividere, ed è divino. Non ho mai assaggiato un cioccolato così buono in vita mia. Evidentemente, mi sono persa qualcosa.

Lui sorride compiaciuto mentre mi guarda leccare il cucchiaio.

Si sta seriamente eccitando guardandomi mangiare? La punta delle sue orecchie è rossa e i suoi occhi si sono scuriti mentre mi fissa.

Guardo il dolce. «Ne vuoi ancora?»

Kyler si agita sulla sedia. «Mi sto godendo enormemente lo spettacolo di te che lecchi quel cucchiaio» confessa.

Sono sicura di essere arrossita per il suo commento, e abbasso lo sguardo, sorridendo nervosamente. Perché mi fa sentire come se fossi di nuovo un'adolescente? Di solito non mi innervosisco con i ragazzi agli appuntamenti. Ma lui... mi fa battere forte lo stomaco e accelerare il cuore.

Il suo sguardo è intenso mentre mi osserva, e distolgo lo sguardo, notando una donna seduta da sola a un altro tavolo che ci osserva.

«Hai un'ammiratrice segreta» dico, indicando con un cenno la bruna seduta da sola al tavolo a pochi metri di distanza.

«Lascia che guardi» dice lui, con lo sguardo completamente su di me. Non si volta nemmeno. Non lo disturba minimamente.

«La riconosco» sussurro, cercando per un momento di ricordare dove l'ho vista prima.

Mi ci vuole un minuto per mettere insieme i pezzi. Era fuori da Briarwood mesi fa. Pensavo stesse aspettando suo figlio.

Kyler aggrotta la fronte, si volta a guardare oltre la spalla e trattiene il respiro.

«La conosci?» chiedo. Il leggero suono che emette mi indica che la conosce. Che è sorpreso di vederla.

«Sì,» sussurra, e lei si alza, venendo al nostro tavolo. «Ashleigh» dice lui, e il nome sulla sua lingua fa scattare il collegamento.

È la madre biologica di Bristol.

Le mie dita stringono il cucchiaio mentre la fisso. Ha gli occhi azzurrissimi, proprio come Bristol, e un sorriso caloroso.

«Cosa ci fai a New York?» chiede Kyler.

Lei resta in piedi al bordo del tavolo. Sono grata che non ci sia un'altra sedia, o potrebbe invitarsi al nostro tavolo e interrompere il nostro appuntamento. Tuttavia, tecnicamente lo sta già interrompendo adesso.

Che cosa vuole?

La domanda di Kyler è più gentile, le chiede cosa sta facendo a New York. Io le chiederei che cazzo vuole e perché ci sta disturbando.

Sono un po' di cattivo umore in questo momento, fissandola. Ha una pelle perfetta, i suoi capelli sono stupendi e il suo corpo mi rende ancora più invidiosa.

Prendo un altro boccone del dolce al cioccolato. Non è esattamente ciò di cui ho bisogno, ma sto covando la mia gelosia. Posso ammettere quello che provo, almeno con me stessa.

Tengo le labbra chiuse, lasciando che Kyler e Ashleigh parlino.

«Volevo vedere Bristol» dice Ashleigh, con voce morbida e fragile. Non sembra minacciosa, ma questo non significa nulla.

«Hai preso la decisione di concedermi la custodia completa» dice Kyler, con la mascella che si contrae.

Ashleigh alza le mani. «Prometto che non cerco di cambiare questo, ma a volte mi chiedo com'è. Ho visto Antonio Moretti alla sua scuola. Sei certo che sia al sicuro, mandandola a Briarwood?»

«Ho tutto sotto controllo» dice Kyler. «Il problema più grande che ho con lui al momento è che Bristol e suo figlio, Liam, non vanno d'accordo in classe. Non che sia affar tuo.»

«Sono sua madre» sussurra Ashleigh.

Kyler scuote la testa. «No, sei stata la sua madre surrogata.»

Lei trasalisce. «Amo Bristol. Sai che ho sempre voluto il meglio per lei.»

Kyler fissa Ashleigh, lasciandola finire di parlare.

«Ti ho concesso la custodia completa perché pensavo fosse nel suo interesse. Ma sono preoccupata che siano nella stessa classe... e se facessero un albero genealogico o imparassero i test del DNA e scoprissero di essere imparentati?»

«Hanno sei anni» dice Kyler. «Il suo albero genealogico non includerà la tua famiglia, e non impareranno del DNA fino a quando, al liceo?»

«Potrebbe essere alle medie» ribatte Ashleigh.

«Ottimo. Bristol è alle elementari. Abbiamo un sacco di tempo, e non credo che i bambini si confronteranno campioni tra loro. Stai cercando di inventarti qualcosa dal nulla.»

«Mi preoccupo solo per lei.»

«E pensi che io non lo faccia? Che noi non lo facciamo?» dice Kyler, indicando me. Non sono sicura di dover essere inclusa in questa conversazione. Rimango in silenzio, lasciando che lui si occupi di Ashleigh. Questa non sembra proprio essere una questione che mi riguarda. «Perché sei qui?» chiede Kyler, andando direttamente al punto.

«Voglio solo vederla.»

«Hai intenzione di lottare per la custodia?» chiede lui, andando dritto alle domande difficili.

Ashleigh scuote la testa. «Non lo farei mia, né a Bristol né a te. So che sei un buon padre. Ho visto sui giornali che ti sei fidanzato.» Finalmente mi guarda, come se non fossi stata seduta qui per gli ultimi cinque minuti. «Congratulazioni.»

«Non sei venuta qui per congratularti con noi,» dico, avendone finalmente abbastanza. Ho cercato di tenermi fuori dalla conversazione, ma è difficile con loro due che parlano proprio davanti a me.

La bruna sospira. «No, suppongo di no. Voglio che Bristol venga tolta da Briarwood.»

«Non è una scelta che spetta a te,» dice Kyler. «Le piace la sua scuola e sta andando bene. Non la trasferirò.»

Posso sentire la tensione che trasuda dalla sua voce, e allungo la mano attraverso il tavolo per prendere quella di Kyler, cercando di calmarlo. «Sei d'accordo con lei?» mi chiede, ritraendosi quando lo tocco.

«No, non lo sono. Ma non sappiamo nemmeno dove saremo l'anno prossimo. Il tuo contratto sta per scadere. Potresti ricevere un'offerta da un'altra squadra in un altro stato.»

«Non voglio giocare per un'altra squadra,» dice Kyler. Prende la mia mano e la stringe. «Giocherò per gli Ice Dragons, e Bristol continuerà a frequentare Briarwood.»

Ashleigh apre e chiude la bocca diverse volte. Non sono sicura se sia rimasta senza parole o se più semplicemente si renda conto che non può vincere una discussione con Kyler Greyson.

Si volta e torna al suo tavolo, lascia alcune

banconote da venti dollari, poi prende il cappotto e si dirige fuori.

«Beh, questa sì che è stato un colpo di scena,» mormoro.

Kyler libera la mano dalla mia. Prende un sorso della sua bevanda e fa cenno alla cameriera. «Possiamo vedere la lista dei vini?»

Per il resto della serata, Kyler è molto più silenzioso e riservato di quanto sono abituata a vederlo. Beve un bicchiere di vino rosso e mi offre la lista dei vini. Rifiuto l'offerta, e lui non insiste, cosa che apprezzo.

Salda il conto, poi camminiamo per un paio di isolati fino a Central Park. Sembra ancora perso nei suoi pensieri, probabilmente sta analizzando eccessivamente ciò che è successo con Ashleigh prima.

«Vuoi parlarne?» chiedo, dandogli una leggera spinta mentre camminiamo.

«Fitzgerald mi ha offerto un contratto per l'anno prossimo,» dice Greyson, le parole dense e pesanti, come se non fosse felice della notizia.

«È quello che volevi, no?» chiedo, girandomi verso di lui. Ci fermiamo, e raggiungo le sue mani, cercando di offrire un po' di conforto. Questa è una cosa che deve decidere da solo, ciò che vuole dalla sua carriera.

«Lo era. Lo è.» Kyler sospira. «Non lo so più. Dopo quello che è successo con Bristol e dopo aver scoperto che era il fratello di Fitzgerald, sono combattuto.»

«In che senso?» chiedo, guidandolo a sedersi con me su una delle panchine vicine.

Si lascia cadere, e io mi siedo accanto a lui, le nostre gambe che si sfiorano. Appoggio la mano sulla sua coscia, cercando di aiutarlo a tranquillizzarsi.

«Fitzgerald continuerebbe a essere il mio direttore generale se firmassi con gli Ice Dragons. È un maiale,» dice Kyler, alzando lo sguardo verso di me.

«E il karma gli darà ciò che merita a tempo debito.»

«Continuo a pensare di farlo licenziare.»

«Vuoi che denunci quello che ha fatto nel suo ufficio?» chiedo.

Kyler scuote la testa. «Non meriti quel tipo di attenzione mediatica.» Si sporge in avanti, intrecciando le mani. «Sto considerando di comprare la squadra.»

«È in vendita?» chiedo.

«Tutti hanno un prezzo, tesoro.» Mi guarda con un sorrisetto, usando lo stesso soprannome che gli ho dato prima.

Lo spingo giocosamente. «Tesoro, eh? Non potevi essere più originale?» chiedo, prendendolo in giro.

«Okay, possiamo tornare a M&M.» Ridacchia e si strofina gli occhi mentre ride.

Gli do un pizzicotto sul braccio. «Non sono una caramella ricoperta di cioccolato.»

«Ma potresti esserlo,» dice, osservandomi dalla testa ai piedi. «Ho della salsa al cioccolato con cui potrei ricoprire il tuo corpo nudo e leccare...»

Mi sporgo, catturando le sue labbra, assaporandolo, le mie dita che si intrecciano tra i suoi capelli. Sto cercando di offrirgli conforto, calore e amore perché non voglio che affronti tutto questo da solo.

«E cosa ne sarà della tua carriera nell'hockey? Puoi giocare ed essere il proprietario di una squadra?»

Kyler sospira. «No, sarebbe contro le regole della lega. Potrei forse nominare un trust come proprietario e continuare a giocare, ma dovrei consultare un avvocato, e dovrei nominare qualcuno di cui mi fido per gestire la squadra.»

«Puoi nominare me,» dico.

Ride al mio suggerimento. «La mia fidanzata, che non sa nulla di hockey?»

«So che sei il miglior giocatore della lega,» dico con un sorriso malizioso.

Mi circonda le spalle con un braccio e mi tira più vicino. «Sei dolce, tesoro. Ma davvero non sai nulla di hockey. Sono il miglior giocatore degli Ice Dragons, ma ci sono altri talenti là fuori.»

«Non è vero,» dico. «Non ti dai abbastanza credito.»

Mi tira sul suo grembo, ed è inconfondibile il rigonfiamento del suo membro che mi punge. Ha uno sguardo malizioso negli occhi, e io passo le dita tra i suoi capelli prima di sporgermi per baciarlo. «Allora, cosa vuoi fare, tesoro?» lo prendo in giro.

Kyler geme mentre le nostre labbra si separano. «Voglio portarti a casa,» sussurra, schiantando di nuovo le sue labbra sulle mie per un altro bacio bruciante. I polpastrelli delle sue dita sfiorano le mie cosce, toccando la pelle nuda mentre le sue dita giocano con l'orlo del mio vestito.

«Puoi farlo,» dico, ricordandogli che viviamo insieme.

Lui ringhia mentre mi bacia con più forza, spingendo la lingua oltre le mie labbra. Le sue dita scivolano sotto il mio vestito, accarezzando l'elastico delle mie mutandine.

«Qualcuno potrebbe vederci,» sussurro.

«Che ci vedano.» Le sue labbra coprono di nuovo le mie, le sue dita s'insinuano nel lato delle mie mutandine, e mi avvicino di più, desiderando il suo tocco altrove. «Voglio che sappiano che sei *mia*,» ringhia.

«Tua?» L'aria viene risucchiata dai miei polmoni, e la mia testa è annebbiata, trascinata attraverso la nebbia di una tempesta in mare.

I suoi baci si spostano dalla mia bocca alla mascella mentre mi sussurra nell'orecchio: «Apri le gambe per me, *tesoro*.»

Inspiro bruscamente e faccio come mi comanda.

C'è un sorriso sul suo volto. I suoi occhi sono scuri, e si abbinano al cielo notturno che ci offre l'unico accenno di privacy all'esterno.

Non è minimamente gentile quando strappa le mie mutandine di lato e fa scorrere le dita sulla mia fessura.

Gemo, incapace di trattenermi, e le sue labbra coprono le mie, mettendomi a tacere. «Cazzo,» respira.

È sorpreso dai suoni che ha provocato? Il mio corpo risponde solo a lui, e in questo momento, lo voglio.

«Hai iniziato tu,» sussurro, sforzandomi di sostenere il suo sguardo ardente mentre il suo pollice mi stuzzica intorno al clitoride. Conosce le giuste manovre, due dita che sfiorano le mie labbra, provocandomi, separando le mie pieghe.

Il mio interno freme per lui, dolorante per un intenso bisogno, ma lui non mi riempie. «Ho iniziato io, Em. E voglio guardarti venire sulle mie dita, nella mia bocca, sul mio cazzo... ogni notte per il resto della mia vita.»

Sussulto, e il mio respiro si blocca in gola alle sue parole.

«Ti piace parlare sporco, tesoro?» Un sorriso cresce sul suo viso. «Ti scoperò quella stretta figa appena arriviamo a casa.»

Piagnucolo, e un dito scivola attraverso la mia umidità, offrendogli la mia eccitazione, incapace di negare ciò che mi fa. Non che vorrei negargli qualcosa.

Toglie il dito dalla mia figa e lo porta alle mie labbra. «Apri,» comanda.

Separo le labbra, e lui spinge il suo indice nella mia bocca. Succhio i miei umori, con i suoi occhi su di me per tutto il tempo. «Cazzo, tesoro. Mi fai venire voglia di prenderti qui, adesso.»

«Fallo,» dico, sfidandolo a scoparmi sulla panchina.

Lui geme, e vedo la lotta interiore. «Non possiamo.» Si alza e mi solleva sulla sua spalla.

«Kyler, cosa stai facendo?» strillo, ridendo.

La mia figa pulsa, e lui mi sculaccia il sedere mentre mi porta alla macchina. «Ti mostro chi comanda.»

Giuro di sentirlo ringhiare.

Mi mette giù, lasciandomi camminare mentre usciamo dal parco. La sua mano è nella mia, mantenendo una presa salda su di me, non lasciandomi mai uscire dalla sua vista.

Appena raggiungiamo la sua auto, apre la portiera posteriore.

«Cosa stai...»

«Sali,» dice, il suo sguardo che mi divora viva.

Trattengo il respiro e salgo nel sedile posteriore. Lui mi segue e chiude la portiera dietro di sé. Mi è addosso in pochi secondi, la sua lingua nella mia bocca, le mie dita che si infilano tra i suoi capelli.

Il mio interno pulsa, bramando di sentire il suo cazzo, e lui sta spingendo la lingua oltre le mie labbra, scopandomi con la bocca. Ho bisogno di più. Bramo di più con lui.

Mi abbasso le mutandine, alzando il vestito e dandogli tutto l'accesso di cui ha bisogno.

«Scopami,» dico, dimenandomi sotto di lui. Non sono lontana dal supplicare a questo punto.

«Con piacere,» ansima Kyler, guardandomi dall'alto. Scende, guidando le mie gambe aperte e tirandole sulle sue spalle mentre mi scopa la figa con la lingua.

Non c'è molto spazio, ma ci arrangiamo, il sedile posteriore abbastanza grande per la nostra piccola avventura.

Le mie dita si aggrappano ai suoi capelli, al suo collo, a qualsiasi cosa possa afferrare mentre spinge due dita dentro la mia umidità, spingendo e allargandomi.

Lo voglio più di quanto abbia mai voluto qualsiasi cosa nella mia vita.

«Sei così provocante,» brontolo mentre mi porta vicino al limite e poi si tira indietro, le sue labbra tracciano un percorso sul mio torso, spingendo il mio vestito più in alto per rivelare i miei seni.

«Mi sto solo godendo il sesso con la mia fidanzata,» dice Kyler con un sorriso malizioso.

Tranne che non è il mio fidanzato. Stiamo solo... uscendo insieme. E questo pensiero si perde quando la sua lingua torna sul mio clitoride. Con una mano, gioca con il mio capezzolo, e con l'altra, spinge tre dita dentro, allargandomi.

Gemo per la pressione, la tensione crescente, l'intensità, e la sua bocca che fa quella cosa che mi fa tremare e ansimare.

Mi sento vacillare sull'orlo.

«Vieni per me, Em,» mi incoraggia, e io tiro i suoi pantaloni, le mie dita che tentano di slacciare la zip e liberare il suo cazzo.

«Non finché non mi scopi,» mormoro. «Voglio il tuo cazzo dentro di me.»

Lui geme e si tira indietro abbastanza a lungo per spogliarsi, spingendo i pantaloni giù intorno alle caviglie e afferrando il suo cazzo. Trascina il momento, facendo scivolare la testa del suo cazzo lungo la mia fessura.

«Sei un provocatore,» brontolo. «Mi scoperai come un uomo o come una ragazzina?»

Ringhia e spinge dentro di me, centimetro dopo centimetro.

Mi aggrappo alla maniglia sopra la mia testa mentre si spinge più profondamente dentro di me. Ansimo per il misto di dolore e piacere. È enorme, e mi riempie mentre gemo.

«Preservativo,» dico.

Si ritira e prende il portafoglio, brontolando quando gira il preservativo e lo esamina. «È scaduto.»

Impreco sottovoce ed esalo un pesante sospiro. Ho monitorato regolarmente il mio ciclo. Non dovrei essere nel mio periodo fertile, e se lo fossi, me ne occuperò poi. «Basta che vieni fuori,» dico.

«Sei sicura?»

«Lo ero,» dico con una risata nervosa, ma lui non sembra sicuro, cosa che mi sta innervosendo.

Mi stampa un dolce bacio sulle labbra e fa scendere il mio vestito. «Che ne dici di finire a casa, in un vero letto, dove posso adorarti come meriti?»

Gemo, ma ha ragione. Non dovremmo farlo nel retro della macchina. Siamo adulti, non adolescenti che cercano di nasconderlo ai genitori.

Appena arriviamo a casa, Kyler si assicura che la tata stia dormendo nella camera degli ospiti prima di raggiungermi nella nostra camera da letto. È strano riferirsi a quella come la *nostra* camera, ma mi piace condividere il suo letto con lui.

Trovo divertente che Lia non abbia mai fatto domande sul perché dormissimo in stanze diverse quando fingevamo di stare insieme. Forse aveva visto attraverso la nostra recita, o è stata abbastanza educata da non chiedere.

Mi tolgo il vestito e le mutandine, arrampicandomi sul letto di Kyler.

«Vieni qui,» dico, facendogli cenno di unirsi a me mentre sbottona lentamente la camicia.

È metodico e si prende il suo tempo, osservandomi mentre si spoglia. «Toccati,» mi ordina. «Voglio vedere cosa ti piace.»

Il mio naso si arriccia. «Davvero? Sono qui sdraiata nuda, ti sto aspettando, e tu vuoi che mi masturbi?»

«Sì, è eccitante,» dice, e giuro che vedo del vapore emanarsi da lui.

Emetto un respiro nervoso e lascio che le mie dita vaghino sul mio ventre, poi separo delicatamente le mie pieghe. Sono ancora pulsante e bagnata dalla nostra piccola avventura sul sedile posteriore della sua auto.

«Allarga le gambe. Voglio guardare,» dice Kyler, e lascia cadere la camicia sul pavimento mentre si avvicina furtivamente al letto.

Inspiro bruscamente, e il suo sguardo è fisso sulla mia intimità mentre le mie dita tracciano un percorso lungo le labbra, stuzzicandomi, andando lenta.

Sbottona e apre la cerniera dei pantaloni, lasciandoli cadere a terra. Il suo membro è sull'attenti nei boxer, e si toglie l'ultimo filo di vestiti mentre si arrampica sul letto.

Il materasso si abbassa, e piego le ginocchia, offrendogli una vista delle mie labbra intime mentre mi tocco. Le mie dita accarezzano lentamente le labbra, il sangue fluisce e riscalda il mio corpo dalla testa ai piedi.

«Sei arrossata,» dice, guardandomi, con un luccichio negli occhi.

«E bagnata,» replico, lasciando che le mie dita sfiorino la mia intimità, e faccio scivolare la punta di un dito all'interno, ricoprendola di umori.

Questa volta, cattura la mia mano e porta la bocca alle mie dita, succhiando il liquido e avvolgendo la lingua attorno al mio dito.

Gemo piano, e lui mi cavalca, spingendo le mie braccia contro il materasso, immobilizzandomi. «Mi piace quando fai quello che ti chiedo. Guardarti toccare te stessa, è tremendamente eccitante.»

La stanza diventa soffocante, e lui mi bacia. «Non essere imbarazzata. Non c'è motivo di sentirsi in colpa per darsi piacere.» Le sue labbra scendono sul mio corpo, ed è di nuovo dove si trovava prima. Questa volta, la sua lingua sta scopando la mia intimità.

Il mio respiro è affannoso, e le mie dita si intrecciano nei suoi capelli.

La stanza è calda. Il mio corpo formicolante di piacere dalla testa ai piedi mentre lui fa arricciare le mie dita dei piedi.

Giuro di poter sentire il sorriso sulle sue labbra quando i miei fianchi oscillano e si sollevano dal letto. «Rallenta,» dice Kyler. «Abbiamo tutta la notte per godere insieme di questo.»

«Tutta la notte?» ansimo, già senza fiato. Ho bisogno di sentire il suo membro dentro di me. Mi farà impazzire tutta la notte finché non sarò in ginocchio a supplicarlo di scoparmi come una brava ragazza?

«Hai sentito bene, piccola. Tutta la dannata notte.» Mi accarezza l'intimità con le dita, e la sua lingua stuzzica il mio clitoride, facendo dondolare i miei fianchi avanti e indietro, desiderando di più, bramando disperatamente la liberazione.

«Kyler,» gemo, il suo nome che sgorga dalle mie labbra.

«Non venire ancora. Voglio che tu venga con il mio cazzo dentro di te,» dice.

Gemo, e le pareti della mia vagina si stringono attorno alle sue dita. «Sono vicina,» sussurro rauca, sentendo l'orlo del piacere avvicinarsi, e lui si allontana, afferra il preservativo e lo indossa prima di scivolare dentro di me.

Ogni sensazione dentro il mio corpo è al massimo. Formicolio ovunque, come se l'elettricità scorresse nelle mie vene.

Le mie pareti interne si contraggono, scosse da spasmi mentre tremo tra le sue braccia. La mia schiena si inarca dal materasso, attirandolo più in profondità, più stretto e più lontano dentro di me. Le mie dita dei piedi si arricciano, e non riesco a resistere oltre.

Lui grugnisce e spinge, cercando di tenere il mio ritmo, e sono solo questioni di secondi prima che io mi lasci andare, e lui segua poco dopo con un gemito.

«Cazzo,» mormoro, ansimando in cerca d'aria.

Kyler rotola via da me e scende dal letto per buttare il preservativo. Si pulisce prima di ricadere di nuovo accanto a me, drappeggiando un braccio sul mio ventre.

«Bello?» chiede con un sorrisetto, come se non lo avesse potuto capire dai miei gemiti e dalla sensazione delle pareti della mia vagina che stringevano il suo membro.

Gli do uno schiaffetto sul braccio. «Devi proprio chiedere?» Rido, e lui si avvicina, baciandomi.

«Avremmo dovuto farlo molto tempo fa.» Lascia cadere dolci baci dalle mie labbra attraverso la mascella. «Sei stata sotto il mio tetto tutto questo tempo...» si interrompe.

«Lo volevo,» confesso, rifiutandomi di distogliere lo sguardo. «Ma sono contenta che abbiamo aspettato così a lungo. Ne è valsa la pena.»

Mi tira più vicina. «Io no. Tutto questo tempo sprecato quando avrei potuto fare questo,» sussurra, sfiorando le labbra sul mio collo e tracciando un percorso fino al mio seno. «O questo.» La sua lingua lambisce il mio capezzolo, e rabbrividisco.

«Kyler,» gemo, incapace di reprimere il desiderio che brucia attraverso di me quando la sua bocca mi stuzzica.

Il sorriso sul suo viso non vacilla mai. «Adoro quando ti faccio fare questo.»

«Farmi gemere?» Rido, e le mie guance arrossiscono.

«Sì, quando gemi il mio nome.»

TWENTY-FIVE
KYLER

«NON POSSO CREDERE che abbiano accettato di cenare con noi,» borbotto. Onestamente, pensavo che i Moretti avrebbero annullato, dicendo che erano malati, o inventandosi qualche altra scusa dell'ultimo minuto per evitare di presentarsi a casa mia.

Em si è rifiutata di accettare l'idea di andare a casa loro per cena ed era preoccupata che, se fossimo usciti, potesse essere un'imboscata.

«Questa era l'opzione migliore,» sussurra Em. Entrambi manteniamo la voce bassa mentre prendiamo la cena dalla cucina.

Aleksandra e suo marito, Antonio, sono seduti al tavolo da pranzo con loro figlio Liam e la sua gemella, Sophia.

«Ccosa stiamo sussurrando?» chiede Bristol.

«Prendi la bottiglia di limonata dal frigo,» dice Em.

«Posso avere del vino?» cinguetta mia figlia.

Sul serio? Questa bambina mi manderà nella tomba prima del tempo. «No,» diciamo entrambi all'unisono.

Em ed io portiamo i piatti a tavola per la cena, e finalmente ci sediamo. Non abbiamo parlato molto, usando la scusa di dover finire di preparare la cena. Lia ha aiutato con la ricetta, ma l'ho lasciata andare prima, dato che non aveva senso coinvolgerla con i Moretti.

E Mitchell sta sorvegliando la proprietà dall'ufficio di sicurezza, assicurandosi che i Moretti non portino compagnia.

La serata è tranquilla, quasi troppo tranquilla, quando c'è la mafia al tuo tavolo da pranzo.

«Prego, servitevi,» dice Em e indica il cibo, lasciando che gli ospiti si servano da soli.

Aleksandra guarda suo marito e serve prima i bambini e poi se stessa. I bambini aspettano pazientemente prima di tuffarsi nel cibo. Non credo che Bristol abbia la stessa pazienza. È seduta sulle ginocchia e allunga la mano verso le pinze per l'insalata nel momento in cui Aleksandra le ripone nella ciotola.

Bristol accumula cibo sul suo piatto e poi inizia a mangiare.

Antonio e Aleksandra guardano Bristol divorare il suo cibo prima di dire ai loro figli di mangiare.

Pensavano davvero che potessimo avvelenarli?

I gemelli prendono le forchette e si tuffano nel cibo, entrambi chiaramente affamati, mentre gli adulti aspettano che finiamo di servirci prima di mangiare.

«Kyler, abbiamo sentito che hai preso un po' di tempo libero dall'hockey,» dice Antonio.

«Sì, per stare con la mia famiglia.» Forzo un sorriso. È difficile provare altro che timore con i Moretti in casa mia. Ma questa cena non è stata una scelta. Il preside ha insistito che facessimo pace insieme, altrimenti entrambe le famiglie rischiavano l'espulsione dalla scuola.

Un po' severo a mio parere, specialmente considerando il nostro generoso contributo, ma i bambini hanno avuto difficoltà ad andare d'accordo. E forse c'è qualcosa che possiamo insegnargli davvero, su come trovare un terreno comune.

Ma cosa potremmo avere in comune, a parte il fatto che i nostri figli hanno la stessa età e frequentano la stessa scuola?

«È bello,» dice Aleksandra. Allunga la mano verso il bicchiere di vino, facendo roteare il liquido scuro prima di bere un sorso. «Vorrei che potessi farlo anche tu, prenderti del tempo per stare con me e i bambini,» dice, guardando suo marito.

«Lo faccio. Siamo andati a Cancun in inverno e...»

«Quelli erano viaggi di lavoro, e lo sai,» dice con un sorriso compiaciuto. Sta giocando con lui, e Antonio si agita, seppur a disagio per dove sta andando a parare questa conversazione.

«Che tipo di lavoro fai?» chiede Em.

«Lavoro d'affari. Ti annoierebbe,» dice Antonio, fissando Em. «E tu? Sei una madre casalinga, o lavori fuori casa?»

Aleksandra dà una gomitata a suo marito. «Essere una madre casalinga è un lavoro.»

Lui la fulmina con lo sguardo, ma lei non si fa intimidire minimamente. È chiaro che sono entrambi individui dalla forte personalità.

«Mi sto prendendo un po' di tempo libero in questo momento,» dice Em, evitando la domanda. Suppongo che non voglia ammettere che era la guardia del corpo di Bristol o che l'ho assunta per essere la mia finta fidanzata. E dire qualsiasi cosa sul fatto che abbia lavorato in precedenza per l'FBI o che sia stata assunta dall'Eagle Tactical probabilmente non sarebbe una mossa saggia.

«Avete già fatto dei piani per il matrimonio?» chiede Aleksandra. «Abbiamo visto la proposta al telegiornale. È stato così dolce, chiederle di sposarti alla partita degli Ice Dragons. Non è stato dolce, Antonio?»

«È stato dolce,» mormora, fissando il suo cibo. Non sta apprezzando la conversazione, ma sembra apprezzare il pasto, o almeno lo sta usando come distrazione.

Em sorride ai gemelli. «Cosa vi piace fare per divertirvi?» chiede, cercando di dirigere la conversazione verso la vera ragione per cui siamo insieme: trovare un terreno comune.

«Mi piace andare in bicicletta,» dice Liam. «Vorrei una moto da cross per il mio compleanno, ma papà dice che sono troppo piccolo.» Alza gli occhi al cielo, e io sorrido. Ho visto quella stessa espressione da Bristol.

«Sei troppo piccolo. Niente ATV. Niente moto da cross. Non fino a quando non avrai almeno due cifre.»

Liam si lamenta, e il suo naso si contrae. «Manca una eternità.»

«Posso avere una moto da cross?» chiede Bristol, con gli occhi che si illuminano. Non sono nemmeno sicuro che la bambina sappia cosa sia, ma poiché Liam non può averne una, probabilmente ne vuole una per sbattergliela in faccia.

«No,» dico, ed Em sta cercando di trattenere le risate.

«E tu, Sophia?» chiede Em. «Cosa ti piace fare per divertirti?»

«Adoro pattinare sul ghiaccio e l'hockey.»

«Anche a me!» Gli occhi di Bristol si spalancano. «Pattinare sul ghiaccio è la mia cosa preferita.»

«Non giocare a hockey?» chiedo, spalancando la bocca mentre prendo in giro Bristol.

«Non mi piace giocare a hockey. I bambini colpiscono forte, e non mi piace cadere sul ghiaccio. Fa troppo male.»

Sophia sorride. «Non mi piace giocare a hockey. Mi piace guardarlo. La mamma mi ha portato a una partita così potevamo fare 'sbaaav' sui giocatori.»

«Sbavare sui giocatori,» dice Liam, facendo la spia su sua madre e sua sorella.

Em si copre la bocca per non ridere, e l'espressione sul volto di Antonio è puro oro. «È così?» chiede, fissando sua moglie.

Lei fa un'alzata di spalle innocente. «Come se tu non ti godessi le cheerleader alle partite di football?»

«Io non vado alle partite di football,» dice lui, raddrizzando la schiena come se fosse al di sopra dello sport o qualcosa del genere.

«No, ma ti piacciono comunque le cheerleader,» lo provoca Aleksandra.

Scommetto che quel tizio fa indossare a sua moglie un costume da cheerleader per qualche strano gioco di ruolo a letto.

Antonio si schiarisce la gola. «Sembra che le nostre ragazze abbiano un interesse in comune, il pattinaggio su ghiaccio.»

«Possiamo andare a pattinare insieme io e Sophia?» chiede Bristol.

«Liam, ti piace pattinare sul ghiaccio?» chiedo, sperando che tutti e tre i bambini possano legare, ma mi accontenterei anche solo che le due ragazze fossero amichevoli tra loro. Forse l'anno prossimo saranno loro nella stessa classe, invece di Bristol e Liam.

Il bambino si stringe nelle spalle. «È okay. Preferisco giocare a hockey piuttosto che pattinare sul ghiaccio.»

Aleksandra sorride. «Lo sapevi che il padre di Bristol è un giocatore NHL per gli Ice Dragons?»

Gli occhi di Liam si spalancano. «Cosa? Davvero? Non ci credo.»

Sorrido. «Sì, scommetto che ho una maglia extra della tua taglia.»

«Posso averne una anch'io?» chiede Sophia, con gli occhi spalancati. «E potresti firmarmela con un cuore accanto al tuo nome?»

————

La cena con i Moretti è andata meglio di quanto Em o io avremmo mai potuto prevedere.

Sophia ha reso chiaro di avere una cotta per me, cosa molto carina. Non posso fare a meno di chiedermi se ciò derivasse dall'interesse di sua madre per lo sport. E c'era un punto in comune tra le ragazze.

Abbiamo organizzato un'uscita di pattinaggio sul ghiaccio per i tre bambini, e ciascuno di noi deve portare almeno un genitore. Non riesco a immaginare Antonio che lascia andare Aleksandra da sola, dopo aver scoperto il suo interesse per l'hockey.

Anche se questo ha meno a che fare con lo sport e più con i giocatori o, come ha detto più tardi sua figlia, con gli "occhi dolci".

«Riesci a immaginare di avere due figli?» chiede Em.

Mi sta aiutando a finire i piatti mentre Bristol pulisce il tavolo della sala da pranzo.

«Non credo che due sia così male, ma i gemelli... crescere due neonati e poi due bambini piccoli contemporaneamente.»

«Hanno entrambi sei anni,» fa notare Em.

«Sì, ma immagina due Bristol,» dico e faccio un cenno verso la sala da pranzo.

«Sei stato fortunato con Bristol. È una brava bambina.» C'è un ampio sorriso sul volto di Em. «Ma preferisco uno alla volta. Dà a un genitore la possibilità di rovinare un figlio, non due, prima che nasca il prossimo.»

Non posso fare a meno di ridere. «Stai dicendo che ho rovinato Bristol?»

Lei esala un respiro pesante e scuote la testa. «No,» dice cautamente. «Solo che non può essere facile crescere una figlia da solo. I genitori alle prime armi sono destinati a commettere errori prima o poi.»

Mi giro a guardarla, inchiodandola con lo sguardo. «Quali errori pensi che abbia fatto?» le chiedo.

Em fa un respiro profondo. «Nessuno! Non sto dicendo che tu ne abbia fatti, solo che i primogeniti finiscono sempre nei guai e non la fanno mai franca. I genitori sono più severi con il primo figlio che con il secondo.»

«E lo sai per esperienza?»

«Ho una sorella minore, Amber. I nostri genitori erano molto più severi con me che con lei.»

«Quindi, stai dicendo che quando avremo un altro figlio, saremo meno severi con il nostro bambino o bambina perché l'abbiamo già fatto una volta?» Mi avvicino e lei si morde il labbro inferiore.

«Forse?» La sua voce si incrina.

«Pensavo che fossi piuttosto sicura della tua risposta.»

«Lo sono, ma sono meno sicura che daremo a Bristol un fratello o una sorella,» dice. Le sue guance arrossiscono e si alza in punta di piedi per baciarmi sulle labbra.

«Perché?»

Qualunque esitazione io percepisca svanisce dai suoi lineamenti. «È difficile rimanere incinta se usiamo sempre il preservativo.» Ridacchia, e sento che c'è di più dietro il suo piccolo scherzo.

«Mi stai dicendo che vuoi che proviamo ad avere un bambino?» Le prendo le mani, intrecciando le nostre dita insieme. «Perché mi piacerebbe molto.»

Sospira nervosamente. «Ma che ne sarà della tua squadra? Del gioco? Non sarai molto presente se firmi il nuovo contratto per gli Ice Dragons, e io sono terrorizzata di affrontarlo da sola.»

Fitzgerald mi ha inviato un generoso contratto triennale, ma sto temporeggiando sulla firma. È tutto quello che voglio e anche di più, ma lui è ancora il general manager. E io lo voglio fuori.

«Abbiamo ancora molto tempo,» le assicuro. Ha ventiquattro anni. Non dobbiamo affrettarci ad allargare la nostra famiglia.

«Papà, la tua squadra è in televisione,» esclama Bristol dall'altra stanza.

Pensavo che stesse pulendo il tavolo in sala da pranzo, ma sembra che abbia abbandonato il suo posto per un po' di intrattenimento.

Accendo il piccolo televisore in cucina e guardo mentre il titolo annuncia che quattro donne si sono fatte avanti, accusando Brent Fitzgerald, il general manager, di molestie e violenza sessuale.

«Cosa significa?» chiede Bristol, entrando in cucina.

«Non dovresti guardare il telegiornale,» dico a mia figlia. «Vai a guardare i cartoni animati.» Preferirei che non facesse un milione di domande su Brent Fitzgerald.

Lei corre in salotto e io alzo il volume della televisione, cercando di ottenere quante più informazioni possibili.

Il telegiornale spiega ulteriormente che sono in corso accuse penali e che Brent Fitzgerald si è dimesso dagli Ice Dragons, con effetto immediato.

«Cosa significa questo per il tuo contratto?» chiede Em.

«Non ne ho idea. Potrei rinegoziare per più soldi, o potrei semplicemente comprare la squadra.»

EPILOGUE

Emerson

NON C'ERA alcuna possibilità che Kyler rifiutasse l'opportunità di giocare per gli Ice Dragons, e quando il nuovo direttore generale gli ha offerto un contratto di tre anni con le stesse condizioni, ha colto l'occasione al volo.

Non è mai stata una questione di soldi per Kyler. Ne ha in abbondanza. E sebbene creda ancora che siano maledetti, li ha messi in un fondo fiduciario che farà un'offerta per la squadra non appena si ritirerà dal gioco.

I suoi avvocati insistono sul fatto che non possa giocare per la NHL ed essere contemporaneamente il proprietario di una squadra NHL. E ama troppo stare sul ghiaccio per appendere i pattini al chiodo. Ma lo farà.

Ne parla con me e suo fratello Jasper continuamente.

È il nostro piccolo segreto.

E mi piace che Kyler si fidi di me come se fossi parte della famiglia. Siamo praticamente famiglia: siamo ancora fidanzati per finta, e dato che ci frequentiamo, abbiamo mantenuto segreta la notizia della nostra finta relazione un po' più a lungo.

Nessuno ha bisogno di sapere la verità. Non sono affari di nessuno.

E sinceramente, l'hockey non mi dispiace, specialmente quando guardo lui giocare. È stato bello conoscere le mogli dei giocatori e i loro figli. Bristol ha fatto un sacco di nuove amicizie dal primo giorno in cui sono stata invitata nella sala delle mogli. E anche io ho fatto molte nuove amicizie.

Nessuna di loro sa che quello che c'era tra Kyler e me non era reale all'inizio. Ma ora è reale. Al cento per cento autentico.

Bristol e Sophia sono diventate migliori amiche da quella cena. Una volta alla settimana, portiamo le ragazze a pattinare sul ghiaccio, e Liam ci accompagna.

Bristol e Liam sembrano andare più d'accordo. Almeno, non litigano più a scuola e, anche se non sono migliori amici, vanno d'accordo. La considero una vittoria.

«Jasper sta venendo a trovarci,» dice Kyler. «Ha conosciuto una ragazza e vuole che la incontriamo.»

I miei occhi si illuminano. «Oh, sta chiedendo la nostra approvazione?» Non posso fare a meno di sentirmi un po' euforica che Jasper abbia trovato una fidanzata. È il fratello di Kyler ed è come famiglia per me. Merita di essere felice.

«Qualcosa del genere. Vuoi preparare il dessert... ripensandoci, che ne dici se preparo io il cibo e tu tiri fuori i piatti?»

«Stai dicendo che non sono capace di preparare un dessert? Deve solo essere messo in forno,» dico.

Lia ha fatto diverse torte di pesche durante l'estate. Ne abbiamo congelate alcune.

«Sì, e non voglio rischiare che le bruci, M&M. Ti amo, ma la tua cucina lascia molto a desiderare.»

Afferro lo strofinaccio e lo colpisco sul sedere.

Lui tira lo strofinaccio, trascinandomi verso di lui mentre si gira per affrontarmi. «Stai seriamente cercando di darmi una sculacciata?»

Le mie labbra si aprono e rido nervosamente. «Cosa hai intenzione di fare al riguardo?» lo provoco.

Kyler si abbassa su un ginocchio e tira fuori una scatolina da anello dalla tasca sinistra.

Mi porto le mani alla bocca mentre lo guardo. «Kyler?»

«Non l'abbiamo fatto nel modo giusto l'ultima volta. Quando ti ho chiesto di diventare mia moglie, è stato interamente per motivi egoistici. Provavo dei sentimenti per te, ma non erano niente rispetto a quello che provo ora, M&M.»

«No.»

«Cosa?»

«Non puoi farmi una proposta chiamandomi M&M.» Sorrido. «Continua, ma con il mio vero nome.»

Lui sbuffa. «Emerson Ryan, mi faresti l'onore di diventare mia moglie?» Kyler apre la scatola blu di Tiffany e mi mostra la fascia di fidanzamento con diamante.

Le mie ginocchia tremano e l'aria improvvisamente lascia i miei polmoni. Ci vuole troppa energia per stare in piedi, e le mie gambe cedono. Cado in ginocchio, scioccata. Le sue braccia si protendono, prendendomi, tirandomi sul suo grembo. «Non dovresti essere anche tu in ginocchio, tesoro,» dice e mi bacia.

«Mi farai venire un infarto.» Rido, appoggiando la mano sul suo petto.

«Io? Sei tu quella che mi dice di no nel bel mezzo della proposta.» Il sorriso non lascia mai il suo viso.

Mi avvicino e sfioro le sue labbra con le mie. «Non ti direi mai di no. Solo non chiamarmi M&M, tesoro.»

«Ma è un termine affettuoso,» dice Kyler. Con una mano attorno ai miei fianchi, mi sistema sul suo ginocchio. Mi mostra l'anello. «Vuoi essere mia moglie?»

«Sì.» Gli porgo la mano, e lui mi infila l'anello di fidanzamento al dito. È perfetto.

La porta d'ingresso si spalanca, e le mie labbra restano bloccate su quelle di Kyler, senza prestare la minima attenzione all'arrivo dei nostri ospiti. So che sono qui, ma onestamente, non m'importa.

Jasper si schiarisce la gola.

«Forse dovremmo tornare più tardi,» risuona una voce femminile, e riconosco quella voce. La riconoscerei ovunque.

«Amber?» I miei occhi si spalancano, e quasi cado dalle ginocchia di Kyler mentre lui mi tira in piedi.

Sto cercando di capire come sia successo. Quando si sono conosciuti? Come?

La mia bocca dev'essere ancora spalancata perché Kyler mi guarda e sorride prima di tendere la mano per presentarsi ad Amber. Almeno, è quello che penso stia per fare.

«È bello rivederti,» dice.

Kyler conosce mia sorella. Da quando? Mi gira la testa, mentre cerco di capire che diavolo sta succedendo.

Guardo da Amber a Jasper, in attesa di una spiegazione. «Stai uscendo con mia sorella?»

Jasper sorride e scuote la testa. «Siamo solo amici. Tuo fratello ce l'ha presentata quando aveva bisogno di aiuto per scegliere l'anello da Tiffany's.»

«Siete solo amici?» Guardo mia sorella e poi Jasper.

Jasper annuisce, e mia sorella forza un sorriso. «Esatto, solo amici.» Qualcosa mi dice che lei vorrebbe di più da lui, ma è Jasper. È concentrato sulla sua carriera, non sulle donne.

Mi giro tra le braccia di Kyler. «Perché mi hai detto che Jasper avrebbe portato la sua ragazza?»

«Ragazza?» Amber tossisce su queste parole, e la guardo da sopra la spalla. Le sue guance si stanno arrossando.

«Volevo sorprenderti con la proposta. E se ti avessi detto che stavano venendo mio fratello e tua sorella, saresti stata sospettosa.»

Ha ragione. Avrei fatto una dozzina di domande e avrei capito che stesse tramando qualcosa. «Beh, sei stato bravissimo a soprendermi,» dico, posando un bacio sulle labbra di Kyler. Mi giro tra le sue braccia, affrontando Jasper e Amber.

«Allora, hai detto sì?» chiede Amber e guarda la mia mano.

Le mostro l'anello al dito. «Sono fidanzata!»

————

Grazie per aver letto Fingere con il Miliardario. Spero che vi sia piaciuta la storia di Kyler ed Emerson. Continua la storia d'amore con Jasper e Amber in *Daring the Hockey Player*.

Non avevo intenzione di uscire con un giocatore di hockey. È semplicemente successo.

Almeno, è quello che sto dicendo a tutti. Ma forse l'avevo pianificato. Forse non è stata affatto una coincidenza...

Jasper Greyson è attraente, provocante e l'emblema dei guai.

Ma è off-limits. È il cognato di mia sorella, o almeno, sta per diventarlo, il che in un certo senso ci rende famiglia.

Dovrei stargli il più lontano possibile, eppure mi piace uscire con lui, guardarlo sul ghiaccio e prendere qualcosa da bere con lui e i ragazzi.

Sì, mi sono presentata intenzionalmente quando sapevo che sarebbe stato al bar perché l'aveva pubblicato sui social media. Lo stavo pedinando.

Continuo a dirmi che è una cotta innocua. I sentimenti non devono per forza essere messi in pratica.

Siamo amici. Non sono sicura che lui mi vedrà mai come qualcos'altro. Questo è il problema numero uno. Sono stata relegata nella friend-zone.

Problema numero due. Il mio appartamento ha preso fuoco e non ho un'assicurazione. Non ho nessun altro posto dove andare. Non voglio gravare su mia sorella con questa notizia.

Quando Jasper lo scopre, insiste che io stia a casa sua, nella sua camera degli ospiti. Pedinare la mia cotta online è una cosa. Vivere con lui è tutt'altra storia.

Leggi _Daring the Hockey Player_ ora!

L'AUTORE

Willow Fox ama la scrittura da quando ancora andava al liceo (molte ere fa). I suoi romanzi ambientati in provincia, riflettono la vita delle piccole città dell'America rurale.

Che stia scrivendo romanzi romantici o seduta all'aperto accanto al fuoco a leggere un buon libro, Willow adora le pagine colme di parole di scritte.

Sogna il colpo di fulmine e spera di riuscire a farlo scattare nei suoi lettori!

Visita il suo sito web:

https://shopwillowfox.com

ALTRO DA WILLOW FOX

Eagle Tactical Series

Svelato: Jaxson

Invisibile: Mason

Nascosto: Lincoln

Infiltrato: Jayden

Matrimoni Di Mafia

Voto Segreto

Voto Prigioniero

Voto Selvaggio

Voto Non Voluto

Voto Spietato

Fratelli Bratva

Boss Brutale

Boss Diabolico

Boss Possessivo

Boss Ossessivo

Boss Pericoloso

Padre Single Autoritario

Il Burbero Miliardario

Burbero di Montagna

Il Burbero Scapolo

Romance degli Ice Dragons

Fingere con il Miliardario

www.ingramcontent.com/pod-product-compliance
Lightning Source LLC
Chambersburg PA
CBHW030848030726
47495CB00005B/1421